講談社文庫

虎の牙

武川 佑

JN051483

講談社

虎の牙　目次

信濃
（諏訪郡）
（佐久郡）
ヘテコ石
武川屋敷
弥生の家
アサヨ岳
地蔵ヶ岳
白根三山
獅子吼城
要害山城
甲府
河原辺
今諏訪
釜無川
笛吹川
国中
武蔵
菅田天神社
栗原館
勝沼館
石和・川田館
大善寺
猿橋
笹子峠
蜂城
郡内
御坂峠
富田城
河内
本栖湖
上吉田
山中湖
三国峠
相模
籠坂峠
富士山
富士川
駿河
深沢城
南麓ルート
万沢口
富士口

武田氏略系図

- 信昌《のぶまさ》
  - 信縄《のぶつな》 ＝ 岩下《いわした》の方《かた》 ＝ 男
    - 信縄《のぶつな》・岩下《いわした》の方《かた》の子
      - 信虎《のぶとら》（信直《のぶなお》） ＝ 大井夫人《おおいふじん》
        - 太郎《たろう》（信玄《しんげん》）
        - 次郎《じろう》（信繁《のぶしげ》）
      - 竹松《たけまつ》
    - 男・岩下《いわした》の方《かた》の子
      - 信友《のぶとも》（アケヨ）

家臣団組織図

武田氏

- 【譜代家老衆】
  - 荻原常陸介昌勝《おぎわらひたちのすけまさかつ》
  - 曾根三河守昌長《そねみかわのかみまさなが》
  - 楠浦刑部少輔昌勝《くすほぎょうぶしょうゆうまさかつ》
  - （侍大将）
  - 板垣信方《いたがきのぶかた》
  - 甘利虎泰《あまりとらやす》
- 【足軽大将】
  - 原虎胤《はらとらたね》（清胤《きよたね》）
  - 横田高松《よこたたかとし》
  - 小畠虎盛《おばたとらもり》（孫十郎《まごじゅうろう》）
  - 多田満頼《ただみつより》（三八郎《さんぱちろう》）
- 【御一門・親類衆】
  - 勝沼《かつぬま》（武田《たけだ》）左衛門大夫信友《さえもんのたいふのぶとも》
  - （→相模守《さがみのかみ》）
  - 松尾信賢《まつおのぶかた》
- 【甲斐国内国衆】
  - 小山田越中守信有《おやまだえっちゅうのかみのぶあり》
  - （郡内《ぐんない》領主）
  - 穴山《あなやま》氏
  - （河内《かわうち》領主）

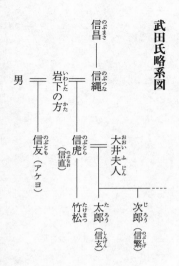

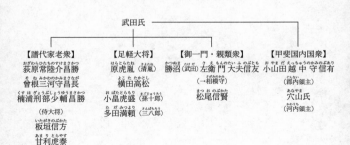

虎の牙

永正十五季戊寅　此年六月一日ノ禅定ニアラシ以ノ外ニ至テ、道者十三人忽ニ死ス、其ノ内ニ内院ヨリ大ナル熊マ出テ、道者ヲ三食殺ス、是ハ熊ニテハ無シ、大鬼神ト見ル人有レ之、余リ不思議サニ書付テ物語ノ為ニ置申候。

『勝山記』

穢は例えば死体とか汚物のような具象的で可視的な存在に付随していたとしても、それ自体が具象的・可視的な存在なのではない。まして、その発生源から他処に伝染するような場合には、まったく観念的かつ不可視的な存在でしかない。したがって穢を問題とするということは、本来、穢とされる事物について個々に何が穢であり何が穢でないかという仕分けをすることではなく、ある事物ないしある現象を以て「穢」と認める、特定社会における人間の分類意識・分類基準を探ることに他ならないのである。

『穢と大祓』

序　下総国本佐倉城　原清胤

その口から吐く息は、言葉は、乱国の切なるたましいであった。

母が繕《つくろ》ってくれた一張羅《いっちょうら》の直垂《ひたたれ》を片肌ぬいで、襟《えり》のあわせを腹まで一気に開いた。

体には無数の刀傷、矢傷が縦横にはしり、二十二歳にしてはまあ戦ったものだと思う。

三方《さんぼう》に載せた小刀をずいと前に押しやり、原清胤《はらきよたね》は両脇に居ならぶ臣と、上座の主君を見まわした。

「此度《こたび》の戦《いく》さの同士討ち、某《それがし》の責《せめ》にて腹切り申す」

武士らしい、勇ましい口上だと余韻《よいん》を味わう。

永正《えいしょう》十五年（一五一八）、水無月《みなづき》六月。

下総国《しもうさ》、本佐倉《もとさくら》城。

梅雨が明け、風の通らぬむし暑い評定《ひょうじょう》の間で、色とりどりの扇子《せんす》がはたはたと動く。外で今年一番の早蟬が一匹けたたましく鳴くのが、この場の沈黙を際《きわ》だたせた。

千葉《ちば》氏の当主・昌胤《まさたね》は今年二十四と若く、黙りこくる家臣の顔を順にうかがい、最後に清胤へ戸惑いの目を向けた。

「その顔は……？」

清胤の顔は目をおおうほど腫《は》れあがっていた。背を伸ばし、答える。

「これは父に折檻《せっかん》されたのであって、決して相手に後れをとったのではございませぬ」

隣に座した直垂に侍《さむらい》烏帽子《えぼし》姿の父、原能登守友胤《のとのかみともたね》が大きなため息を吐き、拳を板間について主君に詫《わ》びる。

「愚息が味方を斬ったは事実。間違いなく原本家筋の雇うた足軽にございました。某も焼き討ちをされた村で確認し申した」

原家がかつて城番《じょうばん》をしていた小弓《おゆみ》城ちかくの村が、公方《くぼう》方の焼き討ちをうけ、清胤はこれを撃退する際、味方の足軽を三人斬ったのだった。

主君は優しく言い含めるように身を乗りだした。

「義臣のお主が、いわれなく味方を斬ることなどない。わけを申してみよ」

水気を含んだ生ぬるい風が青い草原を吹きわたり、煽《あお》られた炎がとぐろを巻いて、黒煙が晴天に吸いこまれていく。

すでに村人は山へ逃げこんだと見え、十軒もないあばら家は屋根まで火がまわっていた。袈裟《けさ》公方め、と唾を吐いたとき、裏の納屋《なや》から公方の袖印《そでじるし》をつけた足軽が現れた。両手に鶏をさげ、あるいは俵を転がし、揚々と出てきた。

「この偸盗《ぬすっと》が」

全員叩き斬って、帰城しようとしたところ、村の入口に傷を負って動けなくなっている敵の侍大将がいた。丸に細桔梗紋《ほそぎきょうもん》の入った籠手《こて》に、いまどき誰も身につけぬような紅緋《べにひ》の戦《いくさ》直垂、白糸がまばゆい総縅《そうおどし》の甲冑《かっちゅう》は、名のとおった将と見えた。兜《かぶと》の三日月の前立てを見て、清胤は刀を鞘《さや》に納めていた。

「お主は」

去年、小弓城の合戦で、父の友胤と一騎討ちを繰り広げ、組打ちで父を馬上から引きずりおろした敵将に違いない。男は父の命を獲らず、こう言い残して去った。

「勝負がついたものを、あたら命を散らし召さるな」

顔は知らぬ。前立てが同じ三日月だからそうだと思った。

敵将は、刀を握る力も残っていないらしく、荒い息で肩が上下するばかりである。放っておいてもいずれ死ぬだろう。

ちかづき、敵将に背を向けて膝を折った。清胤の顔を汗がつたい、地に落ちる。

「早く」

後ろ手に手を返して動かすと、ぎこちなく甲冑の音がして体を預けてきた。膝の下に手を入れ、背負うと一息に立ちあがる。

「陣まで送り申す」

敵将は無言で西を指さした。

梁《はり》が焼け落ち民家が崩れる。熱風に巻かれ灰と煙を吸って清胤は激しく咳きこみ、涙が流れた。背中の敵将がいっそう重く感じ、もはや息があるのか分かりもしない。

「生きておられるか、生きろよ」

声を嗄《か》らして叫ぶと、ひゅうひゅうと掠《かす》れ声で応《いら》えがあった。

「きみにおき 民にふしつゝ朝夕に つかへんとおもふ 身ぞおほけき」

「辞世などよせ、生きねばつまらぬだろうが！」

いやにはっきりした声が返る。

「武士は和歌《うた》を詠《よ》め。読まねば獣《けもの》と同じぞ」

「和歌など詠まぬ！ そんな暇があるなら武芸を磨くわい。坂東無双《ばんどうむそう》の強者《つわもの》となってみせる」

「その鑓《やり》を誰《た》が為に振るうか、よう考えよ。さもなくば坂東武者の呪《しゅ》に触れるぞ」

どういうことだ、と言いかけたとき、煙の向こうから味方の袖印をつけた足軽が、清胤を見つけ、「その敵将をよこせ清胤」と叫んだ。

「この者はわしの父の恩人だ。敵陣まで送ると約束した」

目を血走らせた味方の足軽が、口から唾を飛ばして、鑓をこちらに向けた。

「よせ、お主らと斬りあうつもりはない」

制止も聞かず、裏切り者と叫んで焼け落ちた梁を踏み越え、三人がうちかかる。繰りだされた鑓の柄《え》を左腕で押しとどめるあいだに、次の二本が清胤の脇腹と頰《ほお》をえぐった。焼けつく痛みに奥歯を嚙む。足軽たちはにやにや笑った。

「なれば清胤、お主の首でも構わんぞ」

清胤の目の奥が明滅した。摑《つか》んだ鑓の柄ごと足軽の一人を投げ飛ばし、ぎゃっと尻餅をついた味方の口蓋《こうがい》へ鑓の穂先《ほさき》を押し入れ、喉から背骨へ貫いた。掌《てのひら》に骨を断つ感触がつたわった。

「義を貫いて悪と誹《そし》られるなら、塞《ふさ》がる者こそ卑怯者《ひきようもの》じゃ」

がらあきの喉を鑓の穂先で撫でると鮮血が噴き、脈うつごとに血柱をあげて、骸《むくろ》は三つになった。

熱い息を吐いて顔をあげれば、愕然《がくぜん》と声が漏れた。

「何じゃこれは……」

村はなくなっていた。無数の死体が転がる荒野がいつのまにか広がって、暗雲の垂れこめる空に稲光が走った。軍を動かすときの押し太鼓に似た地響きが大きくなり、地面が揺れる。

「この怪異、狐狸《こり》の類《たぐい》か、それとも悪鬼羅刹《あっきらせつ》か」

法華経《ほけきょう》を唱えたが変化はなく、清胤の横に背負っていたはずの敵将が立って、一方を指した。

《哀《あわ》れきよたね。義を求めて汚穢《おえ》に染むるか。経《へ》テ来《コ》の岩にこれを運べ》

「何を言っておるのか、皆目《かいもく》分からん！」

嗄《しわが》れた声に敵将を見ると、時代遅れの紅緋色の戦直垂の裾《すそ》がたなびいた。

《ここは彼岸と此岸《しがん》の境にて。猪武者にはちと来るのが早い。虎に成《な》ってから参れ》

前方を見ると、むくむくと黒い影が人の形をとり、軍旗を掲げこちらに向かって鬨《とき》の声をあげる。

《我らに降りかかる坂東武者の業《ごう》を断て、きよたね。西へゆけ》

頭を殴られたような痛みに意識が遠のいた。

気づくと、清胤は燻《くすぶ》る焦土に倒れて、小さな独楽《こま》を握りしめていた。

背負った敵将の姿は、なかった。

清胤の話が終わると、扇子の動きがやんで評定の間に失笑がさざめいた。清胤は目を剝《む》いて年上の家臣たちを睨《にら》みつけた。嘘ではない。このような怪異、自分とて信じられぬが、本当に遭《あ》ったのだ。その証拠に独楽はいまも清胤の手にある。

「証拠と言うて、焼け焦げた独楽を見せるでないぞ」

鼻で笑う臣もいる。

主君、千葉昌胤は扇を広げて顔を隠し、宣した。

「原家は、本家分家ともに千葉家に忠義を尽くしてくれた。そなたの父、能登守も。故《ゆえ》にそなたが真実を話して詫びを入れるなら、寛大な沙汰《さた》ですまそうと思うた」

清胤は手をついたまま、汗が襟に吸いこまれていくのを感じていた。虚言だと判じられたのが何より悲しく、唇を嚙んだ。誰も切腹をとめようとしないのも、辛《つら》かった。

ならば潔《いさぎよ》く腹を切るまで。もとよりそのつもりで来た。

だが主君はそれすら許さなかった。金切り声が突如として響いた。

「武士の宿業？　かようなたわ言で罪を逃れようとは見苦しい。いますぐ一族郎党ひき連れ千葉の土地から出てゆけ。いずことも知れぬ地で百姓に戻るか野垂《のた》れ死ね」

目を釣りあげ、扇を投げつける。額の真正面で受けて血が滲《にじ》んだ。

失笑が嘲笑《ちょうしょう》に変わり、評定の間に満ち満ちた。

清胤は身じろぎひとつせず、主君の言葉を聞き、額を板間に擦《す》りつけた。

切腹も許されぬのなら、あの怪異の将の言葉に従ってみよう。死した気になって、誰が為に己の鑓を振るうか、探そうではないか。猪武者ではなく、虎に成るために。

「清胤は、西へ行きまする」

東国は、ここ百年ばかり戦乱に明け暮れていた。

坂東武者とときに誉《ほま》れ高く、ときに嘲笑をもって揶揄《やゆ》された関東の武士は、京《きょう》の大乱・応仁《おうにん》の乱より早く、そして長く、戦さに身を投じた。

実のところ、それは京の室町《むろまち》幕府や公家《くげ》の代理闘争であった。銭、米、領地を求めて関東平野を移動し、仕える主家を違《たが》え、激しく太刀を交わし、殺し、和し、また戦う。

関東の外から切りこんだ者が今後三十年、関東を平《たい》らげていく。

ひとつは、駿河《するが》守護・今川《いまがわ》氏の援助を得た伊勢宗瑞《いせそうずい》(のち北条早雲《ほうじょうそううん》)と氏綱《うじつな》親子。

もうひとつは、関東の一番西の守護、武田《たけだ》氏の信直《のぶなお》(のち信虎《のぶとら》)であった。

二人の若者が、甲斐を目ざして歩きはじめている。

一人は原清胤。やがて「鬼美濃《おにみの》」と名を馳《は》せる。

もう一人はアケヨ。のちに相模守《さがみのかみ》と呼ばれることとなる。

第一章

一　地蔵ヶ岳　イシ

永正十七年（一五二〇）、早春。

彼らが明夜《あけよ》、あるいは赤石《あかいし》と呼ぶ峰々は、いまだ雪深く、霧のなかにあった。

山頂ちかくでは雪は風に飛ばされ、青黒い岩肌と雪渓《せっけい》が、淡く発光する夜明け前の雲海《うんかい》に点々と浮かび、かなたの地平まで続いている。

巨岩が雪から突きだす地蔵《じぞう》ヶ岳《たけ》の山の背に、男が二人立って、夜明けを待っていた。ひときわ大きい一枚岩には、神木のように注連縄《しめなわ》が巻かれている。「地蔵菩薩《じぞうぼさつ》」とも、「お上人岩《しょうにんいわ》」とも呼ばれるその岩柱に身を寄せ、二人はじっと東の方角を見つづけていた。

「がとう長居しちょらんと、イシ」

小さい方の男が急《せ》かし、藁頭巾《わらずきん》の雪をはらい落とした。熊毛を巻きつけた懐《ふところ》を撫でさする。懐には、大事な文《ふみ》が入っていた。

「いも少し待ちゃあせ、キサチ。ちゃあんとまにあうよう考《かんげ》えてら」

イシと呼ばれた背の高い男は、太い眉の下、大きな目を煌《きら》めかせた。背丈ほどもある山桜の大弓を背負っている。「彼ら」のなかでも、これほどの大弓を引けるのはイシだけだった。

山塊の連なりの向こうに、真白い末広がりの峰がある。峰には、今朝《けさ》も細い噴煙があがっていた。

「間にあうんならええけども。ハイヤマなぞ見《め》あいた」

彼らは「三《み》ツ峯者《みねもの》」と呼ばれる山の民だった。三ツ峯者が「ハイヤマ」と呼ぶ山を、里の者は「富士《ふじ》」と呼ぶ。

雲の縁《へり》が輝き、燃える朝日にハイヤマが赤く染まってゆく。イシは目を細め、陽に手を翳《かざ》した。ふつふつと腹の底から温かいものが沸いてくる。この刻《とき》が好きだった。

「綺麗なもんだべ。あの山登って、おてんとうを拝《おが》みに行かず」

「イサでこと」

キサチは山言葉で言って、顔をしかめた。神を畏《おそ》れ、赦《ゆる》しを請う言葉だった。

山には禁忌《きんき》が多い。地蔵ヶ岳の「お上人岩」は、この世とあの世の境目《さかいめ》だから、三ツ峯者や山伏は特別な儀式のとき以外の立ち入りを禁じていた。また山へ文字を入れてはならない。人が作った穢《けが》れたものである文字、文などを持ちこむのも、山の神を怒らせることだと伝えられていた。

二日ばかり前。甲斐南部の河内《かわうち》の武士から油紙に厳重につつんだ文を預かった。甲《こう》府《ふ》の「おやかたさま」が住む館へ届けろ、という命令だった。

近頃は羚羊《かもしか》（アオシシ）や鹿（シシ）、猪、熊の獲れる数が減って、武士の「使い」をすることがある。街道を馬で走れば河内から甲府は二日。わざわざ山の民に運ばせるのには理由があるに違いない。

禁忌を破ってまで御来光が尊《とうと》いかえ、と文句を言い、キサチは雪を漕いで降りはじめた。

「戦さぁ行きてぇ。銭コが欲しい」

ちかぢか里で戦さがあることは、山でも噂となっていた。弓矢巧者や薬草に詳しい三ツ峯者を一人、二人、間者《かんじゃ》働きへ出さねばならないだろう。

こうして文を届けたり、城のちかくに一日じゅう潜んで城に出入りする荷車の数を数えたりするのを間者働きといって、武士からいくばくかの銭がもらえた。イシの山《さん》行《こう》術は三ツ峯者のなかでもとび抜けていて、里で合戦があっても山を抜けてゆけ、平地を馬で駆けるより早いと、名指しされて働くこともあった。

「イシは戦さ行けし。弓ぁつええ。生まれが里者だからいいら」

「武士はえばっててかなぁん」

雪渓を渡りはじめたとき、頂《いただ》きで鈍い音がした。

前方でキサチの藁頭巾が揺れるのが見えた。

「ノマだ」

三ツ峯者が最も恐れるもの、それはヤメエ犬とノマ、すなわち狂犬病に罹患《りかん》した狼と、雪崩《なだれ》であった。早春は気温がゆるみ、斜面の新雪が剝がれ落ちる。はっと振り返ると、白塊がイシの視界を塞いだ。天地がひっくり返る。手足をばたつかせて逃れようとするも、耳や口へ雪が流れこんで息すらできない。

声にならぬ絶叫を放ち、薄青く光を帯びた方へ全身を動かして雪上に這《は》いでた。だいぶ低いところまで流されたらしく、あたりはアカマツやカラマツの繁《しげ》る薄暗い森だった。

イシは両手を擦《こす》りあわせ、頂きを拝んだ。

「もりやのおんかみがお怒りだで……」

罰を受けたに違いない。山に文を持ちこんだこと、禁域に立ち入ったこと、山言葉以外でべらべらと喋る禁も犯した。山神は人が大きな顔をするのを許さない。

火打石や非常用の胡桃餅《くるみもち》を入れた下げ袋がなくなっていた。山桜の大弓と腰にくくりつけた山刀だけが残った。火を熾《おこ》して体を温めねば、凍えて死んでしまう。

その時、林に甲高い鳴き声が木霊《こだま》した。

「アオシシだ……」

鳴き声の方へ雪を漕ぐと、水音が聞こえてきた。沢がある。生きられるかもしれないという希望が、心に火を灯す。

狭い谷筋へ出た。大きな岩が谷幅いっぱいに転がり、ごうごうと音をあげて雪解け水が流れていた。奥に滝があるのだ。ちかづくと、滝壺ちかくで、大きな獣が頭をさげて水を飲んでいた。

幸いこちらの気配に気づいた様子はない。弓と矢を手に、風下を選び、身を低くしてクマザサの繁みの裏をまわった。

アオシシを見たイシは息を飲んだ。牛と見まごう体軀《たいく》、太くひき締まった脚、七つに枝分かれした角は樹木のようだった。銀が混じった毛に白い斑点が散って、喉を動かすにつれ、全身が波うちわずかに発光して見えた。

こんな並はずれたアオシシは見たことがない。

「…………」

気配を察したのか、アオシシが頭をあげた。鼻筋がとおり、金色の目をしていた。

「金目のアオシシは山神であるから決して殺してはならん」という古老の教えを思いだした。

けれど奴を殺さねば、おれが死ぬ。

「死んで、くりょう」

限界まで弦《つる》を引き、はっしと放つ。同時に藪《やぶ》を飛びだした。まっすぐに空気を裂いて矢はアオシシの脳天を貫いた。四肢《しし》を伸ばし、獣は前のめりに崩れ落ちた。沢の水音だけが変わらず響いていた。

「てんぱくしんめにのりてきたらせたまいて　あまつちきよめたまえ　ヤンヤーハーハ」

魂鎮めの祝詞《のりと》を唱え、山刀を喉笛に立てとどめを刺す。腹を裂いて内臓に手を入れると、口から獣のような唸《うな》り声が自然と漏れた。臓腑は熱かった。少しでも体温を分けてもらわねば。急いで皮を広げ、顔を内臓に押し入れ、温かい血を啜《すす》る。喉がかっと燃えた。

「こんねん許してくりょお」

老人のごとき低い声が響いた。

《赦さぬ》

慌てて皮から頭を引っこめると、殺したアオシシの瞼《まぶた》がぱっと開いて、金色の目がこちらを見た。

「うわあっ」

イシは思わず悲鳴をあげてへたりこんだ。

引きずりだした臓物がのたうち、ひとりでに腹に収まってゆく。四つ脚を震わせ立ちあがったアオシシは、角をかざして吠えた。脳天を貫いたはずの矢が落ちる。ぬるい風が吹き、獣とも人の断末魔ともつかぬ雄叫《おたけ》びは峰々に轟《とどろ》いた。クマザサの繁みの暗がりから、嘲《あざけ》るような無数の息づかいが聞こえた。

「ひっ」

イシは後ずさろうとして動けず、小便を漏らした。

《二つ脚の物狂いが山へ入るだけでは飽きたらず、我を生害《しょうがい》せしむとは。景光《かげみつ》気どりか》

耳まで割けた口が、人の言葉を吐く。

イシは両手をあわせ、雪に埋まるまで頭をさげた。

「どうか命ばかりは。かげみつとゆう人は知らん、おんでねえ」

《笹竜胆《ささりんどう》の血筋は滅すと決めた》

「どうか、どうか」

獣は侮蔑《ぶべつ》の色を声に含め、命じた。

《なれば、たてなしの首を獲りて来《こ》よ》

「たて、なし……？」

《さもなくばぬしが最も死にたくないときに命をもらうぞ》

「ひっ、と、獲ってきますだに、めっかるまで探しますだに」

獣の口の端が持ちあがった。

《たてなしの首を獲りて来よ。我は見ているぞ》

ぶるっと全身をひと震いして、念を押す。

つむじ風が雪を巻きあげ、獣は山の稜線まで一気に駆け登ると、一度光る目で振り返り、嵐とともに姿を消した。

震えるイシだけが、沢に独り残された。

鳳凰《ほうおう》の三山、白根《しらね》の三山など、甲斐西筋の山々を自在に移動して暮らす山の民は、三ツ峯者と呼ばれていた。南にゆけばまた別の、河内衆、球磨者《くまもの》という山の民もいた。イシの属する三ツ峯者の一団は古老を中心に男ばかり七人で、早春は穴熊猟のため山の中腹に狩小屋を構えることが多かった。小屋を拠点に、冬眠から目覚めたばかりの熊を獲るのだ。

二日後、獣の血にまみれて狩小屋に戻ったイシは、強い詰問《きつもん》を受けた。

切り落とした枝で梁《はり》を組み、針葉樹の葉をかぶせて屋根とした狩小屋に入ることも許されず、吹雪《ふぶ》くなか土下座させられた。

「こんねん山の上まで、文を入れやがって」

火がついた薪《まき》を投げつけられる。手の甲にぶつかったが、イシは耐えた。

雪崩を避けたキサチは先に小屋に戻っており、かばってくれるかと思ったが、口を堅く横に結び、青白い顔を伏せて末席で小さくなっていた。

「キサチは急かしたのに、お上人岩に行きたがったおんが悪《わり》ぃだべや」

キサチが膝に置いた拳を握りしめるのが見えた。

「お前《め》が『おやかたさま』に詫びいれぇ」

「文が遅れりゃあ、首が飛ぶ」

「イ、イシころが、恩ば忘れよって」

里に生まれ、川の氾濫《はんらん》で親を亡くした孤児を拾ってここまで育ててくれた恩を、忘れるはずはない。背に積もっていく雪の冷たさに震え、罵声《ばせい》を黙って聞いた。

吊るしあげが一段落し、イシが内心ほっと息をついたとき、小屋の奥に座した古老が、重い口を開いた。

「この二日、山犬《ヤメ》も熊《オド》も寝巣《ネス》出て荒らしまわっとる。尋常でねぇ」

ぎくりと身を固くする。

「春先にこんな降りけずくこた、滅多《めった》にねえ。だに二日も空手で生きて来《こ》おはずがねえ。イシ、山でなにょうしでかした」

皺に埋もれた細い目に射すくめられ、奥歯ががちがちと鳴った。

「文を開いたべか」

油紙に包んだ文をイシの目のさきに押しつける。文字が読めるのは、幼いころ里にいたイシだけだ。

「そんね恐ろしいこた、しとらん」

「ならば、アヅコエたな」

禁を犯す、という意味だった。

もはや言い逃れできぬと覚悟を決め、沢で人語を話すアオシシに遇《あ》い、射殺したことを白状した。生き返ったことは言えなかった。

薪が爆《は》ぜる音だけが残り、誰も声を発しなかった。

やがて、古老が組んだ拳を額にあてた。

「小屋燃やせ。こん山ぁだめだ」

男たちがいっせいに啜り泣く。イシは弾《はじ》かれたように叫んだ。

「で、でも、みんなそうするじゃろ。雪にまぐれたら火を熾す。火がなけりゃ獣の腑《はらわた》から熱もらいする！」

文を投げつけ、古老が怒気を抑えて告げる。

「文持って去《い》ね。山神をクラカシ、血を浴びた。カゲミツケガレじゃ。山をいますぐ降り、二度と戻るなかれ。一生山に入ることを禁ず」

ふだん聞かぬ武士のような言葉づかい。カゲミツケガレというのも知らぬ。文を拾いあげたイシは、あとは震えることしかできなかった。

男たちは「何ちゅうダボを」「仕舞いじゃ」と口々に呟《つぶや》きながら小屋を出てくる。イシをとり囲み、誰かがイシの肩口を蹴飛ばした。呻《うめ》いて見あげると、キサチだった。

「はよ、行けっ」

「……キサチ、なあ」

とり縋《すが》ろうとして強く腹を蹴られ、雪原を転がった。泪《なみだ》の痕《あと》が凍りつく。もはや感覚のない額を擦りつけ、イシは絶叫した。

「堪忍してくりょお！」

一人が山刀を抜いた。

「母親が偉《えら》くなったと聞いたから置いとったが、とんだ見当違《ちげ》えずら」

「シッ」

「弓取りの腕が仇《あだ》なすべか」

他の男も山刀を抜き、つぎつぎにイシを蹴る。腹を守ろうとすれば頭を蹴られ、喉を踏みつけられた。息がとまって、イシはじたばたともがいた。

小屋に火がかけられた。脂《あぶら》を含んだ松の葉が煙を生じて燃えあがる。

「全部燃しちまえ」

イシの狩猟道具、大弓や山刀が火の中に投げこまれた。

「あああ」

足を押しのけ火に飛びこんで、道具袋と弓、山刀を拾いあげた。殺気に振り返ると、無数の刃が火に煌めき、獲物にとどめを刺す目が、イシの心臓を射すくめた。

「行きいすけ、行きいすけ……」

イシは荷物を抱いて雪原に立ち、深々と頭をさげた。

「お、親も知らぬイシめを、食わせてくりょう、ありがとう、ごいした」

背をこごめて、白い夜の中へ歩きだす。追手は来ぬようだった。

森に入って闇夜にあがる火柱を見たとき、泪が凍えるままに、膝を折って声のかぎりに泣いた。

風巻く遠くの峰で、狼の遠吠えが聞こえていた。


夜が明けるころ、麓《ふもと》に降りた。

山里はもう、残る雪もまばらであった。木立の向こうに代《しろ》かき前の棚田が見え、薄紅色の朝の空へ無数の雀が飛びたつ。民家からは、炊事《すいじ》の煙があがりはじめていた。

里の者が武川《むかわ》郷と呼ぶ南のはずれ、柳澤《やなぎさわ》村。山際の木々の陰から陰へ、イシはおぼつかない足どりで治兵衛《じへえ》という山造《やまつくり》の小屋へ向かった。

山造は、薪を集めて炭を焼いたり、兎や狐など里山の獣を狩って生計をたてる樵《きこり》である。三ツ峯者も獲った毛皮や熊の胆《い》を売るときは、治兵衛を介して里と取引をしていた。

「おやかたさま」の館に文を届ければ、古老たちの怒りも鎮まるやもしれぬ。新府中《しんふちゅう》と呼ばれ、昨年「おやかたさま」がもといた石和《いさわ》から移り住んだばかりの甲府へは、武川から歩いておよそ半日。イシは行ったことがない。治兵衛なら、甲府や「おやかたさま」について知っているやもと、縋る思いで重い体を動かした。

「ありゃあ……誰だ」

治兵衛の小屋の外に、見慣れぬ武士が数人いる。

木の陰に身を隠してうかがうと、馬に乗った武士と従う足軽が四人いて、治兵衛の一人娘のヤヨヒが送りだすところだった。

「おや。イシの兄ぃだ」

声をかけるなと身振りで示しても、構わずヤヨヒは手招く。昔から勘の鋭い娘であった。

十五をすぎても背丈は子供ほどで、初潮もこず嫁のもらい手もないのだという。ふだんは養女《かいめ》と呼ばれる機織《はたお》り女たちの女棟梁のところへ奉公に出ている。イシは村娘の夜這《よば》いの手引きをしてもらったこともあり、ヤヨヒに頭があがらなかった。

「いいところに来たよ。このお士《さむらい》をヘテコ石に案内《あない》しておくれな」

「お、おえん」

「何でさぁ。里に降りてきたってことは、何か御役目だろう」

三ツ峯者、里者、両方とまじわる山造のもとには、様々な情報が入る。

「そうだけんども……」

ヘテコ石とは「経テ来石」とも表わされ、この世とあの世を分ける境目で、村の守り神として伝えられていた。岩の根元からは万病に効くという清水が湧く。三ツ峯者も山を降《お》り人界に踏みこむとき、また人界から山に戻るときには、必ずこの泉で身を清めるのが掟《おきて》だった。

馬に乗った虎髭《とらひげ》の武士が、イシをじろりと見た。

「お士さま、イシはこのあたりに詳しい者で。怪しい者じゃございやせん」

「弥生《やよひ》どのが言うなら。案内《あない》頼もうか」

「余計なことぉ言《ゆ》うっちょ」

イシがヤヨヒの袖を引いても、早口でやりこめられてしまう。

「御役目、どこだい」

「こ、甲府」

「兄ぃ、そのなりで甲府へ行くつもりじゃあるまいね。里に来たら禊《みそぎ》をする決まりだろう」

獣の血を浴び、穢れた身で里をうろつくのは、まずいだろう。自分のせいでまた災いが誰かにおよんだら——思うだに恐ろしい。

「お主は、名を石《いし》というのか？」

武士がイシに直接尋ねた。「石」や「石くれ」は三ツ峯者がみなしごを呼ぶ名であって、本当の名ではない。だけれどほかに名もない。頷《うなず》くしかなかった。

「わしは原清胤じゃ。尋ね人がヘテコ石という場所へ行ったと聞き、迎えに参る。お主が案内してくれるなら、戻りは甲府までわしの馬に乗せて帰ろう。どうだろう」

このなりで甲府へ行っても、確かに相手にされないだろう。怖さは残るが、ヤヨヒの知っている武士ならまだましだ。

「……へえ、ほんなら。ありがとうごいす」

すぐ出立となった。握り飯を持たせてくれたヤヨヒが耳うちしてきた。

「山で何があったか聞かないよ。甲府では『三河守《みかわのかみ》』を頼るんだ。兄ぃは知らんだろうが、三ツ峯者の棟梁だっておとうが言ってた」

治兵衛の小屋から武川郷の北の端、ヘテコ石のある台《だい》ヶ原《はら》へは歩いて一刻《とき》（約二時間）ほどである。

ふだんは棒道《ぼうみち》と呼ばれる山道を行くが、清胤を連れているため街道を進む。

山々から流れでるいく筋もの雪解け水は、里までくると灌漑《かんがい》用に枝分かれし、飛沫《しぶき》をあげて釜無川《かまなしがわ》へと注ぎこむ。信濃《しなの》・諏訪《すわ》へ向かう街道は、朝早くから馬借《ばしやく》や荷車で賑わっていた。

虎髭の原清胤は、色糸で革の札《さね》を繋《つな》いだ腹当《はらあて》を身につけ、半月の立物《たてもの》をつけた兜をかぶり、従う足軽は九曜紋《くようもん》と八瓢箪柄《やつびようたんがら》が描かれた旗指物を背に差していた。

「お主は山生まれなのか。父母も山におるのか」

清胤はイシのいでたちが珍しいらしく、ぽつぽつ聞いてくる。

「おとうも、おかあも、死ぎごいした。おいはこのあたりの生まれで、四つまで里におったんだけど。縁者もおらんで、山に入《へえ》ったずら」

イシの母は、機織り女であった――と聞いている。古老が教えてくれた。父は早くに死に、母は大風（台風）で氾濫した釜無川に呑まれて死んだのだと。イシは偶然大木に摑《つか》まって命を繋ぎ、拾われたという。

「難儀じゃったのう」

「四つの時分で、覚えてねえでごいす」

清胤は「石《いし》」と呼ぶのを注意深く避けている。忌《い》み名であると気づかっているのだろう。馬を曳きながら問うてみた。

「清胤さまは、どちらの国の」

「何故よそ者と分かる」

「言葉が違えし、九曜紋は甲斐にはあまりない紋でごいす」

豊富な知識に驚いた様子だったが、やがて清胤は眉をさげた。

「下総じゃ。平たく、海のある良い国じゃ。帰りとうても戻れぬ故郷よ」

清胤の生まれた原家は、もともとは下総国を治める千葉という殿さまに仕えていたが、「ヘマをして」御家追放となったそうだ。仕官先を求めて関東のあちこちを流浪し、甲斐国に来たばかりであるという。

武士は生まれた地に一生居るものだと思っていたが、主君を替え、移り住むのは珍しくないらしい。足軽たちは下総からついてきた者で、清胤は彼らを食わせねばならない。

武士にはそういう苦労があるのだな、としみじみ思った。自分の先ゆきが分からないから、よけいに胸が苦しくなる。ふいに言葉が口をついてでた。

「甲斐を、嫌いにならないでくりょう」

「はは、お主のような者は好きじゃ」

清胤は言ってから口をもごもごと動かして、兜の庇《ひさし》をさげてしまった。覗《のぞ》きこむとたがいに噴きだし、少しだけ胸が軽くなった。

台ヶ原に着いたのは昼前であった。先は信濃との国境いで、街道は深い山へ消えてゆく。

街道をはずれ、丘陵《きゅうりょう》がせりだした台ヶ原の北側へ向かうと、急流が台地をえぐっている。

「向こうの杜《もり》が、ヘテコ石のおやしろでごいす」

川の対岸は墓場になって、石塚が無数にあるほか人家はない。石塚の奥に深緑の木々が集まった小さな社《やしろ》があり、あとは人の住まぬ深い山となる。

「尋ね人はすでに着いておろうか」

街道からはずれたとたん、人と馬の足跡が無数に現れたのが気になった。郷民しか通らぬはずの道に、新しい十、いや十五の足跡。人だけでなく、馬もある。

「清胤さま、先に誰かが来つら。お探しの御仁かのう」

だーん、と破裂音がした。

清胤以下、武士たちの目つきが変わる。せりだした崖の縁《へり》まで走ると、下の河原で小競《こぜ》りあいが起こっていた。川を渡ろうとする武士十騎ばかりを、岸から男が五、六人で襲っている。こちらは鉢金《はちがね》に脚絆《きゃはん》の軽装で、武士くずれの野盗と見えた。

一人が鉄の筒を構えている。

「津金《つがね》衆の火筒《ひづつ》だ」

南蛮《なんばん》渡来の、鉛玉を詰めて火薬で放つ手持ち筒である。西国《さいごく》でさかんだが、このあたりでは鋳鉄《ちゅうてつ》に長じた津金衆が持っていると聞いた。シシでも熊でも一発で息の根をとめるという。

清胤が叫んだ。

「御屋形《おやかた》さま！」

視線の先に、急流を馬で渡ろうとする若い武士の姿があった。あれが甲府に居るという武士の惣領《そうりょう》、「おやかたさま」だというのか。こんなところに何故——。

雪解け水で増水したこの時期、川は並の者では渡れまい。落ちれば四肢を岩に砕かれよう。春先には四肢のない百姓の死体が川下で多くうちあがる。

「甲斐の盟主に弓引こうとは、不届き者め」

いきりたった清胤が矢を放つ。狙いは大きくはずれ、野盗の男たちがこちらに気づいた。だーんと破裂音が聞こえ、崖がえぐられる。あたればひとたまりもない。

「おいお前ッ」

御屋形さまが川中から鋭く声をあげた。崖から思わず身を乗りだす。こちらを射すくめる目と、イシの目がかちあい、目の奥で火花が散った。

兜もつけず髪を振り乱したその人は、流されつつイシを指し川下へ、清胤を指し川上へ、迷いなく腕を動かした。最後に何ごとかを短く叫んで姿が没した。

清胤が早口で問う。

「御屋形さまは、何と仰《おつしや》った」

首まで呑まれながら、「やれ」と言った。

イシは山言葉が口をつくのも構わず、まくしたてた。

「伴《とも》狩りだ。勢子《セコ》は敵を追いたてる。追いたてた先に射手《モリヤ》を置いて仕留《トメ》る」

《往《ゆ》け》

誰かが耳元で囁《ささや》いた気がした。

「どういう意味じゃ」

「川上から敵を川下に追ってくんりょう。おんが仕留《トメ》る」

清胤の足軽が「お前ごとき狒々《ひひ》が戦えるものか」と怒鳴りつける。イシは背の大弓を構え、苛《いら》だちに任せて叫んだ。

「時がねえ、早《は》よ行けっしゃ！　狩りならおんのが上手《じようず》だ」

清胤が肩に手を置いた。力強く分厚い掌《てのひら》だった。

「信じるぞ」

言うや馬の腹に蹴りを入れ、傾斜がゆるい川上の崖を降りはじめる。足軽たちも不《ふ》承不承鐙《しようぶしよう》を掲げて続いた。

川の冷気がまとわりつき、体が震えた。清胤に触れられた肩だけが熱い。山の神々の名を早口で唱えて、掌に息を吹きかける。

「ちかと、もりや、てんぱこ、やつがお。神さん、教えてくりょう」

おんは、誰かに信じると言われたことがあったか。

頼りにされたことがあったか。

これを裏切れば、おんは、もう駄目な気がする。

「やってやるとも」

雪泥の地面を蹴って、崖からはりだした樅《もみ》の木に登る。三度目の発裂音が響いた。

川中で御屋形さまを守る武士の頭に礫《つぶて》が命中し、がくりと首を折って馬ごと流れに呑まれた。

野盗は六人。次は御屋形さまの頭を狙っている。別の一人が「木の上にもおるぞ」

と叫んで、矢を樅の木へ射かけてきた。

「下手くそめ。手本ば教えたる」

火筒の射手に狙いを定める。腹から力が湧いて、腕の筋《すじ》が膨らむのが分かった。は
ずせばあの人は死ぬ。文を届ける役目も御破算だ。させるか。必中のまじないを口で
転がした。

「ちかとのおんかみ、ごしょうらんあれ」

弦をはじく。軌跡は見えなかった。数瞬後爆発音がし、暴発した火筒から火炎が噴

きあがった。腕をもろともに失った射手の絶叫が聞こえた。

「つし」

慌てる野盗の群れへ、清胤たちが襲いかかる。清胤は、鑓を突きだして瞬くまに二人を突き殺した。イシが一人の太腿《ふともも》を矢で貫き足をとめると、清胤が駒を走り寄せ、鑓を横薙《よこな》ぎに首を刎《は》ねた。

「すげえ」

川中に目をやると、御屋形さまの姿がない。ひやっとしたが、敵の攻め手がゆるんだのを見、自力で岸に流れ着いていた。

背負った野太刀《のだち》の鞘を落とし、若い屋形は野太い声で叫んだ。

「ようわしに歯向かったな」

向かいくる野盗を、一刀のもとに袈裟がけに割った。残った一人は何ごとかを喚《わめ》き散らし、小刀をかざして御屋形さまに摑みかかる。

「妾腹《しょうふく》の子が嫡男なぞ武田も落ちたものよ」

懐に入られ、御屋形さまが顔を歪《ゆが》める。

「頭ぁさげえ！」

叫ぶやイシは弦をはじいた。矢は御屋形さまの後ろ頭を掠《かす》め、男の喉を貫通した。仰向けに倒れ、男はこと切れた。河原に満ちる血と煙の臭いがこちらにまで流れてきた。

鼓膜まで震える怒声が、河原に轟く。

「五郎信直《ごろうのぶなお》に仇なすなら、死ぬ覚悟をして参れ」

川中に残った武士も河原に引きあげられた。清胤がこちらへ走ってきて、降りてこいと腕を振る。仕方なしに崖を降りると、清胤に強く背を叩かれた。

「見事な弓取りじゃ」

人を殺したのは初めてだったが、山では罵られた弓の腕が役にたって、胸のつかえが軽くなった。

河原で濡れた衣服を乾かすあいだ、清胤は死体に手をあわせ経をあげてまわっていた。

「可怪《おか》しな武士がおるのう」

いつのまにか御屋形さまが横にいて、同意を求めるように軽く眉をあげた。上半身裸で抜身の野太刀を肩に背負い、体には無数の刀傷があった。歳は二十代半ばだろうか。背はイシよりも低いが肩幅が広かった。太い眉に釣りあがった大きな目。ヤメエ犬のようにおっかねえなと思った。

目をそらせば襲いかかられる気がして、真正面から視線をあわせた。配下の武士がイシの腕を摑んで跪《ひざまず》かせようとするのを制し、御屋形さまは唇の片方を持ちあげた。

「命拾いしたぞ。甲斐守護、武田五郎信直である。わしの采配がよう分かったな」

御屋形さまの名前を、イシは初めて知った。

「猟のやり方と同じですだに」

「なるほど。狒々の狩りと武士の戦さは同じと申すか」

「あ、いや……あ、あのう」

懐に手を入れ、油紙に包んだものを慌ててとりだす。

信直は、表の宛て書きに目を留めた。

「これは三河守宛てだ。結局わしに報告されるものだが、勝手に見るとジイの面目が潰れる」

文を返され、イシはうろたえた。

「甲府の館へ届けろと……おんは、『おやかたさま』のお赦しを得て、山に」

信直の声に険が宿る。

「やかましい。わしは甲斐の国主だ。いくつもの武家が臣従を誓っておるが、その内にお前はおらぬ。文は三河守に持っていけ。順序を守らねば、成るものも成らぬ」

「……へえ」

もうイシへの興味は失せたらしく、信直は清胤を呼んだ。

膝をついた清胤は、深々と頭をさげた。

「某、千葉氏が元家臣、原能登守友胤が嫡男、清胤と申す者。こたび御屋形さまに仕官を願いに参じました」

「ほう、噂の下総の義士か。負傷した将を敵陣まで送っていったという」

清胤は、その話はいまはお忘れくだされ、と身を小さくして恥じ入った。

「何故じゃ。お主こそ真《まこと》の武士。わしは武功を挙げる者は他国者でも甲斐国人と同じく遇するぞ」

これを聞いて、こわばっていた清胤の顔が輝いた。

「原家は御屋形さまへの仕官を願っておりまする。何とぞ」

甲府に戻りしだい詮議する、と信直は答えた。もちろん悪いようにはせぬ、とつけ加えるのも忘れなかった。

「わしは急いでおる。ヘテコ石というのは川向こうのあれか。案内せい」

「はっ」

ヘテコ石の杜は、夜にしか入れない決まりであった。山神は夜にしか里に降りない。一度台ヶ原を治める武川衆の屋敷まで戻り、夜まで休息をとることとなった。

イシは決して家の門をまたがず、屋敷の外で火を熾し、ヤヨヒにもらった握り飯を頬ばった。屋敷からは酒宴の声が聞こえ、麦飯がやけに冷たく感じられた。

寒かろうと、清胤が茶碗に味噌汁をそっと持ってきてくれた。

空は赤みを増し、白い峰がぼうと光る。山里が暗がりへ沈んでいくのを、二人で黙って見た。狒々と蔑まれる自分と武士の清胤に、かわせる言葉などなかったのだと思った。

屋敷に戻る際、清胤は慰めるように言い残した。

「いずこを見ても山で息がつまりそうじゃ。しかしお主にはこれが安堵《あんど》する景色なのだろうな」

膝を抱え、冷えてゆく味噌汁を啜った。

日が暮れてから、イシと清胤は、信直についてヘテコ石を目ざした。

東の八《や》ヶ岳《たけ》から月が昇り、野は月明りに輝きはじめる。夜は冷えこみ、喋ると息が白く流れた。轟き流れる渓流《けいりゅう》の浅いところをイシが先に渡って縄を張り、杜の入口にいたった。

薄い光が木のあいだを縞《しま》となってさしこむ。一番後ろを歩く清胤が、具足をがちゃがちゃ鳴らして大声で聞いた。

「御屋形さまは、何故このような山奥にいらしたのです」

「子が病気でな。亡き母上からここの泉の水は万病に霊験《れいげん》があると聞いた」

はあ、と気のない声を清胤が返す。おそらく他の家臣も同じような反応だったのだろう。信直は吐き捨てるように言った。

「誰も行かぬというから自ら行くと言えば、大事に何を考えていると冷ややかなもんだ。妾腹の子など、みな構いやせん」

あからさまに清胤は眉を寄せた。

「甲斐の国主ともなれば、ときに親子をも見捨てる御覚悟も必要では。府中は異様な雰囲気でしたぞ。戦さになると、みな噂しておりまする。寡兵で出たきり行方《ゆくえ》知れずというのは、感心致しませぬ」

きっと睨みつける信直を、清胤も引かず見返した。

「いまは、禄《ろく》をもらわぬ牢人の戯言《ざれごと》にありますれば、聞き流していただいて結構」

引いたのは信直だった。肩を竦《すく》め、呟いた。

「お主のように口やかましい、年ちかい臣も必要やもな」

空気をとりなそうと、イシは杜の中心を示した。木がなくぽかりと空が見える。

「『おんやしろ』に入るときは、おんの作法を真似してくりょう」

杜の中心に、人の背丈の倍はある一枚岩があった。白っぽい地色に青い閃光のような筋が縦に入る巨石で、これがヘテコ石であり御神体そのものである。四方には丸太柱が立てられ、ヘテコ石は注連縄を巻かれて鎮座していた。

地面と接するところに亀裂がはしり、清水が湧いて泉となる。泉の底に巨大な蛇神が封じられているという言い伝えもある。

清胤が一歩後ずさりし、首を振った。

「悪鬼が言うたは誠じゃった。恐ろしいわい……」

「かように動かぬ神なら可愛《かわい》げもあろうに」

怯《おび》える清胤を信直が鼻で笑う。イシは慌てて制した。

「山神さまを怒らせないでくりょう。大変な大水になるだに」

聞くや、きっと信直は眦《まなじり》を釣りあげる。

「おれは山神どものそういう狭量さが大嫌いじゃ」

「ああ、イサでこと。山の神様赦してくりょう。水の霊験が失せてまうだに」

それは困ると、信直は勝手を言った。

イシが先頭に立ち、祝詞を唱えながら四本の柱をたどって一巡し、結界の内へ入る。

「けちかい入らせたまいて　清めたまえ　祓《はら》えたまえ　風吹き杜も芒《すすき》もなびきしょる」

信直は目を瞑《つむ》り小さな声で、子の病気治癒《ちゆ》を祈る言葉を唱え、水を汲んだ。

信直が水を汲みおえるのを待って、イシは獣の血にまみれた筒袖を脱ぎ、膝ほどの深さの泉へ入った。

見あげると、木々に丸く切りとられた夜空があり、ざわめく風に星々が瞬く。このぶんだと山頂は雪嵐であろう。イシは身震いし、山神が起きて見ている、と思った。獣の内臓の温かさ、呪いの声、蹄の音、臓腑の臭い。すべてを流そうと、指の一本一本を洗い、震えながら肩へ背中へ頭へ、刺すような感覚を全身で覚えこむように、何度も水をかけた。

「清めたまえ　祓えたまえ　風吹き杜も芒もなびきしょる」

首からさげた母の唯一の形見である御守りを握りしめ、流水に罪を流す。流せば流すほど、獣の声は鮮明になる。

《なれば、たてなしの首を獲りて来よ》

たてなしとは何だ。誰なのだ。

がちがちと歯が鳴った。

背に衣がかけられた。驚いて振り返ると、信直が静かな声で言った。

「その辺にせんと、死んでしまうぞ。あー……名を何と言うたか」

清胤がそれは、と言いかけるのを目配せし、泉からあがって答えた。

「イシ、と」

「それは名ではない。仮名《けみよう》でいいから考えろ」

　自分で名をつけてもいいのかと、頭が晴れるような気がして、すぐ、地蔵ヶ岳のお上人岩から見た、ハイヤマの日の出を思い浮かべた。

「アケヨ」

　口にすれば脳裏に温かな赤銅色《しゃくどういろ》が満ちる。体を拭くと、熱が湯気となってたち昇る。昔からその名であったような気さえした。

「アケヨ。良い名じゃ」

　言いながら信直は、アケヨの二の腕をじっと見ている。左の二の腕には皮膚が溶けたような拳ほどの痕があるのだ。

「それはどうした」

　気づかれていたかと目を伏せる。衣に袖を通して、昔、古老が折檻で松明《たいまつ》を押しつけた痕だと、険しい顔の信直へ答えた。

　やにわ太刀を抜いて、信直は御神体の岩へ斬りかかった。

「なにようする」

「祟《たた》りをなしてみよ山神、我は武田五郎信直。この男を山の軛《くびき》から解き放ちに参った」

　澄んだ残響を、信直のよく通る声がかき消す。太刀を手に、岩へ挑むような目を向けるその人は鬼神のようだった。

「名は、己が天より授かった定めのかたち。『石《いし》』という名はお前を山に縛りつける軛。身に沁《し》みた罪業一切、この泉へ流せ。過ちを犯した者を罰し、のちに赦すが神の役目ぞ」

「神さんは赦してくださろうか」

手本を見せてやる、と信直は言って手をだした。

「身につけている大事なものに息を吹きこみ、よこせ。身代わりとする」

言われるがまま、首からさげた御守りを手にとった。擦り切れた布地に「美篶天伯《みすずてんぱく》社《しゃ》」とある機織りの神様の御守りで、唯一の母の形見であった。

「……上伊那《かみいな》の生まれか」

「いんや、おかあが上伊那だと聞きごいした」

「そうか」

息には魂が宿るという。心をこめて息を吹きかけ御守りを渡すと、信直は自らの古びた守刀とともに岩に置いた。清胤も急かされ、煤《すす》けた独楽《こま》を下げ袋からだして置いた。

手をあわせ、目を閉じる。たてなしの首を獲るまで、これを質《しち》とするので許してくれ、とアケヨは懸命に祈った。

ふと、朗々と声が響いた。

「不求同日生、只願同日死、三人同行同坐同眠、誓為兄弟」

「いまのは何だべ」

「唐国《からくに》の昔話だ。蜀《しょく》という国を作った君主と二人の義士は、桃園《とうえん》で『我ら兄弟生まれた日は違えども、同じ日に死なん』と義兄弟の契《ちぎ》りに盃《さかずき》を傾けるのよ」

信直は、手にしたかわらけの盃で泉の水を汲んで、盃をアケヨに押しつけた。

「いまアケヨは世に初めて生まれ落ちた。その言祝《ことほ》ぎよ。清胤はその介添《かいぞ》えじゃ。いいか、我らは義兄弟であるから、とくにアケヨ、へりくだった言葉は以後使うな」

この男は本当は霊水を汲みに来たのではなく、別の目的があってヘテコ石に来たのではは、とアケヨは思った。言うことは荒っぽく、何をしでかすか分からない。ヤメエ犬のようにおっかない。

盃の中に月光が照り返し、信直の目が輝いている。

——行って、みんべか。

アケヨは、盃を受けとり、口をつけた。冷気が身体に沁み、体の澱《おり》が毛穴から抜けでるような心地だった。

盃を返すと、信直はにやにやと笑みを浮かべて清胤を見た。

「清胤はいくつじゃ」

「二十四になり申す」

「お、おんは三十二で……」

アケヨが言いかけると信直は鼻で笑った。まるで知っている、とでも言うかのようだった。

「わしは二十七じゃから、末弟は清胤じゃ」信直は声を改めた。「お主の言うたは正しい。わしに足りぬのは親子兄弟をも殺し尽くす覚悟よ。甲斐九筋二領《くすじにりょう》を一統《いっとう》してみせようぞ」

むっつりと清胤が手をさしだす。盃の半分ほどを飲んだ。

「焚《た》きつけたのはわしですからな。死すまでお傍《そば》におりましょう」

「できぬ祈誓《きせい》はすな」

「身命を賭《と》しまする」

むきになって清胤が半身を乗りだすと、信直は額を掻《か》いた。

「莫迦《ばか》め」

冷たい風に木々はさざめき、夜空に散る星々は淡く光を投げかける。

最後に信直の番となった。

盃に口をつけ、一気に呷《あお》ると、ヘテコ石に投げつけて割った。

これで他の誰にも盃を干すことはできなくなった。

「我ら兄弟それぞれにみな、呪い子よ」信直は手の甲で口元を拭《ぬぐ》う。「ただでは死なぬ」

つかのま風がやんで静まり返る杜の、体に食いいる寄る辺なさに、三人はそろって空を見あげていた。

二　甲府・躑躅ヶ崎館　アケヨ

武川衆の屋敷で仮眠をとり、翌朝一行は甲府に向けて発った。地侍《じざむらい》の歓待に気をよくした信直は、彼らにこう告げた。

「武勇に秀でた者あらば甲府に来い。召し抱えるぞ」

道々では百姓が粗末な家から走りでて、信直へ手をあわせる。百姓にとって武田の惣領は神仏のごとき存在なのだ。アケヨには、彼らの心情が分かる気がした。

昼すぎに甲府に着き、居館である躑躅《つつじ》ヶ崎館《さきやかた》に入った。苦み走った顔の家臣が大勢で信直をとり囲み、口々に不満を言いはじめた。最後に顔の左半分に布を巻いた老臣がやってきて、平手で信直の頰を叩き、低い声で言った。

「すぐに軍議だ」

信直は怒るわけでもなく、平静と「分かっておる」と答えた。臣をひき連れ、館の奥へと歩きだしたところで彼は振り返った。

「アケヨ、三河守を呼んでやる。そこで待っていろ」

信直が行ってしまうと、清胤も具足を鳴らして踵を返すので、思わず腕をとってひき留めた。

「きよたねさま」

「わしは義弟じゃ。清胤でよい。御屋形さまが気づかうなと仰ったのに、わしに畏《かしこ》まられては立場がない」

こんな虎髭の厳めしい弟がいるか、と思ったが、言いなおす。

「清胤見たか、『御屋形さま』をひっ叩《ぱた》いたぞ。おっかねえのう」

清胤はあくびを嚙みころした。

「あれは筆頭家老の常陸介《ひたちのすけ》さまじゃ。わしは武田の家臣ではないから、沙汰あるまで世話役の駒井《こまい》どのの屋敷で待機じゃ。ではのう」

「なれるといいのう、家臣」

「お主も山へ帰れるとよいのう」

片手をあげると、清胤は足軽をひき連れ、去っていった。

去年の暮れに棟上げをしたばかりだという躑躅ヶ崎館は、巨大だった。見アケヨはあちこちを見た。高い天井は、お上人岩と同じくらいあるやもしれぬ。見あげると菱形《ひしがた》の四枚の花弁の家紋、花菱の幕がかかっていた。古老が昔、砂地に枝で描いてみせた花菱は形が歪んで頼りなかったが、朱に染められた花菱紋を見ると、ぶるりと体じゅうの毛が逆だった。

外には広い馬場と厩《うまや》があり、十数頭もの馬が繋がれている。敷地をへだてる真新しい土塀は端が見えず、館全体がどれくらいの広さか、見当もつかない。

「館というよりお城だべ」

館を行きかうどの人も、色鮮やかな真新しい着物をまとい、色が白かった。みなアケヨをちらっと見て通りすぎてゆく。蔑みと畏れのまじった視線。なかには扇を開いて骨のあいだから覗き見る、魔除けの見方をする者もいた。

半刻ばかりすると家臣たちが戻ってきた。慌てて馬場の隅に逃げようとしたところ、背後から声をかけられた。

「ほ、噂通りの偉丈夫よ」

振り返ると、腰の曲がった小柄な老人がいた。直垂はぶかぶかで、烏帽子から白い髪がまばらに落ちている。皺の奥にくすんだ灰色の瞳があって、静かにこちらを見ていた。

大木のごとき角を持つ老いた羚羊《アオシシ》を、一瞬思い浮かべた。

「来なさい」

思いもよらず速足で歩きだす。彼が三河守だろうか。筋骨隆々たる武人を想像していたアケヨは、戸惑いながら老人の後を追った。

主殿《しゅでん》をまわって奥へ、竹林の生垣《いけがき》に囲まれた庵《いおり》の前で老人はとまった。庵の脇には小さな畑があって、里芋、蕪菜《かぶらな》などが植わっていた。

引き戸が開け放たれているが、人影はない。あがるとき、老人は一礼した。

「御無沙汰しております、御方さま。曾根《そね》三河守昌長《まさなが》にござる」

鴨居《かもい》の上に、アケヨの御守りと同じ、美篶天伯社の御札がかけられている。

「ここは……」

「亡き御母堂を偲《しの》んで、御屋形さまが建てられた草庵よ」

妾腹だという信直の母は、美篶天伯社のある信州・上伊那の出身なのかもしれぬ。それで信直は御守りに興味を示したのかと、合点《がてん》がいった。

一礼して、上がり框《かまち》に腰をおろす。三河守は炉《ろ》の鉄瓶から茶碗に湯を汲んで、さしだした。茶碗を手に、アケヨは狭い庵をぐるりと眺めた。年季の入った地機織《じばたお》りの道具が土間にあり、奥の文机《ふづくえ》には書物や巻物が乱雑に積まれている。

アケヨは白湯《さゆ》をふうふう吹いて啜った。午後のゆるい日だまりに体が温まる。山と違って毛皮ではもう暑いほどだ。

「ジイさまが三河守さまでござえますか」

アケヨは懐から文を丁重《ていちょう》にさしだした。ようやくこれで役目が果たせると思うと、重荷が肩から降りる心地だった。

「文の日付から、ずいぶんかかったのう」

　曾根三河守は目を通し、首を捻った。

「あ、あ、あの、大事《でえじ》なもんでごいしたか」

「中身がどうであれ、早く届けるのがお主の役目ではないのか？」

「面目ねえ」

　ただ頭をさげて詫びるしかなかった。

「まあ、言いわけをせぬのはよい心がけじゃ。文はお主以外にも複数のつてで運ばれておる。しかしこたびはえらい目に遭ったのう」

　驚いて曾根三河守を見ると、老人はお地蔵様のような笑みで頷いた。

「山へ戻りたいのだろう？」

　アケヨは控えめに頷いた。

「二の腕に火傷《やけど》の痕があるな。前に何が彫られていたか覚えておるか」

「あ、あのう」

「わしが答えてやろうか。武、と入れ墨があったはずじゃ。呪わしいとか何とか言うて、古老が焼いた。違うか」

　危うく茶碗をとり落としそうになった。そのとおりだった。何故知っているのかと背筋が寒くなる。

「…………」

「郡内でも似た印を入れる郷がある。境目《さかいめ》の土地でようある風習じゃ。武川は諏訪にちかい。諏訪の侵攻で乱取りがあって、奴婢《ぬひ》として連れ去られても、買い戻せるように印を入れる。お主の母が言うておった」

「おかあを知っとう」

障子に竹の長い影がさし、薄暗がりから嗄《しわが》れた声がする。

「三ツ峯者は、呪《まじな》いや、山薬の調合、狩りの方法、掟が外に漏れるのを極度に嫌う。奴らは男《おのこ》ばかりじゃ。可怪《おか》しいと思わなんだか。どうやって子を増やす？」

まさかと茶碗を手で包みこむ。もう温かみはほとんどない。

「里の子を……」

「攫《さろ》うてくるのよ。寝入る赤子、あるいは夕暮れどき。薪拾いから帰る児《こ》をかどわかす。父母はもがさや洪水、火事で死んだと吹きこんで。里者は天狗《てんぐ》のしわざと諦めるしかない」

父は早くに死に、母は釜無川に流されたと聞いた。その記憶はアケヨにはない。霞《かすみ》がかかって思いだせない。ただ、山から追いだされる前、誰かが奇妙なことを言っていた。「母親が偉くなったから置いとった」とか。

あれはどういう意味なのだ。

「わしは其方《そのほう》の出自を調べた。三ツ峯者らは人攫いの責《とが》を恐れてなかなか話さなんだが。確かめたいのは其方の幼名よ」

「餓鬼《がき》のころの名？」

イシと呼ばれる前、自分が何と呼ばれていたのか。

分からない。急に胸が痛んだ。衣擦《きぬず》れの音がして、耳元で三河守が囁く。

「太郎とか次郎かな？　何助とか、何吉――」

「狐ジイ、アケヨをいじめるな」

遠くから声が飛んだ。大股でやってきたのは信直だった。顔についた泥を綺麗に洗い落とし、若緑に白い文様の入った直垂に替え、引立《ひきたて》烏帽子を被っていた。

都に居るという「みかど」はこんな姿だろうか。眩《まぶ》しくてアケヨが目を瞬《しばたた》かせると、信直は得意げに鼻を鳴らした。手には徳利と盃があり、すでに酒を飲んでいるらしい。

「三河守は三ツ峯者の棟梁ぞ。お前を誑《たぶら》かすなど朝飯前よ」

やはりこの老人が三河守か。そう言えばヤヨヒも「三河守は三ツ峯者の棟梁だ」と言っていた。

「種明かしをされては、困り申すのう」

上がり框にどかりと信直も腰かけ、手酌で酒を呷って潤《うる》んだ赤い目を向けた。

「で、覚えておるのか幼名は」

アケヨが首を横に振ると、盃になみなみ酒を注いで飲み干す。

「なれば、何か歌を覚えておらぬか」

信直は酒臭い息を吐き、焦《じ》れたように足を踏み鳴らした。

「もうええわい。お前、副将やれ。副将じゃ」

御屋形さま、と曾根三河守が腰を折って信直に囁く。

「話が違うではございませぬか。わしに預けて間者頭にすると」

「わしの眼で確かめた。俺の頭ごしに津金衆の喉を射抜いた。家中の弓矢巧者、例えば板垣《いたがき》にもひけを取らぬ。間者にはもったいない」

「二人とも待ってくんりょう」

たまりかねてアケヨは二人を制した。間者頭、副将とは何だ。何を言っているのだ。自分は役目をはたし山に帰りたい。それだけだ。

上下するアケヨの肩を、信直が摑んで揺すった。

「覚悟は良《え》いか。お主を武士にするぞ」

目の奥の熾火《おきび》が、焰《ほのお》となる。頬がかっと熱くなったのは怒りのせいだ。

義兄弟だ何だと、だまされた。

反射的に信直の手をはらって草庵を飛びだした。

「勝手に決めんな、だぼ！　武士なんぞ戦さばかりしとう」

「待て、話したいことがある」

「聞きとうない、おんは山さ帰る」

外は暮れ方、寒々とした風が竹林を揺らしていた。薄闇に立ち尽くす信直の目と声が、恨みがましく追いかけてくる。

「山に戻って、生きる途《みち》などもうないぞ」

三　躑躅ヶ崎館の歌会　原清胤

四月卯月《うづき》の甲斐は、春の終わりを迎えていた。

峰々の残雪は陽光に輝き、霞む山里は桜や若緑の打掛を広げたようであった。

重臣が居並ぶ躑躅ヶ崎館の評定の間に、原清胤は父と並んで座し、土塀の向こうに咲きほこる桜を見た。侍女であろうか、はずむ声が聞こえてくる。

隣に座る父は、下総にいたときより痩せて老けこんだ。千葉家を追放され牢人となったとき、母や弟が清胤をなじっても、父は責めなかった。

父は、雇ってくれる家を探すと決めた。一年、関東を彷徨《さまよ》い、甲斐にたどり着いた。

重臣たちの列を見、来年のいまごろには末席に座ってみせると決意する。

上座についた筆頭家老の荻原《おぎわら》常陸介昌勝《まさかつ》が、「御屋形さまが参られた」と触れると、すべての臣が深々と首を垂《こうべ》れる。

二十七歳の若き屋形は、大股で入ってきた。面《おもて》をあげよと許しを出されて主君を見る。

首座についた武田五郎信直はこの日、上機嫌であった。

「先日は世話になった。今後も旗本足軽大将として武田に尽くせ」

「身命を賭してお仕え致しまする」

父と子は、深々と頭をさげた。親しげな声が清胤と呼ぶ。企《たく》み顔の主君と目をあわせた。

「ヘテコ石の誓い、忘れるなよ」

数日後、躑躅ヶ崎館で甲斐の有力国衆《くにしゅう》を招いて歌会が開かれた。

国衆とは甲斐国内に一定の領地をもつ独立性の強い氏族であり、なお武田家に従うをよしとしない者も多かった。

清胤はじめ足軽大将は前日から館に詰めて客を迎え、周辺や甲府の大路《おおじ》の警護などに大忙しであった。

警護のついでと、甲斐に来たばかりの清胤のため、足軽大将たちが府中を案内してくれた。

大路に商人が店を出し、物売りの呼びこみが喧《かまびす》しい。辻では京から来たという怪しげな物売りに人だかりができていた。清胤の生まれた下総には、これほど栄えた町はなかった。

「京の都のようですな」

清胤が感嘆すると、他の足軽大将たちが笑う。案内にかこつけて歌会前の緊張につつまれる館を抜け、彼らも息抜きがしたいのであろう。

「京は甲府が十あっても足りぬわい」

武田家は実力のある牢人をひろく諸国から募っており、足軽大将には甲斐以外の国から仕官した者が多かった。遠く西国から来た者もいた。

戦さが起きようというときに何故歌会を開くのか、清胤は年かさの横田《よこた》高松《たかとし》に訊《たず》ねてみた。横田高松は齢《よわい》三十五で、父の代は近江《おうみ》甲賀《こうが》の六角《ろっかく》氏に仕えていたという。腕に見える古傷は清胤より多く、かつ深く、相応の修羅《しゅら》場《ば》をくぐってきたのだろう。

大路の団子屋の娘から買った蓬餅《よもぎもち》を食いながら、横田はのんびりと答える。

「戦さになるかは、歌会しだいじゃのう」

「何故です」

昨晩から宿直《とのい》をともにする小畠孫十郎《おばたまごじゆうろう》が教えてくれた。

「歌会で誰が敵にまわるか分かる。病気だの理由をつけて欠席したなら、御屋形さまへ叛意《ほんい》あり。詠む歌で相手の真意も知れる」

六つ年上、ちょうど三十。小畠家は父・盛次日浄《もりつぐにちじよう》の代に遠江《とおとうみ》より仕官し、弟の弥《や》左衛門《ざえもん》（のち光盛《みつもり》）はじめ武勇に秀でた一家であった。当主である小畠孫十郎はひょろりと背の高い男で、背の高くない清胤は速足で追いかけねばならぬ。

「歌などで真意が分かりましょうか」

横田も小畠も含み笑いのまま、答えない。

昨年末、代々の拠点石和の川田館《かわだやかた》から、信直は新しい府・甲府を興し、甲斐の国衆すべてに甲府で住むことを命じた。屋形の監視下で暮らせという命には、当然反発が起きた。その急先鋒が、東郡《ひがしごおり》の国衆栗原伊豆守信友《くりはらいずのかみのぶとも》、逸見《へみ》の浦今井《うらいまい》氏である今井兵庫助信是《ひょうごのすけのぶこれ》といった、国衆でも古く由緒ある家の者たちで、ちかぢか甲府を退去するという噂まで流れている。

反抗勢力は、信直の義父である西郡《にしごおり》の有力国衆、大井信達《おおいのぶさと》を引きこもうと、様々に工作をかけているらしい。大井信達は、過去に何度も信直に反旗を翻《ひるがえ》し、他の国衆にも強い影響力がある。

「先年の和睦《わぼく》で、娘を御屋形さまの室にさしだしたと聞きましたが。義父どのが反乱側に与《くみ》しましょうか」

答えるのは、上条彦三郎《かみじょうひこさぶろう》という足軽大将である。この男は甲斐出身だった。

「娘という人質がおっても戦さを選ぶ、それが乱国甲斐のやり口よ。土倉《どそう》と商人には愛想よくしとけよ。軍備《いくさぞな》えの金策でさんざん世話になるからな」

納得がいかず、清胤は口を曲げた。

「何故臣が従わぬのです」

横田高松が困って額を掻く。

「原どのには分かりにくいであろうが、この国は一時、守護代の跡部《あとべ》氏に専横されたこともあり、九筋二領、地域ごとに独立した気風が強いからのう」

甲斐を分ける九つの筋とは、栗原（東郡）・万力《まんりき》・大石和・小石和・中郡《なかごおり》・北山《きたやま》・逸見・武川・西郡の九つの地域である。残る二領は自治領の色が濃い河内領と郡内《ぐんない》領で、甲府盆地からへだてられた富士川流域を河内、武蔵《むさし》相模の国境付近を郡内と呼んで、それぞれ有力国衆が治めていた。

そもそも、甲斐というのは百年ばかり、乱が途切れない。

信直の祖父、甲斐国守護・武田刑部大輔信昌《ぎょうぶのたいふのぶまさ》は、嫡男の陸奥守信縄《むつのかみのぶつな》を疎《うと》んじ、側室の子、油川彦八郎信恵《あぶらかわひこはちろうのぶよし》に跡を継がせようとしたことから、信昌・彦八郎信恵と信縄の間に争いが起きた。家臣はどちらかにつくことを迫られ、国を二分する血みどろの政争は《兄弟相論《そうろん》》と史書《ししょ》に揶揄された。

両陣営は一度は和睦し、嫡男・陸奥守信縄が武田当主に就いた。しかし父・刑部大輔信昌の死で、再び兄弟間の争いが激化。信縄は兵や臣を多く失いながら甲斐の大部分を平定したが、三十七歳の若さで病没した。

無念の死をとげた信縄の嫡男が、わずか十四歳の五郎信直であった。

和睦した油川彦八郎信恵も、若年の甥なら勝てるとみて、三度挙兵した。

「五郎さまは元服を終えると同時に、白装束で軍の先頭に立った。わしは十九で足軽組頭であったが、この人を決して死なせまいと思ったものよ」

小さい目を細め、小畠孫十郎は傷だらけの腕をさすった。足軽、または足衆《あししゅう》と呼ばれる彼らは、銭で雇われた者であったが、彼らが主君信直を語るとき、目に炎が宿る。

信恵側についたのは実弟・岩手《いわで》縄美《つなよし》、信恵の筆頭家臣である栗原昌種《まさたね》、郡内の小山《おやま》田《だ》氏をはじめ、河村《かわむら》氏、工藤《くどう》氏など重臣が数多くいた。

圧倒的不利にありながら、信直は翌年の坊《ぼう》ヶ峰《みね》の合戦で叔父の信恵を破った。

「こたび甲府を退去するという噂があるのも、油川の旧臣。それが御屋形さまの招きに応じて、歌会に来るというわけだ」

躑躅ヶ崎館の堀前へ戻ってきた。煌めく馬具をつけた馬や輿《こし》、従臣が大手門にひしめき、進んでゆく。館の奥から笛や太鼓の華やかな調べが流れてくる。

「本音を言えば、大井どのは戦さ上手ゆえ、敵にまわって欲しゅうないのう」

横田高松の呟きに、小畠、上条がため息をついて賛同した。

大井信達は他の国衆にも娘を嫁がせている。長い戦乱で国衆は婚姻による縁戚関係を拡げたため、誰かを処罰すれば別の誰かの恨みを買う。ゆえに信直は何度国衆の反抗に遭おうと、厳しい処断をくだせないでいる。

聞いているうちに、清胤は胸がむかむかしてきた。

「武田の御家はもっと強くなければ。大井どののように御兄弟が結託し、妹御を嫁がせては」

「それじゃそれ！」

とたん、足軽大将たちが目に喜色を浮かべて清胤を囲んだ。

「先日お主が武川郷から連れて来た山人《さんじん》、どこにおる」

アケヨのことか？　義兄弟の誓いをしたとはいえ、姿が見えぬから山に帰ったと思っていた。

にやにや笑いながら上条彦三郎が耳うちしてくる。

「あれが御屋形さまの弟御だというのは誠か」

「えっ」

「国境いまで水を汲みにいくなど、可怪しいではないか。御子の竹松《たけまつ》さまが御病気なら八幡宮《はちまんぐう》でも呼んで加持祈禱《かじきとう》すればいい。あれは弟御を迎えにいったとの話ぞ」

「さっき団子屋の娘にも尋ねられたぞ。供をしたお主なら知っておろう、え、答えい」

気の弱そうなあの男が、信直の弟だというのか？　三ツ峯者という山の民が？

清胤は首を捻る。たしか年も三十二と言っていた気がする。

「そう言われましても、某《それがし》も初耳で――」

正午を告げる鐘が鳴った。歌会の御前番《おまえばん》の交代の時間なので、と清胤は逃げるように館の御前の間に向かった。

御前番をしていたのは、清胤と同い年の多田三八郎《ただざんぱちろう》という足軽大将だった。寡黙な男で、知っているのは美濃《みの》侍ということだけだ。

「多田どの、交代致す」

多田の配下の足軽たちが足元に置いた長鑓を手にとった。清胤の一間半（約二・七メートル）の鑓の倍ほど、二間半（約四・五メートル）もある。そういえば、横田、小畠、上条ともに配下は同じような長鑓を引きずっていた。戦場でどうやって振るうのかと不思議に思った。

座敷にそろった色とりどりの素襖《すおう》や直衣《のうし》に侍烏帽子の男たちを、多田は一人ずつ示して名を挙げた。

「あれが大井どの、下座に栗原伊豆、今井兵庫、河内の穴山《あなやま》、郡内の小山田、河村隠《お》岐《き》。覚えておけよ、戦さになればみな大将首だ」

ヘテコ石ちかくで信直を襲った津金衆というのは、今井兵庫助の手の者という。

「この歌会、不慮《ふりょ》の儀あらば身をていして御屋形さまをお守り申す」

背筋を伸ばして頷くと、多田は違うと首を振った。

「いざというときは大井を斬れ。三河守どのよりの命《めい》だ。『御屋形さまの手を汚させるな』と」

耳を疑った。この晴れの場で主君の義父を斬れというのか。背にじわりと汗が滲《にじ》んだ。

来客がそろうと書院造りの客殿へ移動し、歌会が始まった。

床の間に歌道の名人を描いた掛け軸がかかり、歌を記した懐紙を文机に載せる。文机の脇に侍る頭巾の男が、歌を詠みあげる読師《とくし》であろう。板の間に畳を並べて控える客のうち武人は半分ばかりで、ほかは恰幅《かっぷく》の良い商人や僧、公家のような格好をした者だった。

清胤ら番役の士や、客の供は地面に茣蓙《ござ》を敷いて座る。

最後に信直が着座すると、歌詠みが始まった。読師が甲乙丙《こうおつへい》と点をつけ、ここが悪い、ここが凡庸《ぼんよう》だ、などと評価する。みな恥ずかしそうに笑ってぺこぺこ頭をさげるのが、気色悪い光景だと思った。

「連歌師《れんがし》が読師とは格が低うございますな。道灌《どうかん》公の歌合わせとは雲泥《うんでい》の差」

いつの間にか隣にきた若い僧がこう言った。歌会に出ている僧の弟子なのだろうか、苦笑まじりに餅菓子を載せた手をさしだす。

「おひとついかが。侍女から分けてもらったのです」

「結構。歌は生きる心地を詠《よ》むと教えられた。それぞれの生に優劣などあるものか」

戦場で助けた敵将の受け売りを述べると、僧は興味を持ったらしく、長元《ちょうげん》と申しますと一礼した。

「面白き見地にて。が、恐れながら、御武家さまは下手にございまする。いまの時節なら歌題は春や桜にすればよかろうに、松がお題とは。御武家さまは長久の印とかで松がお好きですなあ」

「知らぬ」

長元はただ口元をゆるめただけだった。

「第一あんた、道灌公の歌合わせなんぞ見たことなかろう、何十年前の話じゃ」

「おお、大井どのの歌ですぞ。甲斐で聞く価値のあるのは大井どのと、京都奉公衆の道鑑《どうかん》どのくらい。後学のためにお聴きあれ」

長元に袖を引かれて客殿を向くと、一首が朗々と詠みあげられた。

梓弓《あずさゆみ》　射るやみつみね　春がすみ
松葉のかたわれ　我が手にあらなば

首を捻る長元に、小声で訊いた。

「どういう意味じゃ」

「内容が薄いと言うか……二つに分かれた松葉の片方が我が手にある、という和歌にて」

双葉の松が、夫婦や兄弟にたとえられることくらいは、清胤でも知っている。

松葉の片方を手に入れた。

はっと客座の大井信達に目を転じると、大井は開いた扇に息を吹きかけた。羽が一枚、赤い筋を見せて舞い落ちる。赤い鷹の矢羽。アケヨが使う矢の矢羽だ。

「アケヨを捕らえたという脅しではないか」

信直が扇をかたかたと開いて顔をおおう。扇の裏の顔が怒りに染まるのを、清胤は察した。

そもそも団子屋の娘に知れるほど、噂が急に広まるのも不可解だ。縁者が捕らわれたとなれば、武田の面目が潰れる。

「おのれ卑怯であろう！」

客座にいた全員がざっとこちらを見た。

アケヨが弟だというのが真実だとしても、いまはただの山の民だ。山に帰りたいと膝を抱え、泣きべそかいて握り飯を食《は》む男だ。武士の諍《いさか》いに巻きこんで人質とするなど、義に悖《もと》る汚いやり口ではないか。

清胤は泥もはらわず縁側に足をかけた。客人たちが後ずさる。

「大井どの、いまの和歌を猪武者めに、ご説明願いたい」

栗原、今井といった者だけが、殺気をみなぎらせて身構え、脇差に手をやる。大井信達は二人を抑えるように扇をはたはたと扇《あお》いだ。清胤の父と同じ年頃で、髭に白いものがまじる、がっちりした体格の男。淀《よど》んだ目に軽蔑の色が宿った。

「わしはただ、歌題にそうた松の歌を詠んだだけぞ」

清胤は縁側にあがり、御簾《みす》を鐺ではらいのけた。

「原清胤を侮るな！　質をとって脅す下劣さを恥じよ」

「貴様、無礼であるぞ！」

「伊豆、兵庫、よい」

大井信達は扇で栗原伊豆守、今井兵庫助を制し、信直へ目を向けた。

「婿どの。歌道の素養のない不作法者を傍に置かれるは、好ましくございませぬ」

合図があればいつでも大井信達を突き殺せるよう、清胤は身構えた。

信直は扇をぱちりと閉じた。閉じた扇から現れたのは、媚《こ》びた笑みであった。

「誠にて候《そうろう》。義父上《ちちうえ》、我が臣の非礼、御寛恕《ごかんじょ》くださりませ」

深々と頭をさげる主君に、信じられない思いで清胤は叫んだ。

「御屋形さま！」

「この信直、義父上の風雅には遠くおよびませぬが、お応え申す」

信直は手を叩いた。

襖が開いて、奥の間から桜鼠《さくらねず》に松葉模様の打掛を羽織《はお》った若い女性が現れた。後ろに隠すように三つ四つばかりの女の子を連れている。大井信達の手から扇が落ちる。

女性の顔はいくぶん青ざめて、硬い声音で言った。

「父上、久方ぶりに。和睦の証《あかし》として私めを御屋形さまに嫁がせて以来にございまするな」

父に向けるとは思えぬ、女の酷薄な目に座が静まり返る。

彼女が現れた意図を飲みこめず、清胤は主君を見た。信直の口がやれ、と動いた。

夫人を害せというのか。

ぞっと背中が冷えた。

ゆっくり座を横切って大井夫人の横に立つ。全身から汗が噴き、手が震えだした。

戦さで数えきれぬほどの男を殺したが、女を斬ったことはない。この細い体を突けば皮膚が裂け、臓物がぼたぼたと落ちる。そんな想像をした。

信直の続く言葉に、鐔をとり落としそうになった。

「義父上。こちらも松の葉を手にしてござる。女子は手折《たお》るもたやすきこと」

「気が触れておる！」

はじかれたように叫んだのは大井信達の隣に座した栗原伊豆守だった。脇差の柄に手をかけ同時に今井兵庫助も立った。清胤は栗原、今井の目先に鐺を構えて押しとどめた。

「御二方、乱心めさるな」

「乱心はどちらだ！」

怒声をさえぎり、割れんばかりの哄笑《こうしょう》が響きわたった。

肩を揺らして信直が立ちあがり、夫人の連れた娘を引き離して抱きあげ、歪めた顔を大井信達に向けた。

「わしは義父上と戦いとうはない。武田と大井、質をたがいに返し、丸く収めてはいかがかな。其方はどうじゃ」

「御屋形さまの仰せのとおりに」

夫人は頷いて、白い手で清胤の鐺の柄に触れる。香を焚きしめたよい匂いが漂った。

「通りますよ」

夫人の能面のような顔が清胤を見る。手汗で鐺を落とさぬよう、必死で柄を握りしめた。

絞《しぼ》りだすような声で、大井がやっと言葉を発した。

「……このような所業、道理が許すと思うてか」

「道理は知らぬが、義父上を力で組み伏すつもりでおりまする。質は必ずお返し頂きたい」

「あのような狒々《ひひ》、すぐに放ってくれるわ」

大井は金切り声で扇をうち捨て、大股で出ていった。栗原、今井ら大井方の国衆も後を追う。

夫人は信直に向きなおった。

「では、行って参ります」

「うむ。体に気をつけろ」

噴きだす汗が頰をつたって床に落ちるまま、清胤は、退出する夫人をただ見送ることしかできなかった。

歌会の一件は、甲斐国内を駆けめぐった。いよいよ戦さだと甲府は大騒ぎになった。座を抜けなかった河内領主穴山氏、郡内領主小山田氏、河村隠岐守らは信直側についたと目された。

清胤に御咎《おとが》めはなく、家に帰された。父はすでに軍備えの借銭に土倉へ出かけていた。

母や妹は旗指物や脚絆の綻びをつくろい、兵糧を入れる打ち飼《う》い袋《がい》を作るのに布地を裁っていた。弟の甚助《じんすけ》は鎧櫃《よろいびつ》から鎧を出して、縅糸《おどしいと》が切れていないか確かめている。

酒を呷り、かいまきを体に巻きつけてもなお、内から震えが湧いてくる。放心する清胤を弟が呼んだ。

「兄上手伝ってくだされ。縅糸は紺《こん》のままでよろしいか」

「うるさい」

躑躅ヶ崎館を辞去する際、僧の長元が囁いた言葉が忘れられなかった。

『わざと大井を反逆するよう仕向けたのでしょうな。歌会すらも御屋形さまにとっては戦さにて』

否。戦さは歌会の前から始まっていたのだ。アケヨが自分の弟だという噂を流したのも屋形自身ではないだろうか。アケヨを大井に捕捉させたのも計算ずくかもしれぬ。

まるで夫人もアケヨも駒と言わんばかり。身内をも捨てる覚悟とは、かようなものか。

頭痛がひどく、裏の井戸で水を頭からかぶった。

松明を煌々と灯《とも》した躑躅ヶ崎の館が見え、その向こう、夜の甲府は明かりがいやに多い。

人々の欲を油に火が灯る。

戦さが恐ろしいと、清胤は初めて思った。

四　富士の巻狩り　アケヨ

甲府にほどちかい荒川《あらかわ》の河原で、アケヨは身柄を返された。

殺気だった大井方の兵が見守るなか、甘利次郎《あまりじろう》という侍大将と、宿老《しゅくろう》の曾根三河守昌長の縁戚で曾根大学助《だいがくのすけ》という二人の若者がアケヨをひきとった。十日ばかり土牢《どろう》に押しこめられて憔悴《しょうすい》しきったアケヨは、とぼとぼと徒歩で二人の武士の後をついていった。

アケヨたちが甲府を通りすぎるとき、町はずれの時衆《じしゅう》の寺、一蓮寺《いちれんじ》の門前に市が立っていた。

「かいこ神さまの繭玉《まゆだま》いらんかね。戦さに行った男衆《おとこし》が帰ってくる御守りじゃ。おかあや嫁コが持って手繰《たぐ》れば男衆が帰ってくるでよ」

真白い繭玉に赤糸で護符をつけた御守りを、女たちがつぎつぎ買っていく。物売りの老婆が甘利次郎に近づいて繭玉を見せた。

「甘利さま買《こ》うてくだされな。奥方さまに持たせれば、戦さから帰ってこられますだに」

「不要じゃ、活路は己の腕で拓《ひら》く」

「ひひ、甘利さまは豪勇の士であらしゃる」

老婆を追いはらうと、アケヨを振り返り、甘利は唾を吐いた。

「貴様を弟御とは認めぬ。貴様のせいで御屋形さまは御方さまを泣く泣く帰したのだ。汚らわしい疫病神《やくびょうがみ》め」

アケヨはうんざりと甘利の仏頂面《ぶっちょうづら》を仰ぎ見た。自分だって信じられぬ。

「おんだって、好きで捕まったわけでねえ」

「狒々はさっさと山へ帰れ」

「甘利さま」

曾根大学助が見かねて声をかければ、甘利はふんと鼻を鳴らして二度とこちらを見ない。

甲府をすぎて山裾をぐるりとまわりこむと、甲斐東部の、石和、勝沼《かつぬま》、塩山《えんざん》へいたる。鎌倉《かまくら》幕府のころより甲斐に根をおろした、古い武家の屋敷が多い地であった。

若緑に萌黄《もえぎ》、桜、山には色が散り、鶯《うぐいす》が囀《さえず》る。ここまでくると戦さの前の異様な空気は失せ、田植えの終わった田には若い稲が薫風《くんぷう》にそよいで、百姓たちが懸命に働いている。

やがてこんもりとした山が現れた。塩ノ山といい、陽が傾くころ麓にある菅田天神《かんだてんじん》社《しゃ》に着いた。

曾根大学助が社殿の棟札を示し、教えてくれた。

「アケヨ見てみろ。御屋形さまが寄進なされた札だよ」

寄進した者の名が記される木札は、他のどれよりも大きかった。

「たけだごろうのぶなお、だけは分かる」

すると大学助は、我がことのように嬉しそうに笑った。

神職に誘われ、アケヨだけが本殿の裏へ通された。庫裡《くり》か宝物殿か、木々におおい隠されひっそりとした高床造りの社殿の前で、信直が待っていた。

新緑の木々とともに、若苗色の直垂の袖が揺れる。

アケヨはか細い声で問うた。

「のぶなお、嫁を手放したって本当か。お前とおんは本当に兄弟なのか」

その人は、昏《くら》い目のまま黙っている。怒っているのだと思い、アケヨは頭をさげた。

「武士をばかにしたことは謝る。でも、放っておいてくれんか。おかあが同じでも、狒々と武士じゃあ一緒に居られん」

ようやく信直は口を開き、手の内の錆《さ》びついた鍵を見せた。

「社殿を見てから決めても良かろう。ここへはわしと社領を預かる於曾《おぞ》家の当主しか入れぬ」

　錠前を開け、御幣《ごへい》の垂れる観音《かんのん》開きの扉を信直が引くと、湿った黴《かび》の臭いが流れた。アケヨもそろそろと後に続く。

　入るとき、信直は軽く一礼した。

「お久しゅうございまする、御累代《ごるいだい》さま」

　なかは狭く、長持《ながもち》が置かれ、正面に古びた甲冑と兜があった。

　甲冑は胴の部分に白い文様が桜のように浮かび、袖や草摺《くさずり》は朱糸と黄糸が交互に縅《おど》されている。古めかしいが雅《みやび》やかな大鎧だった。鉢形《はちがた》兜には金の鍍金《ときん》が施された鍬形《くわがた》の立物がついていた。アケヨには、鹿の角に見えた。

　顔をあげると、朱の丸を染め抜いた畳一畳ほどの本陣旗が壁にかかっている。

　これらが武田の宝である、ということは直観で判った。

「楯無《たてなし》と御旗《みはた》だ。楯もいらぬほど堅強な鎧と、日輪の旗。武田の祖である源《みなもとの》新羅《しんら》三郎義光《さぶろうよしみつ》が着用し、武田家当主に代々受け継がれたものだ」

「たてなし……」

　闇の中でかさかさと、何か小さなものが蠢《うごめ》いている。

《たてなしの首を獲りて来よ。我は見ているぞ》

暗がりから黒い霞が大きな手の形となり、こちらに摑みかかってきた。アケヨは走って社殿から逃げだし、膝をついて吐いた。霞は、外までは追ってこなかった。こみあげる苦い胃液を口から滴《したた》らせる。全身から汗が噴き、震えがとまらない。

この鎧を奪えと命じられたのか。

それとも奉ずる信直の首を――。

後ろから信直がやってきて、そっと背中をさすった。

「瘴気《しょうき》にあてられたか。おれは気配すら感じぬが。この地は甲斐の鬼門。強い呪《しゅ》が集まっておるそうだ。御旗と楯無も鬼門封じゆえ」

「見ようとしちゃあいけん！」

「怖れに目を閉ざすな、アケヨ」

いくつもの古傷が残る骨ばった手が、アケヨの肩を摑む。

「ひとつ、昔話を聞け。ひい爺さんのそのまたひい爺さんくらい昔の話だ」

「嫌だ。おんと関係ねえ」

アケヨは強くかぶりを振った。

「当時の将軍、源頼朝《よりとも》公は富士山の裾野で大きな巻狩りを催した。ひと月にもおよぶものだったらしい――」

「聞きとうねえ」

アケヨを無視し、昔語りは続いた。

巻狩りのさなか、頼朝の前に巨大な鹿が現れた。

弓の名手であった工藤景光《くどうかげみつ》という御家人《ごけにん》がこれを三度射たが、すべてはずれた。すると見るまに暗雲がたちこめ、嵐となったという。

驚き惑う武士たちに、鹿は目を金色に輝かせ人語を話した。

『我は名を秘す山神である。愚かな武士よ、我に弓を向けた傲岸不遜《ごうがんふそん》に報《むく》いて九代にわたる呪をかけようぞ。貴様らは弓矢をとりては親兄弟係累を殺し、滅べ』

矢を射た工藤景光は、その夜高熱を出し、発狂して死んだ。

金目の鹿。アケヨは髪を摑んで膝頭に顔を埋めた。

姿は違えど「景光気どりか」と激したあの山神だ。

あの目がこちらを見ている。

「武田家始祖源義光より数えて五代、石和五郎と称された武田信光《のぶみつ》も巻狩りに馳せ参じておった。褒美の書状も残っておる。鹿の蹴爪《けづめ》のような染みが残る書状がな。こうして源の血をひく諸氏は親殺し、子殺し、兄弟殺しの宿業《景光穢》を背負うようになった。かくいうおれも、叔父の油川信恵を討った。命乞いをするのを、この手で首を落として」

景光穢──カゲミツケガレ。山で古老が口にした言葉だ。

「弟が兄を殺し、子が父を殺す。誠、武士とは度しがたい」

公暁《くぎょう》、北条時政《ときまさ》、三浦胤義《みうらたねよし》、北条時宗《ときむね》、小田顕家《おだあきいえ》、小鹿範満《おしかのりみつ》、そして足利茶々丸《あしかがちゃちゃまる》。

何かに憑《つ》かれたように、信直は名を挙げた。身を寄せ、囁きかける。

「お前は何の禁忌を犯した」

山神を弑逆《しいぎゃく》する禁忌を犯したアケヨに、穢れを祓う方法はあるのか。

それが楯無の首を獲ることなのか。武士に、なることなのか。

アケヨはただ首を振る。

「その山神を知っとる。おんの前に羚羊《アオシシ》の姿で現れた。関わっちゃあいけん」

「武田の家に生まれるその前からやりなおさねばのう」

信直は苦笑いし、懐から小さな文箱《ふばこ》をとりだした。

拙い片仮名まじりの筆跡の、短い願文《がんもん》が開かれた。

敬白願書ノコト
息災ヲ祈リタテマツル
寅吉

五郎

仍《よ》ッテ件《くだん》ノゴトシ、

永正三年丙寅十月十三日　於妙

奉進献菅田天神社

御宝前

「上伊那の美篶天伯社の御守り、武の字の入れ墨。わしの名、五郎の前に書かれた『寅吉』という、おそらく、兄」

寅吉と母に呼ばれていたかどうか、おぼろな記憶は何も教えてはくれぬ。応えられないのが哀しくて、

ざっと強い風が吹いて、木立がざわめく。かすかな歌声が耳に届く。視界がぼやけた。

「さんよりこより（災遣れ子寄れ）

出水《でみず》ぞいつの泪河《なみだかわ》

とうと（唐土）の神遣れ行く先へ

あまのはばきよ召しませ、三峰川《みぶ》」

《おお厭じゃ、てんぱこの唄じゃ》

背後の庫裡で幽かに人ならざる声が聞こえる。

「そん子守唄はおかあが……よう唄ってくれた」

床板に大きな染みがひとつ、またひとつと、広がった。

信直の手がアケヨの髪を撫でる。

「ようやっと、見つけた」


社殿の扉を閉め、鍵をかけながら信直は母のことを語った。

「いよいよ駄目だという時に、母上は願文を書いて、それで初めて嫁ぐ前に子がいたと知った。母上はわしに何にも言わなかった。探してくれとも、何も」

母が死んで、一年たらずで父も後を追うように死に、十四歳で家督《かとく》を継いだ信直は戦さに明け暮れた。そして戦さの間をぬって、少しずつ母の来歴を調べていった。

母は南信州、上伊那の生まれであった。戦さの乱取りで武川の庄屋に買われ、機織り女となり、男子――アケヨ――を産んだ。父親は分からぬ。知らぬ足軽に輪姦《りんかん》されたからだ。男子は四つのとき、薪取りに行って帰らなかった。

天狗に攫われたのだ諦めろ、と村衆にとめられても諦めきれず、代官に訴えて門前ばらいされ、狩りに出ていた武田陸奥守信縄の目に留まった。信縄は身分の低い女を側室にするため、岩下《いわした》という地侍の養女にしてから娶《めと》った。

ほどなく、信直が生まれた。

「三ツ峯者にそれらしい男がいると分かったが、戦さ続きで山など行けなんだ。俺は母上の供養《くよう》のため、攫われた子が無事でいると分かれば十分だ。武田の家に入ればお前にも呪はおよぶだろう。山へ帰れ、お前が望むならな」

「………」

呪はもう自分におよんでいる。人ごときが宿命から逃れられるはずがない。

「彼奴《きゃっ》らの呪いは、ただの我欲じゃ」

信直の声に険が宿った。アケヨが信直を見ると、前を睨みつけたまま続けた。

「己だけが可愛いことよ。縄張りを守りたい。自分の命脈を保ちたい。武士が邪魔だから殺しあわせる。これが欲でなくて何じゃ」

ヘテコ石で信直が神に対して不遜な行動をとったわけがようやく分かった。

「でも、山神さんに逆らったらいかん」

強い眼ざしは、ここからは見えぬ遠い山嶺を見据えるかのようだ。

「甲斐を一統する。祟りなどと我欲をかざす古い神が入れぬ、堅固な人の国を造る」

清胤は、戦さをして足軽を食わせる。信直は国を造って、民草と清胤のような家臣を食わせる。それが武田惣領の役目で、だからこそ民草は信直に手をあわせるのだ。

武士とは。何と強い。この男についていけば宿業から逃れられるだろうか。金目の羚羊《アオシシ》から逃れられるだろうか。

震える拳をアケヨは握りしめる。

「おんも、行かず」

信直は耳に手をあて、意地悪く聞き返した。

「そりゃ行くのか行かないのか。山の言葉は分からん」

アケヨは立ちあがり、初めて信直に会った清胤がしたように、武田の惣領の前に膝を折り、両の拳を脇についた。震えがとまった。

素性も怪しい種違いの兄の消息を知りたければ、家臣に命じて捕えるだけでもよかったはずだ。

信直はわざわざ来てくれた。

「おれも、御屋形さまと往きまする」

山の端に最後の光を投げかけ、陽が山向こうに落ちる。豊かに水をたたえた田へ山影が落ちる。群青《ぐんじょう》に変じる夕暮れの空へ、百姓のあばら家からたち昇る炊煙が、ぽつぽつと吸いこまれてゆく。

「甲斐一、いや東国一の弓取りになれ」

信直の目は、夕陽を受けて細められた。

数日後。

躑躅ヶ崎館の北の一角には書院造りの茶室があり、限られた重臣を呼んで内々の話をすることがあった。その夜、信直は三人の臣を呼んだ。

上座から荻原常陸介昌勝、楠浦刑部少輔昌勝《くすほぎょうぶしょうゆうまさかつ》、曾根三河守昌長。三人とも五十を越えた武田家中の宿老である。

曾根三河守が扇で口元を隠し、肩を揺らす。

「つんつるてんじゃ」

アケヨは肩を縮こめて末席に座していた。清胤の母と妹が着つけてくれた直垂は、裄丈《ゆきたけ》があわなかった。清胤と背が頭ひとつ違うから当然ではあった。

「御屋形さまは何故この者を」

整った面長顔の、楠浦刑部の当惑した視線が痛い。アケヨが岩下の御方の子で、信直の種違いの兄だということは、三臣には知らされていた。

「はてのう。常陸どのは知っとるか」

曾根三河守に問われた荻原常陸介は、黙したまま動かない。

信直に「わしが全部とり仕切るから黙って座っておればよい」と言われて茶室に来

たが、何が始まるのかアケヨ自身も知らなかった。

「まあよい。御屋形さまがいらっしゃれば分かること。アケヨ、こう拳をついて、額が床につくほどに腰を折るのじゃぞ」手をとり曾根三河守は耳もとに口を寄せた。

「いざというときは『楯無御旗に誓った』と言え」

これから起こることに予感があるらしい。アケヨは小さく頷いた。

足音がちかづいて、からりと障子が引かれる。信直は足早に奥の座に腰をおろし、面をあげよ、と言った。

「大儀である。三河守、奴らの様子は」

すぐに軍議が始まった。

「三ツ峯者によりますれば大井、今井ともに栗原屋敷に足繁く通うておる様子。明日明後日にも甲府を退去するかと。乱は栗原を首魁《しゅかい》とするようですな」

娘をとり返しておいて、乱の首魁となるは気がひけたか義父上、と信直は薄く笑った。

「どれほど同調者が出る。小山田、工藤、岩手、河村、向山《むかいやま》、飯富《おぶ》はどうじゃ」

某が、と楠浦刑部が淀みなく答える。

「郡内の小山田からは御屋形さまに背かぬとの証文を得ております。歌会で席に残ったので、動けなくなりましたな」

「くそつまらぬ歌詠みなどした甲斐があったわ。小山田がこちらにつくなら上々」

「工藤、岩手、河村も動かぬ旨の証文をとりましたが、合戦に馳せ参じるかは不明。飯富は大井を父の仇と見ておりますゆえ、御屋形さまに与《くみ》しましょう。向山は栗原側につく向きもございますれば調略を進めまする」

信直は脇息を前に置き、両腕を載せた。

「敵はいくら」

「刑部も狐ジイも濁《にご》すからわしが言う。五年前より過酷な戦さじゃ」

荻原常陸介が身を乗りだした。顔の左半分を布でおおい、髷《まげ》は結《ゆ》わずに垂髪を後ろでひとまとめに結んでいる。

「敵は三千をくだらぬ。こちらは二千集まるかどうか」

五年前に、大井信達の反乱があった。大井氏の居城・富田《とだ》城を攻めるも落とせず小山田、於曾、飯富といった譜代格の重臣三十人、兵二百を失った。信直の劣勢に目をつけた駿河の守護大名、今川氏親《うじちか》は甲斐に進軍、大井・今川連合軍との戦さは一年以上におよんだ。今川兵は甲斐じゅうを蹂躙《じゅうりん》し、苅田《かりた》をし、人家を焼きはらい、信直自身も命からがら恵林寺《えりんじ》に避難する有様であった。まぎれもなく、信直最大の敗北だった。

荻原常陸介は掌で床を打った。

「西に今井、南に大井、東に栗原。甲府は囲まれたも同然。こちらは甲府の普請で軍備えにまわす金も足りぬ状態。万が一今川が動かば――」

「武田は滅びる。であるな」

みなまで言うな、と信直は手を振った。

「誠に分かっておるのか！」

「分かっておる。わしが叔父上との戦さに勝てたのは、おじじさまの代からの重臣である主ら三傑の功。わしは白装束を着てお人形をしていただけじゃ。帰りたいか、アケヨ」

突然信直の声が飛んで、飛びあがらんばかりに驚いた。帰りたい一心で、入り口ばかりうかがっていたのだった。

「……へえ」

「駄目だ」信直は扇でアケヨを示した。「こやつはわしの唯一の『弟』じゃ。勝沼に土地が空いていたろう。館を建て、勝沼信友《のぶとも》と名乗らせる」

一瞬の沈黙。常陸介が拳で床を殴りつけた。

「気が触れおったか！　猿に兜をかぶせても武士にはならぬ！」

アケヨも耳を疑った。武士とは今日から名乗れるようなものではないはずだ。

「しかし刑部は父上が英心《えいしん》を寺に入れて僧としたとき、『手駒がのうなった』と嘆いたぞ」

名を出された楠浦刑部は言いよどんだ。

「それはそうですが……副将を求めるお気持ちは推察しますが、兄弟ばかりは新たに作りようもございませぬ」

常陸介も勢いこんで連ねる。

「繕っても絶対に漏れるぞ。勝沼の弟者《おとじゃ》は猿だと広まる。甲斐どころか東国の笑いものよ」

意に介さず信直は涼しげに言った。

「お主らが教えればよい。わしを育てたように」

三ツ峯者は、武田の副将になどなれない。アケヨが一番分かっている。だが、逃げてどこへ行くのだ、と自問で指先が震えた。吐き気すらこみあげ、目の前が暗くなった。

異変に気づいた曾根三河守が、肩を軽く揺すった。

「御屋形さま、ちとアケヨをさがらせてよろしいか」

三河守の声が、山の古老の声と重なって聞こえた。古老たちのさざめく笑い。山を降りれば、女たちの甲高い笑い声。そして山神の声。自分を疎んじ、嗤《わら》い、そして呪う声に翻弄《ほんろう》されてきた。

もう山には戻らぬ。

信直と往くと決めた。

「楯無御旗に誓いました。御屋形さまを守ると」

一瞬にして座が静まり返った。楠浦刑部が青ざめた顔で目を見開いた。

「誠さように申すか」

「は、はい」

常陸介が膝を進めた。

「五郎。先日遠乗りへ出たな。どこへ」

信直は静かに返す。

「塩山、菅田天神社」

楯無、御旗の収められている神社の名に、荻原常陸介は額を打って呻き、楠浦刑部は頭《こうべ》をがっくりと垂れた。唯一、曾根三河守だけが端然としていた。

「御屋形さまをおれは――」

「狒々は黙っておれ！」

「黙らん！　道を歩けば百姓に拝まれる人が、十四歳から戦いづめで、何で戦さが終わらねえ。河内衆も、駿河衆も、山を冒《おか》してきよる。何で追いはらわない。武士が偉いのは、敵を追いはらうからだろう！　でなけりゃ武士はだぼだべなぁ！」

低い姿勢から、アケヨは上座の三人を睨みつけた。目がちかちかした。

「おれが、信直の盾になる。手足となる。使い潰してみせろ」

常陸介は顔に巻いた布をはずした。左の顔半分は土気色をして、潰れた骨が岩のような輪郭を形づくり、目は完全に埋まっていた。

「口ばかりは威勢のいい。楯無御旗に誓ったことは誰であろうと、たとえ武田の屋形であろうと、決してとりさげられぬ」

アケヨが思わず息を飲むと、常陸介は八重歯の目だつ歯を剝いて笑った。

「坊ヶ峰で投石から五郎をかばってできた傷よ。乱世には、戦さにしか生きられぬ人間がまれにでる。お主が同類であるといいが。刑部どうじゃ」

是非を求められた楠浦刑部は、項《うなじ》を叩いて手のひらの蚊を吹いた。

「御親類衆の手駒が少なく、難儀しておったので、私としては助かります」

「狐ジイ」

「もとより、アケヨの武者姿は様になると思うておった」

狐め、と舌うちし、常陸介は手を叩いた。

「以上、家老三名の総意にて。弟御信友さま、楯無御旗に誓ったとあらば、身命を賭して御屋形さまをお支えくださいますよう」

三人がこちらに首《こうべ》を垂れるのを信じられぬ思いで見ながら、胸の高鳴りを抑えることができず、震える声を返した。

「ちかとのおんかみにかけて」

生まれて初めて、空気を吸ったような心地であった。

信直の鋭い声が飛んだ。

「図絵の周りに座れ。常陸介は書き記せ。これから武田が滅びぬ策を言うぞ」

「はっ」

アケヨも図絵の周りに座った。甲府の盆地と二つの大きな川、主だった氏館が描かれている。甲斐は、こんな形をしていたのかと鳥になった気持ちで、アケヨは図絵を覚えようと注視した。

いまこの場は、国を造る場だ。

「我か栗原か、どちらに合力《ごうりき》するか迷う者も多い。いたずらに日を重ねて長陣せば、厭戦の気がでて不利となる。一戦構えて、首魁栗原を叩きのめす」

信直は東西の三つの地点を示した。

東郡は都塚《みやこづか》。栗原氏の本拠地、栗原郷がある。

そして甲府を挟んで逆側、西郡大井信達の居城、富田城。

最後の一点を指したとき、荻原常陸介と曾根三河守がにんまりと笑った。

「そこを本戦とするか」

「御屋形さまはやはり軍神よ」

さっきまで激怒していた臣を従え、次々軍略を示す信直は力強く、目は輝いていた。

「軍を三つに分け、同時に三ヵ所にて合戦《がっせん》せしめる」

「これは古今聞きおよばぬ策にて候」

言って曾根三河守が髭をしごく。信直は頷いた。

「風のように疾《はや》く、雷霆《らいてい》のごとくにうち滅ぼせ」

五　都塚合戦　原清胤

皐月《さつき》五月の末。

栗原伊豆守信友を首謀者とし、大井信達、今井兵庫助信是らは、甲府の屋敷を退去した。

栗原は東郡栗原郷へ、大井は西郡富田城へ、今井は逸見筋の獅子吼《しく》城と自領の城へ戻っていった。荻原常陸介の言うとおり、甲府の東、西、南を包囲される形となった。

水無月六月の七日。甲府に居たすべての将が集められた。

人いきれで蒸す評定の間の、庇に出そうな端に、原能登守友胤、清胤ほか、横田高松、小畠孫十郎、多田三八郎、上条彦三郎ら足軽大将は固まって座した。

手前は板垣信方《のぶかた》や甘利次郎（のち虎泰《とらやす》）、飯富源四郎《げんしろう》（虎昌《とらまさ》）、両角玄蕃允《もろずみげんばのじょう》（板垣信方弟、虎登《とらなり》）、浅利《あさり》（虎在《とらあり》）といった若い将、中間に加津野兵部丞勝房《かづのひょうぶのじょうかつふさ》、河村隠岐守《おきのかみ》縄興《つなおき》、向山尾張守縄満《おわりのかみつなみつ》ら奉行衆、譜代《ふだい》の臣。

そして最奥は信直叔父の松尾次郎信賢《まつおじろうのぶかた》、荻原常陸介昌勝、曾根三河守昌長、楠浦刑部少輔昌勝、秋山宮内丞昌満《あきやまくないのじょうまさみつ》、下曾根出羽守信照《しもそねでわのかみのぶてる》、工藤昌祐《まさすけ》、といった一門・重臣層。

清胤は何列にも続く臣の背中を凝視した。一国の守護の家臣団とは、かように重厚か。同時に、自分は何列目まで行けるかと奮いたった。

横田高松が耳うちしてくる。

「前の列ほど名前に『昌』の字がある。先々代信昌さまの一字を頂いた重臣よ。それだけ古株じゃ。逆らうなよ」

前方の臣がいっせいに頭を垂れた。清胤たちも倣《なら》う。上座に信直が現れた。戦烏帽子に諸籠手《もろごて》、鎖佩楯《くさりはいだて》に足鎧と、すでに戦支度を整えていた。

遅れて出てきたもう一人の将を見て、清胤は我がことのように心臓が縮んだ。

「アケヨ――」

改めてまじまじと見る、六尺（約百八十センチ）弱の長身。前に並ぶずんぐりむっくりした武士と違って、手足が長く、締まった肉体。日に焼けた顔に白い鉢巻が映える。黒々とした髪は油で撫でつけ後ろでたぶさ髷に結っていた。きり、と太い眉の下で目尻がわずかに朱いのは、朱を差しているためか。

水無月の水気をはらんだ空気が評定の間をさっと吹き抜け、誰だあれは、というさざめきが波のように広がった。横田高松と多田三八郎が首を捻る。

「腹違いの桜井《さくらい》どのにござりましょうか」

「いや……噂の弟御に違いない」

あれは、昨日までわしの家に居候《いそうろう》していた三ツ峯者だ、と明かしたいのをこらえる。隣の父も肘《ひじ》で突いて目配せしてきた。

信直とアケヨが種違いの兄弟と聞かされたときは仰天したが、二人が並ぶのを見ると、武田の屋形には、以前より彼を助ける弟の姿があったとすら思わせる。

アケヨは、昼間は曾根三河守の屋敷にかよって、武家言葉や行儀作法を叩きこまれ、夜は原家で清胤と稽古に励んできた。太刀を佩《は》いての歩き方、馬の乗りこなし、武具を身につけての挙動。父は曾根三河守に手を握って懇願され、守役の気分で張り切っていた。

ここ数日はだいぶさまになり、借りた味噌を返しにきた小畠孫十郎の末妹の於花《おはな》が、清胤を引っぱり「清胤さんの縁者なの」と顔をまっ赤にして詰問するほどだった。

半身の鶸色《ひわいろ》に鳳凰紋の戦袍《せんぽう》を羽織り、首から喉輪をさげたアケヨは、信直の前に擦り足で進んで膝を折り、手にした同じ戦袍の半身を信直に捧げた。信直は、受けとった戦袍を広げ、左肩に羽織った。アケヨはぼう、と兄の戦装束に見とれていた。

父と二人で、早くのけと念じる。曾根三河守昌長の咳ばらいでようやく我に返ったらしく、アケヨはそそくさと兄の脇に侍した。

鳳凰の二翼が揃って家臣を見る。

まずはやった、と父子で安堵の息を吐いた。

「栗原、大井、今井、これらは三度反旗を翻し、甲斐の安寧静謐《あんねいせいひつ》を脅かす者なり。我は八幡大菩薩の加護を得て逆臣を討つ。加えて、我が弟、武田次郎五郎《じろうごろう》信友に勝沼の姓を与え、勝沼信友とする」

伏目にしていたアケヨが顔をあげる。澄んだ眼ざしに、諸将の背が自然と伸びる。

荻原常陸介昌勝が朗々と述べた。

「信友さまは御屋形さまと同じ御腹の生まれである。油川彦八郎どのとの争いのさなか、人質として彦八郎どのに預けられた。その後行方知れずでおられたが、武川郷にて足軽大将、原清胤が見つけた。このたび勝沼に名跡を新たに興し、御親類衆に復帰なさる」

上手いと思う。「御屋形さまと同腹」も「武川郷にいた」も嘘ではない。生まれたのはアケヨが先だが、あえて弟と名乗るわけを訊ねると、「おんが兄と言うたらまた跡継ぎで揉めるし、器量もない。それにおんが兄貴だなんて、誰も信じぬじゃろ」とのアケヨの答えに、思わず納得してしまった。

あとは諸臣が納得するかだ。

アケヨから勝沼次郎五郎信友となった男は、膝に手をついて軽く頭をさげた。黒い前髪がはらりと垂れた。

「若輩《じゃくはい》にあれど、身を賭して兄上をお支えする覚悟にて、皆々力添えをお頼み申す」

「御命のままに」

荻原常陸介が一番に首を垂れた。楠浦刑部、曾根三河守も続く。いっせいに臣が頭をさげた。

清胤も誰よりも深く首を垂れた。武田の両翼となる二人と、奇妙な巡りあわせで義兄弟の盃をかわしたのを、いまさらながらに不思議に思うのだった。

ちらりと上目づかいで主君を見ると、信直は重々しい空気をまとったまま、半眼で彼方を見据えていた。

◇

翌八日の払暁《ふつぎょう》。

空が白んで、要害山《ようがいさん》の向こうに紫雲がひと筋流れている。

明け方の澄んだ空気を、勝沼次郎五郎信友は大きく胸に入れた。

信縄正室で義母にあたる崇昌院《すうしょういん》に、信直と挨拶に行った後、出陣となった。初めて見る血のつながらない次男に、崇昌院は微笑んで「御武運を」と送りだした。

館の大手門には、親類衆や侍女、家人が両脇に列をなしていた。当然ながら正室の大井夫人の姿はなく、娘は侍女が抱いていた。信直が脛巾《はばき》に脛当《すねあて》をつけさせているあいだ、列からはずれた奥に童《わらべ》が独り、花菱の小旗を手に信直を見ていた。

四つか五つだろうか、前髪を残し藍鼠《あいねず》色の袴に薄鼠の小袖という地味ないでたちだった。

ここにいるからには信直の親類衆なのだろう。泣きだしそうな、怒るような、眉を引きあげ口をへの字に結んで、食い入るような視線を信直に送っていたが、当人は知ってか知らずか、一顧《いっこ》だにしない。

信友はそっと童にちかよった。

「御屋形さまにご挨拶がしたいかな？」

突然声をかけられ、童はまん丸に目を見開いた。

「連れて行ってやろうか？」

童は逡巡《しゅんじゅん》したが首を横に振った。

「行ってはお邪魔になります。叔父上、御武運をお祈りしておりまする」

叔父上、ということは信直の息子か。跡継ぎなら列の先頭にいるだろうし、何か事情があるのかもしれない。

信友はしゃがんで童と目をあわせた。燃えるような瞳をしていた。

そうか、ここがお前の戦場か。

「名は何と？」

「竹松」

聞き覚えがある。彼のために信直はヘテコ石に霊水を汲みにいったはずだ。

「そうか。竹松、叔父上は竹松のために手柄をたててくるぞ」

柔らかくて小さな手を両手でつつむと、童はこくりと頷いた。

馬に乗って大手門を出る。ここを出れば、勝って戻るまでは死者と見なされる。みな合掌して八幡大菩薩の真言を唱え送る、静かな門出だった。

青毛の馬に乗って前をゆく信直が、振り返らずに言った。

「竹松のこと、礼を言う」

「………」

「あれの母は家格の低い武士の娘だ。大井と和睦し正室を入れるとき、里に帰した。ほどなく病で死んだと聞く。大井の室が息子を産むまでは仮の嫡男であるが、体も丈夫でない。いずれ他家に養子に出す」

胸を刺す痛みとともに信友は大手門を振り返ったが、花菱のかかる門はまだ暗く、蠢く人影のなかに、小さな童を見つけることはできなかった。

日も昇らぬ甲府の大通りを、花菱と八幡大菩薩の大軍旗が静かに歩む。具足のかちゃかちゃ擦れあう音、軍馬のため息、旗のたなびく音。

甲府には三千の兵が集結した。一条小山《いちじょうこやま》の一蓮寺の寺門に僧が並んで「南無阿弥陀仏《なむあみだぶつ》」を唱えて三方に分かれる軍を見送る。様々な家紋の軍旗が暁《あかつき》の空に翻る。

甲府留守居《るすい》役、楠浦刑部少輔昌勝ほか奉行衆。

三陣、兵一〇〇〇。大将、曾根三河守昌長。総大将に勝沼次郎五郎信友。

二陣、兵八〇〇。副将、向山尾張守縄満。大将、下曾根出羽守信照。

本陣、兵一二〇〇。軍配、荻原常陸介昌勝。大将、板垣信方。総大将に武田五郎信直。

それぞれの大将は目をあわせた。荻原常陸介の半眼が「まだ認めたわけではない」というように、信友をじとと見る。言葉はない。定められたとおりに戦うのみだ。

「八幡大菩薩の御加護あれ」

信直が手を挙げると、軍は三つに分かれ、朝焼けの甲斐の盆地を静かに歩みだす。

信直は東へ。信友は西へ。二人とも互いを背で感じ、細い糸でつながっていると信じて軍馬の手綱を握りしめる。

信直の策は、三方を囲まれたのを逆手にとって、栗原、大井、今井の連携を断つものであった。

まず一宮都塚《いちのみや》に居を構える栗原館を、信直率いる本陣が急襲する。

二陣は石和より南下して、甲府の南、大井が抑える富田城と栗原館の中間地点に布陣、栗原・大井二者の連携を断つ。

三陣は甲府の北西、釜無川を遡《さかのぼ》り、逸見郷を本拠とする今井勢を釜無川付近で迎え討つ。

駿河の今川氏や相模の北条氏につけ入る隙を与えないため、そして圧倒的な力の差を見せつけるため、すべての戦さを一、二日のうちに収めようというのである。いくら甲府盆地が狭いとはいえ、これほどの連戦は果断というほかにない、と荻原常陸介は評した。

巳《み》の上刻（午前九時ごろ）、勝沼次郎五郎信友率いる第三陣は、甲府より西へ約一里半、定められた釜無川の河原に布陣した。年ごとに氾濫を繰り返す釜無川は、いまは竜王《りゅうおう》付近から大きく蛇行し、盆地を南東に横切って笛吹川《ふえふきがわ》と合流している。

「ジイ、狼煙《のろし》があがらない」

初戦は、信直率いる本陣が栗原館を急襲する手はずであった。

「お待ちくださりませ。御屋形さま御自ら陣頭に立って交戦している時分にございまする」

晴天のもと、さえぎるもののない河原で陽に焼かれながら、信友は東を注視し続けた。

初めてつける甲冑は重くて蒸れ、汗が体じゅうを流れてゆく。視界に人影はない。

「百姓は飢饉《ききん》で死んでしまったのか」

「男たちは足軽として参陣し、老人や女子供は寺社か山に逃げこんだのでしょう」

曾根大学助が答える。突如現れた「弟御」次郎五郎信友に冷ややかな態度をとる者が多いなか、彼は信友付きの将になったことを喜んでくれた。

「なるほど」

安堵の息をつく。供の者が手拭で顔を拭おうとするのを制し、自分で汗を拭う。もし信直が敗けたらと思うと、喉が苦しかった。

半刻ほどすると、野焼きの煙とは違う白い狼煙が、東にひと筋昇った。

「信友さま、詳細は判ぜねど、栗原が降伏したようにござる」

「兄上が勝った？」

すべての臓腑から力が抜け、馬上で体を折る。

「祝着至極《しゅうちゃくしごく》にて」

振り返ると曾根三河守や大学助ら諸将が、信友に頭をさげていた。

「しゅうちゃく？」

上目づかいで三河守が囁く。

「おめでとうございます、という意味じゃ」

「うん。よかった……」

まず戦況は、悪くはなさそうだ。

「さて、信友さまにとってよいかどうか」

三河守は、釜無川の上流に目を転じた。左岸を遡れば信友の故郷、武川筋。右岸は七里岩《しちりいわ》の台地が広がり、茅《かや》ヶ岳《たけ》、八ヶ岳といった高峰を抱く逸見筋となる。

「逸見を本拠とする今井兵庫助は、急いで行軍しても、ここへいたるまで丸一日を要しまする。おそらく着陣は明朝。その際、釜無川のこちら側に布陣するか、対岸へまわるかで、戦さ運びも異なって参りまする」

「もう一人の首謀者、ええと、兄上の義理の父上は」

「大井信達にございまする。これよりおよそ二里下流、富田城の動きは見えませぬ」

「今井、大井が合流するとなると困るな……」

三河守が手をうった。そこにあるのはもはや好々爺《こうこうや》ではなく、歴戦の老将だった。

「さよう。信友さまは筋がよい」

次に彼が何を言うか、信友には分かった。

「ここが本戦よ」

――本戦。

鷺《さぎ》が舞い、魚が跳ねるのどかな河原が合戦場に変わる。

自分が敵を食いとめる「土塁」の役目を与えられたのは、何となく悟っていた。ここで今井・大井を釘づけにすれば、信直が自由に動ける。

それでいい。自分の望んだ途《みち》だ。

「ジイ。おれは敗けたときのことは考えないよ」

三河守は呵々《かか》と大笑し、人さし指を立てた。

「武田の将はそうでなくては。助言をひとつ。この戦さでは大井、今井の大将首を挙げることはなりませぬ」

信友は頷いた。大井信達は信直の正室の父、すなわち義父である。駿河の今川氏とも縁が深い。今井兵庫助は国境いの名家で、地侍の信頼も厚く、隣国信濃の諏訪氏が攻めてきたときに戦力となる。決定的に離反させてはならない。

たどたどしく三河守に説明すると、彼は頷いた。

「よう覚えられました。では。いかにして御屋形さまの大勝を見せつけましょうや？」

難しい。考えたすえ、教えてくれと頼んだ。

「いけませんなあ殿ぉ、臣下に教えを乞うてはなりませぬ」

「むむ……」

はるか年上の老将に、躊躇《ためら》いながら信友は命じた。

「教えろ、三河守」

「はっ。首の数にございます」

「首」

戦さは狩りとは違う。首の獲りあいだ、と信直は出陣前に言った。

「まずは大井の出方しだい。斥候《せっこう》の報告を待ちましょう」

◇

甲府盆地の東方、信直本陣。

甲府を発つとき、清胤の隊に「南無阿弥陀仏」と唱えながら時衆の陣僧が近づいてきた。

「わしは日蓮宗徒であるから、布施はできん」

清胤が断ると、僧は編笠《あみがさ》を少し傾けた。歌会にいた長元だった。

「一蓮寺の不外《ふがい》上人さまの言いつけで陣僧として参りまする」

時衆は諸国を遍歴するため、ときに間諜の役割を担ったり、傷病者を手あてすることもある。長元も背負行李《せおいごうり》に鉦《かね》をさげ、薙刀《なぎなた》を手にしていた。

「下総からいらした原家の御嫡男とは知らず、先日は御無礼を」

「原と言うても分家じゃ」

「兵がいささか少のうございますな」

「言うてくれるな。銭不足じゃ」

兵を集めるときに出くわした、山本菅助《やまもとかんすけ》とかいう足軽を思いだして胃がむかむかした。三河出の眼帯をした若い男で、二百貫もの大金を吹っかけられ、断ると嫌味を言われた。

「義心で腹は膨れませぬし、銭は兵法に勝りますぞ。ああ山本を雇っておけばと後悔なさいますなよ」

山本は、「甲斐は山ばかりでつまらぬ。西国にでも行くか」と清胤の家を出ていったので、西に向けて多く塩をまいた。それを聞いた長元は口を開けて笑った。

「ときに、先だって武川郷のヘテコ石に独楽を供《そな》えられましたな」

「どっ、どうしてそれを」

長元は長い指を唇にあてた。手や腕にはいくつもの刀傷があった。

「愚僧も陣に帯同しておりますゆえ、いずれ」

長元は編笠を目深にかぶりなおすと、再び「南無阿弥陀仏」と唱え、ゆるゆると列の後方に歩き、やがて姿が見えなくなった。冷や水を浴びせられた思いで、清胤は腕をさすった。

父の友胤とともに、清胤は本陣に入れられた。ほとんどが鑓足軽からなる歩兵部隊であった。横田高松が信友の三陣に入ったほかは、顔見知りの足軽大将はみな本陣にいた。

甲府を出立してから東南へ約三里、笛吹川ぞいに進軍した。鑓の尻を引きずるがために起こる砂埃《すなぼこり》がたちこめ、砂嵐のなかを進むようだった。

「兄上、みな長い鑓を持っておりまするぞ」

弟の甚助が耳うちする。他の鑓足軽は例の二間半の長鑓で揃えていた。上条彦三郎がこちらを指さして旗持ちに何ごとかを言い、嗤《わら》いあうのが見えた。

「まずいな、恥を忍んで小畠どのにでも聞くべきだったか」

聞いたとて無駄に終わるであろう。いつ裏切るかも分からぬ他国から来たばかりの牢人に、やすやすと軍備えを教えるはずがない。

彦三郎はわざわざこちらに駒を進めてきた。

「原家はてんでばらばら、短い鑓だな」

反駁《はんばく》しようとした清胤に、父と甚助が釘をさす。

「兄上、喧嘩沙汰にでもなれば、両成敗《りょうせいばい》になりまする」

「押さえよ、清胤」

「……分かっておる！」

彦三郎も、清胤が乗らないと分かると、「下総武士は戦場でなく歌会にて鑓を振りまわして候」と節をつけて歌いながら列に戻っていった。あんな輩、武功で見返してやると、清胤は息まいた。

日照りの影響は笛吹川にも顕著《けんちょ》で、三月に清胤が初めて見たときから半分ほどの川幅となっていた。

栗原館は、三方から流れくる笛吹川支流の合流地点、都塚という小山の上にある。一辺五十間（約九十メートル）で、土塁と空堀で囲った、館というよりは平地の城であった。

館への攻勢は辰《たつ》の上刻（午前七時ごろ）前に始まった。開戦前、使番《つかいばん》が陣中を「言葉合戦や矢合戦はせぬ、押し太鼓が鳴ったら足衆は即座に攻めよ」と触れまわった。戦さの作法を無視する突撃命令に、ざわめきが起きたが、小畠孫十郎や多田三八郎ら足軽大将は平然としていた。

都塚の合戦は半刻で決した。

常のごとく「これなる栗原伊豆守さまは――」と味方大将を喧伝しにでた栗原の先

手百名を小畠孫十郎、多田三八郎の長鑓隊が急襲した。長い鑓を掲げて敵の頭上から
うち据える戦い方に、清胤たちの短い鑓は届かず、出遅れた。堀橋を落として籠城の
構えをとる敵に対し、足軽大将を中心に館の四方を囲んだ。
なるほど、打って使うのですねと口を開ける甚助を、清胤は叱りつけた。
「わしらの手柄がのうなるわ！」
他と同じように動いていては駄目だと、清胤は草が刈られた田のあぜ道を裏門へ走
った。攻め手をとめるよう合図の太鼓が鳴った。急いで陣へ戻ると、二重の表門の一
重目を小畠孫十郎が陥《お》としたとのことだった。
「畜生！　何故攻め手をとめる」
清胤たちは汗だくになって走りまわっただけだった。鑓を振り、路傍《ろぼう》の青草を散ら
す清胤に、馬上の父の呟きが聞こえた。
「これもまた戦さよ」
青毛の馬が人垣を割って現れた。
「遅い！」
怒声は、居あわせたすべての兵を静まらせるほどの鋭さだった。唐《から》の頭《かしら》の白毛がな
びく変わり兜に、獅子が牙を剝く前立て。緋色の陣羽織。総大将の信直だった。
「何故攻め手をとめた。南方の弓衆が弱い。そこを突かば、いまごろわしは栗原の首

を見ていたぞ！」

軍を率いる板垣信方を呼びつけ、怒鳴り散らす。続いて足軽大将全員が呼ばれた。小畠、多田、上条の後ろで清胤たちも平伏した。

信直の怒りは収まらず、槍の柄で小畠、多田と背を打った。殴られるのを恐れた上条彦三郎が顔をあげ、「されど半刻足らずで表門を陥としたのは、上首尾では――」と口を利いた。

多田三八郎が「莫迦っ」と呻くのと、空を切る音は同時だった。

鑓が上条の喉を一閃、貫いた。血を噴く上条が仰のけに倒れて、命がかき消える瞬間、清胤と目があった。

前から小畠孫十郎の声がした。

「恐れながら。南方は守備をうち崩せたやもしれませねど、栗原方はまだ兵力を温存しております。某が板垣さまに進言し、囲むに留めました」

信直は唸り声をあげ、馬鞭で小畠の頬を打った。

「命を惜しむな。貴様ら足衆には安うない銭を払っておる。鑓を振るって死ね」

何という悪言。憤懣《ふんまん》に声がでかかると、信直の後ろに控える片目の荻原常陸介と目があった。軍目付の老人は口の端をちょっと持ちあげ、指でこめかみを叩いてみせた。

抑えろ、というのか。それとも。

考えろ、というのか。

「御屋形さまは足衆の本分を分かっておられぬ」

清胤はあえていざり出た。よせ、と小畠が囁くのを構わず続けた。

義兄弟だのと惑わされるな、と清胤は自身を戒《いまし》めた。自分は銭で雇われた武士、足衆だ。

「足衆の戦さ、某がお教え申しあげる」

周囲の空気が凍りつく。信直は額をひくりと蠢かせたが、無言で次を促した。

まだ言に耳を貸すひと筋の冷静さがある。

「足衆で攻めこんで、おそらく七十人ばかりを失って栗原めの首を挙げたとします。兵を補うのにいくらの銭がかかりましょうや。御屋形さまの仰せのとおり、わしらは安うはござらん」

「義臣が銭勘定の話とはな」

信直の皮肉とともに、山本菅助某のうすら笑いが蘇《よみがえ》る。義を言いわけにはもうせぬ。

「さよう、戦さは銭勘定にて。栗原は足軽七十人に値する首級とお思いか」

「思わぬ」

「さればなおさら。死したら銭で新たに雇い入れる。それを続ければ御家はいずれ金策に窮し、敵を退けることすらあたわず滅びまする」

馬上鑓の穂先があがった。駄目か、と目を閉じた。だが上条彦三郎のように喉を貫かれることはなかった。

二本の腕が伸びていた。

目を開けると、小畠、多田が無言で腕を突きだし、清胤をかばっていた。千葉家では見《まみ》えなかった光景に、熱いものが胸をついた。

「ふん。いつのまに手なずけた」

憤怒は信直の目から消えていた。だがまだ壁がある。それは何だ。荻原常陸介だけが知る何かがあるはずだ。

答えを見つけられぬまま、信直が先んじた。

「戦さは銭。では、銭を釣りあげれば、お主は働くな？」

「……さようにございまするな」

屋形は左の口の端だけを持ちあげた。

「お主の教示に感じ入った。五十貫文払う。蜂《はち》城を陥としてこい。日暮れまでにやられた。知らぬ城である。慌てた様子で多田三八郎が願いでた。

「某も蜂城攻めにつかせてくださりませ」

「よかろう。陥とさば両名に五十貫じゃ」信直は馬首を返した。「栗原館の包囲は山《やま》県《がた》、小畠に任せ本陣は二陣と合流する。すぐに動くぞ」

馬首を返すとき、信直はこちらに一瞥を返した。子供が不安がるに似た眼ざしが、清胤を捉え、すぐに離れた。意味を理解できず、遠ざかる緋色の陣羽織の背を見続けた。

後に残った荻原常陸介が、馬上で片目を細めた。

「粘ったのう」

「臣の務めを果たしたまでです」

老臣に乗せられた思いで、思わず頬が膨れた。

「御屋形さまに直言できる者がおらんかったから、かように戦さが続いておるのだわ。このわしですらな。蜂城は栗原の詰めの城。陥ちれば観念しようて」

去り際、腰を折って荻原常陸介が囁きかける。

「五郎め、初陣《ういじん》の誰ぞを独りにするのが心配で焦っておる」

驚いて見返すと、老人はくっくと喉で笑って、屋形を追っていった。

原能登守友胤、清胤、多田三八郎を将に、百五十ばかりが蜂城攻めに分けられた。

蜂城は、栗原館から南東約一里あまりの山間《やまあい》に築かれた城で、栗原氏の最後の拠点、いわゆる詰城であった。

山の麓に着陣するや、多田三八郎は頭をさげた。

「まず鐺のこと、謝る。歌会でお主の鐺が寸足らずと気づきながら黙っていた」

「些末《さまつ》は忘れ申した！　某こそ助勢に礼を申しあげる。御屋形さまとはどうも反りがあわぬ」

多田は、ふんと鼻を鳴らした。

「お主みたいにたてついて生き残ったのは初めてじゃ」

ちかづくにつれ、山城の様相が明らかになる。木が伐《き》りはらわれ、剝きだしの斜面に曲がりくねった登攀《とうはん》道が張りつく。道幅を広くとって、兵が置けるようにしたのが曲輪《くるわ》である。ここで攻めくる敵を防ぐ。曲輪は、ざっと数えただけで二十はあった。曲輪ごとに木柵を設け、兵が配置されている。

目を凝らしたが敵の姿は見えない。小屋や置盾《おきだて》の後ろに隠れているのであろう。斜面には、縦にえぐれた溝がいくつか掘られ、曲輪や登攀道を分断していた。深さにして人の身丈の倍はあるらしく、落ちれば上から狙い撃たれるだろう。

「山が襲ってきそうだ！　あの深い溝は何だ」

清胤も甚助も、父の友胤さえも言葉を失い山城を見あげる。多田が呆れた声をだした。

「竪堀《たてぼり》だ。堀を越えて登るはあたわず、攻め手が限られる。美濃、伊賀にも山城はあるが、東国は竪堀がより深く、厄介《やっかい》だ」

山城攻めの基本は、山頂の本曲輪を目ざし、曲輪をひとつずつ奪取する。ひとつ曲輪を陥とさば、より高所の曲輪を陥とす。計略はない。力で押すのみだ。

攻め手は限られ、守るに堅い。説明して多田は渋い顔をした。

「隣の山から尾根づたいに攻めたり、水の手を切ったりもできるが、こたびは日暮れの刻限がある」

清胤は曲輪の数を数えた。

「兵数すら分からぬのう」

陽は正午をすぎて傾きはじめ、きつかった日ざしも弱まった。西から低い雲がゆっくり流れてくる。山間は日暮れが早く、あと二刻（約四時間）が限度だろう。

「兵数はおよそ百」

清胤と多田が振り向くと、長元がいた。長元は薙刀で山頂の櫓《やぐら》を示した。

「昨日まで同輩が陣僧として入っておりましたゆえ、確たる数かと。主君の栗原どのが劣勢においてなお籠もるなら、徹底抗戦の構え」

攻城に必要な兵数は、守備の倍とも四倍とも言われる。こちらが不利だ。

清胤は決断した。

「西と北の尾根、二手に分かれよう。正面は竪堀があって攻めにくい。百五十が固まって矢の的になるより、ましと思う」

　異論なしと多田も頷く。

　長元は空にかかる雲を見て、告げた。

「西から南に流れる雲がありまする。北が吉兆。西はやや荒れると出ております」

　これを聞いた多田は、自分が西を攻めると譲らなかったので、清胤が折れた。西尾根を多田隊八十、北尾根を原隊七十で着手となった。長元は当然という顔をして原隊に入った。

　多田はにやりと笑う。

「いいことを教えてやる。山城攻めでは、長い鑓は尻がつかえる。お主の二間鑓の方が有利だ」

　野に、長元が唱える摩利支天《まりしてん》の真言《しんごん》が響く。

「おん、あにち、まりしえい、そわか」

　武運をと言いかわして別れ、原隊は山を登りはじめた。木のない尾根道は、敵から姿が丸見えだ。すぐに、頭上左手の曲輪から矢が射かけられた。麓の竹を伐って束とし、盾のように構えて進む。曲輪は二、三人が入ればいっぱいとなるものから、十数人が入れる大曲輪もあった。一番大きな曲輪は山の正面の竪堀の上、山幅いっぱいに広がり、番小屋がある。あそこから戦況を見て、指示を出しているのだろう。

清胤の進路には、大小あわせて四つの帯曲輪が階段状に並んでいた。

「単純に考えれば四度攻めれば本曲輪に着くというわけだ」

「兄上は単純すぎる」

そうでもない、と父が珍しく口を開いた。合戦場ではほとんど喋らぬ人だ。

「ひとつの曲輪で半刻。そう考えれば決して陥とせぬ算段でもない」

「良《え》いか、みな！　まずわしと父上が斬りこむ。お主たちは後に続き雑兵《ぞうひょう》を潰せ」

頭上にひとつ目の曲輪が見えた。甚助が進み出て投降を促した。

「栗原伊豆どのはすでに居館を囲まれておる。得物を捨て開城せい！」

返答として弓が射返された。清胤は父と頷きあい、左手に竹束、右手に鑓を持ち、尾根道をまっすぐ駆けた。汗が再び噴きでた。どっどっ、と心臓が早鐘をうつ音が聞こえ、血が巡るのが分かる。

視界が広い。ああ、戻ってきた。

戦場《いくさば》へ戻ってきた。

「うおおおおお、そこを退《ど》け！」

矢を受けた竹束を捨て、鑓を構え砂利を蹴る。土埃が舞い、汗が散った。飛んでくる矢の矢尻が、ゆっくりと、返しがついているのまで見えた。肚から息を吐き、斜めに薙いで鐺の柄で叩き落す。一本、遅れて放たれた矢が左の袖を貫通して腕に刺さった。

甚助が「兄上ッ」と叫ぶ声が聞こえた。

「大事ない」

体は熱く、痛みはわずか。足をとめるな。とめれば狙い撃たれる。第一の曲輪まであと五歩。守備兵は八人、三人が二列になって交互に射かけてくる。後ろに二人。どちらかがこの曲輪の組頭だ。

「あれぞ清胤」

父が叫び、二人は左右に散開した。歯の間から唸り声が漏れ、背丈ほどの木柵にとりつく。弟の甚助と下総から従ってきた足軽が鐺を構え、木柵のあいだから敵の足を狙って突き入れる。清胤と父は木柵を乗りこえた。脚を突かれてもんどりうつ敵兵の肩を蹴り飛ばし、奥の弓兵の喉元を狙って右から横一閃に斬った。

間隙《かんげき》を縫って、父が左からまわりこみ、組頭の二人のうち左の胴にずっ、と鐺の穂先を押し入れた。なお刀を抜こうとする敵に組みついて、ひき倒す。残る一人は清胤の役目だ。曲輪はすでに人で溢れ、どうと倒れ伏す音、断末魔の声、いきりたつ獣のような声で満ちている。清胤の脳髄では、熱さと冷たさが拮抗していた。組頭の足に取りつき、ひき倒し、後ろから馬乗りになった。太刀の刃を喉首に押しあてる。

「栗原伊豆はじき降《くだ》る、主らも降れ！」

唾を飛ばして組頭は喚いた。

「降るものか、我らには伴野左衛門《ともの　さ　え　もん》さまがおられる」

構わず清胤は腕に力を入れた。手に温かいものがかかった。首を返して味方を顧《かえり》みる。ことごとく組み伏せ、命を獲っていた。父は、木柵を乗りこえたときに足をくじいたらしく、左足をかばいながら立ちあがったが、気づいたのは清胤だけのようだった。

「我らが本曲輪を獲って、原家の名を甲斐に轟かせてやろうぞ！」

あと三段。退いて態勢をたてなおす猶予はない。勢いに乗じて進むのみだ。

清胤は顔を拭い、左腕の矢を力まかせにひき抜いた。銛《もり》のような返しに肉がこびりついた。きつく布で縛って血をとめる。

斜面に再び清胤は立った。ちらと西の稜線に目をやる。鬨の声、鉦をうち鳴らす音が遠く聞こえた。多田三八郎の三間鑓が天高く突きあげられるのが見えるようだった。

「父上は左手の曲輪からの掃射を防ぐようお願い致す」

脇を通りすぎるときに言うと、父は神妙に頷いた。

「采配は任せる」

二段目の曲輪は、斜面に木を根ごと抜いて逆茂木《さかもぎ》としたものの撤去に手間どり、半刻以上を費やした。その間、矢で十数人が負傷した。甚助も矢傷を受けた。暴れる甚助を三人がかりで押さえつけ、肩と太腿に刺さった二本の矢を抜く。血が溢れてとまらなかった。

「長元、甚助の血どめをし、傷を負った者を連れて降りろ」

「承知」

「兄上、まだ戦えます！」

脂汗を額に浮かべて叫ぶ甚助の顔は、真っ青だった。その顔色を判じるのも、だんだん難しくなってきた。陽は山陰に隠れ、あたりは急速に暗くなりはじめる。不吉な影を嗅ぎとったように、山頂を烏の群れが旋回していた。

「降りろ」

最後には甚助は折れ、兄に従った。負傷兵を長元に任せ、約五十の残兵を率いて曲がりくねった細い道を登る。

走る体力は残っていなかった。多田の攻める西の斜面からも声は聞こえなくなった。大きな岩を越えると、三段目の曲輪が見えた。にわかに法螺貝《ほらがい》が吹き鳴らされる。

「伴左《ともざ》さまが出られたぞ！」

組頭が言っていた伴野左衛門か。父が背を叩いて言った。

「剛の者と見える。呑まれるな、原家の嫡男は下総一の剛勇なり」

「はいっ」

清胤は両手で顔の汗を拭い、再び土を蹴った。

木柵の向こうで、男が一人、挑むように鑓を構えている。あれだ。アケヨいや、信友より大きい。六尺はあろうかという巨軀は柵から頭が飛びでている。白糸褄取縅《しらいとつまどりおどし》の鎧に鉢金。逆だつ眉に鷹のような目。並の足軽なら、姿を見ただけで懼《おそ》れをなすだろう。

あれに討たれるようでは、わしなどその程度の者。

味方を左右に分け、置盾を構えさせ、前進する。矢が雨のように降ってくる。

「足をとめれば矢雨に脳漿《のうしょう》ぶちまけるぞ、進め！」

死なぬためには進むしかない。盾を構えて木柵に体ごとぶつかってゆく。

「せーーーーーの！」

木柵がきしんで傾く。

「栗原伊豆は仕舞じゃ。伴野とやら降れ」

伴野は微動だにしなかった。鼻にかかる濁った声が頭上から降ってきた。

「何故降らぬか、分かるか」

盾で木柵を押す。きしみが増す。至近距離の押しあいでは矢も刀も役にたたぬ。息がかかるほどちかくで、腕力を頼みに踏んばるのみだ。

清胤は危険も顧みず盾の隙間から顔を突きだし、伴野と向かいあった。

「……言うてみい」

伴野は赤い舌をべろりと出し、唇をひと舐めした。

「何故、いく度も反旗を翻す者が現れるか。武田五郎が甲斐盟主の器でないからよ」

木柵が大きく傾いた。数回押せば、倒れる。あとは大将同士の斬りあいだ。

清胤は鑓を水平に構えた。

横から父がゆっくり問うた。

「屋形の器無きがゆえに、国衆は抗するのか」

「然《しか》り」

「父上、まともに聞いてはなりませぬ」

武田五郎信直は甲斐の盟主たる器か否か、甲斐に来たばかりの原家には判らぬ。評定の間で遠く、姿を拝謁するだけの足軽大将の家には。

されど、あの人が、ほかに並ぶ者なき異能の才の持ち主だと、肌で分かる。

甲高《かんだか》い音をたてて木柵がたわみ、折れる。

「はっ！」

かけ声と同時に、清胤の左側にいた数人の足軽が、首から血を噴いて斃《たお》れた。清胤の頬に血飛沫《ちしぶき》がかかる。返す鑓が清胤の肩を狙ってぎらりと光るのを、ようやく捉えたときには遅かった。

「清胤！」

衝撃があり、地にどっと転ぶ。目の前に父がいた。父が体あたりをしてかばったのだった。太腿を草摺ごと貫かれながら、父は伴野の鑓の柄に覆いかぶさり両手で摑んだ。

「わしは解《かい》を持たぬ。お前が討て」

あれは恐ろしい人だ。正室もアケヨも、足軽大将などはもちろん、彼が繰る駒でしかないのだろう。だがヘテコ石で、歌会で、栗原館で。目の奥に残っているのは、あの人の背中だ。

大勢の臣を率いてなお、独りであるかのような背。

いま。思った。

あれを、武田五郎信直を勝たせて、甲斐の盟主にしてやりたい。脇に侍《はべ》ってみたい。

誇らしかろうな。

鑓を捨て脇差を抜く。伴野も鑓を手ばなし、太刀に手をかけた。抜くかと思いきや、伴野は後ずさり、父を蹴飛ばして距離をとった。

「卑怯なり」

今度は真正面から打ちあった。数合《すうごう》斬りむすんで鍔《つば》で競《せ》ると、熊を相手にするような信じがたい膂力《りょりょく》に、足が押された。

伴野は髭面を鼻先にちかづけ、歯を剝きだしに怒鳴った。

「五郎信直は戦さでもっと卑怯であったぞ」

「大望のためには卑劣も必要じゃ。小手先のお主と同じにするな」

足で蹴られ、再び距離をとる。

風が吹いて山の木立がざわめいた。両軍が固唾《かたず》を飲んで斬りあいを見守っている。

清胤は息を吐きながら丹田《たんでん》に力をこめ、太刀を構えなおした。

「栗原伊豆か。大井信達か。今井何某？　その誰も、屋形と呼びとうない」

顧みれば甲斐の盆地が見渡せた。今日最後の陽を受け、寺や武家屋敷の瓦が朧《おぼろ》な光をたたえ、河が暗く地に陰影を刻む。先月の氾濫の痕《あと》は痛々しく、放置された泥土と田、桑畑が交互に連なっている。

「お前たちが内訌《ないこう》に時を費やすあいだに外は肥え太ったぞ。伊勢、今川。山内《やまのうち》、扇谷《おうぎがやつ》！　みな食いものにせんと狙いきよるぞ。退けられるか、信直さま以外に」

抑えようのない憤激につき動かされ、上段から振りかぶり、渾身《こんしん》の力で振りおろす。刃と刃がぶつかり、火花が散る。鍔に向けて摺《す》りあげる。柄《つか》を握る伴野の人さし指が飛んだ。伴野は顔を歪めもせず、左側から剣戟《けんげき》を繰りだしてくる。上体をそらして紙一重で避けた。

「五郎信直は屋形ならず！」

「くどい」

身を低くして空いた胴腹を薙ぐ。伴野の腹巻の札《さね》が切れてばらばらと飛び散る。浅い。思わず舌うちがでた。

「信直はお主らを賤《いや》しくも銭で雇って、使って、使って、使い捨てる。義の欠片《かけら》もない。かような者は屋形にふさわしくない」

古い奴だ、と清胤は心底思った。

銭を穢れと見なすものもいるが、銭は誰でも手にできる。市のすみで筵《むしろ》にくるまる物乞《ものご》いも、木曾路《きそじ》を越えて甲斐に荷を届ける馬借も、鑓を担いで戦さのあるところへ東奔西走《とうほんせいそう》する足軽にも、銭は必要だ。主君が家臣に銭を払い続けるのは、確たる基盤のある証左だ。

家臣が主を弑逆《しいぎゃく》する時代だぞ。悔しいが口先の義で腹は膨れぬ。

銭こそ君臣の義、だろうが。

怒りに震えた伴野が、腕を伸ばしてこちらの左肩を摑み、しゃにむに腹を突いてくる。清胤は体を捩《ね》じりながら、敵の腕を斬り落とそうと力をみなぎらせる。矢傷がいまさら熱を持って痛み、動きが遅れた。間にあわぬ。口に苦い味が広がった。

そのとき、伴野の太刀がとまった。

「よう囀《さえず》る武士どもじゃ。いつから武士は講談師になった」

父が膝だちに伴野にとり組っていた。先刻、清胤が斬りちぎった伴野の胴当に、脇腹の骨を断って刀を捩じり、押し入れる。

伴野は目を剝き、歯をがちがちいわせて刃を摑んだ。父はたてつけの悪い引き戸を引くがごとき手際で、刃を縦に返した。伴野の残った指がすべて飛び、横腹からは血塊が落ちた。

伴野は恨み言を言った。

「老いぼれがいつまでも戦場に立つなど、見苦しい」

「本分を忘れ、論ばかり繰る武士など、若《わこ》うとも木偶《でく》じゃて」

伴野の唇からは泡と血が溢れるばかりで、もはや言葉もないようだった。

父はこちらに無言で命じる。目に宿る凄まじい気迫に身震いを禁じえず、清胤は慎重に太刀を振りかぶった。

振り落とすと、ごとりと、首が落ちた。

「伴野左衛門、原能登守友胤が嫡子、清胤が討ちとったり」

遅れて、猛々しい叫喚《きょうかん》が曲輪を満たした。

曲輪三段目にて城将の伴野左衛門が討たれたことは、蜂城全体をどよもし、四段目の曲輪を守備していた兵は逃亡、最後の斜面を登ると、山頂にでた。本曲輪の兵も武器を捨て、ひと固まりに投降の意を示していた。

ほぼ同時に西尾根から多田三八郎が姿を現す。彼も矢傷や刀傷を受け、疲労困憊《こんぱい》のありさまであった。

西の山稜を照らす残光が、宵闇《よいやみ》に溶けゆく。

顔にこびりついた血を爪でかきながら、多田が言った。

「暴君なれども足衆が信直さまに従うわけが、分かっただろう」

「しばらくは、他家に銭を積まれても出ていく気にはなりませぬな」

お互い荒い息をつき、土にまみれた拳と拳を突きあわす。

二人の尻を、父が鐺の石突で叩き、さっさと下山じゃと平然と言った。

六　今諏訪合戦　勝沼次郎五郎信友

宵闇が忍び寄るころ、東の山裾で狼煙があがった。蜂城陥落の証であった。みなが手を叩いて喜びあうなか、勝沼信友は一人西の空を見ていた。甘利次郎が気づいて、いぶかしげな目を向ける。

「巻雲が山向こうにあんべ。明日は雨になる」

「某には見えませぬ」

「山に入れたらいいんだけんど。熊が午後から活発に動いて夕方前に巣穴に戻ったら、明日は雨だ。食いだめすんだ」

「熊……」

「次郎五郎さま」

曾根三河守の咳ばらいで、信友はとりつくろった。

「そういう話を猟師から聞いたのだよ」

栗原館の包囲後、本陣の信直は西進し、いまはここから川下二里に布陣。大井信達の籠《こも》る富田城を睨んでいる。一方、今井兵庫助も居城の獅子吼城を昼前に出立、南下していると間諜からの報があった。

栗原との合戦が終わったとなれば、いよいよ大井、今井が動く。信直は本戦の地をここ釜無川のいずこかと読んだ。問題はいつぶつかるかだ、と信友は考えた。

「ジイ。一刻ばかり出る」

信友は兄から譲《ゆず》られた栗毛の馬に跨った。

「なりませぬ。いつ本戦となるか分からぬのですぞ」

「だからこそ行く。甘利どの、おいで。横田どのも連れて」

呼ばれた横田高松が驚いて進みでた。感激して膝を折る。

「某のような者まで覚えてくださるとは」

原家に居候している時、「どっちが名でどっちが姓か分からぬ」と清胤が面白がって教えてくれたことは黙っておいた。三河守が青筋をたてて怒るのを制し、さっと馬を走らせ薄暗い釜無川に乗り入れる。

「殿！　流されまする、お戻りくだされ」

「大丈夫。わしの後をちゃんとついておいで」

流れのゆるやかなところを選べば徒歩《かち》でも渡れる。山で育った信友には造作もない。振り返って甘利や横田が流されていないか確かめながら、浅瀬を渡りきった。

緑の少ないだだっ広い荒野に、今諏訪、白根といった郷がある。御勅使川《みだい》という川が流れるも、水はけがよすぎて「月夜でも焼ける」と言われる旱魃《かんばつ》地帯で、稲作には向かないと三河守から聞いた。柿や葡萄《ぶどう》などの果実、乾燥に強い麦などを細々と育てているらしい。

「こたびの合戦で略奪にあわぬよう、郷や寺社には制札を出しておりまする」

大勢の兵がぶつかるには、うってつけの場だ。

「それはよい」

曾根大学助の説明に頷く。とりあえず「それはよい」と言え、とは三河守の教えだった。

陽が落ち、急速に暗くなる。蒸した空気が和らいで、信友の鼻に土と水の匂いが届いた。嗅ぎ慣れぬ臭いがまじっている。

「鉄だ」

川下から鉄の臭いが漂ってくる。

「あたりに身を隠せる場所はあるかな」

聞けば川から半里離れた丘に、大ケヤキの木があるという。信友は急ぎ向かった。

大きなウロのある二股に分かれた大ケヤキは、櫓のように聳《そび》え、枝葉が地表ちかくまで垂れさがっていた。信友は鎧具足のまま、するするとケヤキを登りはじめた。

登ってきた。

「殿には何が見えているのです？　暗《くろ》うて何も見えませぬ」

「あの灯《あか》りは」

「我らの陣と、遠いのが御屋形さまの本陣でしょう」

「耳を澄《す》ませ、何か来る」

今宵は新月、空は瞬く星ばかり。

鉄の臭いが一段ときつくなった。

「おれと同じことを考えた者がいるな」

夜目の利く信友の目には、平原を往く一隊が見えた。馬に枚《ばい》を噛ませ、足には藁沓《わらぐつ》を履かせているのだろう。行軍の音を注意深く消している。灰か泥を塗った長鑓の穂先が一瞬、鈍く光を放つ。ようやく目が慣れた大学助が声を震わせた。

「……千ちかくおるかと。上流に向かっておるようです」

大軍をこの局面で動かす敵は、一人しかいない。

信友と大学助はケヤキを急ぎ降り、甘利と横田に告げた。

「義父上どのが、富田城を出た」

「信友どの、何をなさるか」

仰天《ぎょうてん》する甘利に「しい」と声を潜めるよう促す。後から大学助が四苦八苦しながら

「川幅の狭い上流にて逸見と合流し、夜明けに我らを急襲する算段でありましょう」

横田の考えに、信友も賛成だった。

「我らだけではどうともならぬ。急ぎ兄上に報せる」

大井動くの報に、本陣で軍議が開かれた。

野に陣幕を張り、荻原常陸介、板垣信方のほか二陣の向山尾張守、下曾根出羽守も加わった。信友も曾根三河守を連れ、緊張しながら床几《しょうぎ》に腰をおろした。

「大井信達は富田城を出て左岸を遡上《そじょう》、今諏訪に布陣するようでござる」

曾根三河守の報告に、篝火《かがりび》に照らしだされた信直は宙を睨んで、信友に一瞥すらくれない。

「今井勢と合流する気であろう。今井の着陣は」

「明朝早くかと」

戦さの前、信直が示した要衝《ようしょう》は三つであった。一つ、栗原館。一つ、富田城。最後の一つがここ、釜無川。信直は、初めから釜無川ぞいのどこかで本戦が行われることを見通していた。

荻原常陸介が口を開く。

「栗原館が包囲され、敵も焦っている。大井と今井が合流すると大兵力となる。夜襲をかけて敵を散らすがよいかと」

「ならぬ。生ぬるい勝ちなどいらぬ。逆らう気力も起きぬほど徹底的に叩き潰す。特に大井信達は首しか見とうない」

「……義理とはいえ御父上を討つのは」

向山尾張守の囁きに、太刀の柄に手をかけようとする信直を制したのは、常陸介だった。常陸介は主君に厳しい目を向けた。それは、師が弟子を叱る眼ざしであった。

「慢心するなかれ。兵数は変わらず我が方が少ない。真正面からぶつかるより、奇襲にて勢いを削ぐが常道」

「黙れ。わしは義父の首を見るまでは戦さをとめぬぞ」

初めて聞く信直の怒声に、信友は身が竦んだ。三河守が耳うちしてきた。

「先ほどの雨の話を、殿」

「ここでするのか」

「早《はよ》う」

「あのう……」信友は渋々声をあげた。「明日は、雨ずら」

百姓言葉が口をついて、頬が熱くなった。

信直は声を荒らげた。

「あ？　日照り続きで雨が降るか。お前は黙っとれ」

「黙らんよ、あにうえ」呼び慣れない名をゆっくりと呼んだ。「明日は水かさが増す。川を渡れない敵が動くのは、雨がやむ明後日」

このあたりは渡河できぬのですか、と板垣がおそるおそる尋ねる。信友は手を打った。

「板垣どの、それじゃ。実際は渡れる浅瀬がある。おん……いや。わしの推測だけんども、雨は夕方にはやむ。夜には、難儀はするけんど渡れるようになるはず」

信直は訝《いぶか》しんだ。

「何故分かる」

「実際渡ったもの。甘利と横田とで」

言うや扇で頭を叩かれた。

「勝手な行動は慎め。三河守、お主がついておりながら何だ」

「面目ございませぬ。殿は、御屋形さまと気質が似て勇ましく……」額を掻き掻き声音が変わる。「されど。夜陰に紛れて渡河せば、今諏訪に布陣する大井、今井の背後を突くことかないましょう。御屋形さまの望む合戦も、常陸介どのが申される奇襲も、どちらもかね備えた策と見えますが、如何《いかん》」

あっと他の将が驚き、息を飲む気配があった。

「……信友」

「はいっ」

「まずは褒めて遣《つか》わす」

信直の顔から怒りの色が消えた。信友はにこりと笑い、覚えたての言葉を使った。

「ありがたき幸せ」

翌日は、未明から風が吹き、豪雨となった。

今諏訪に布陣した大井勢千五百は、増水した川にはばまれ今井勢一千と合流できず、停滞せざるをえなくなった。本来ならば釜無川を渡って両軍が合流し、信直本陣に攻めかかる算段であったろう。南下してきた今井勢は単身で攻めるほどの意気はないらしく、信友の陣の上流二里で行軍をとめた。

今井兵庫助、勝沼信友、大井信達、武田信直が二里間隔で釜無川の左右の河原に陣取ることとなった。

誰が最初に動くか。それが本戦の趨勢を決める。

雨がやみ、日暮れを待って信友は本陣と合流、浅瀬を渡って西岸の大井信達を急襲する手はずとなった。

午後遅く、雨が小降りになった。敵に気どられぬよう兵二百を残して篝火を多く焚かせ、信友は渡河地点へ秘かに兵を進めた。すでに本陣の先遣隊が着到していた。足軽大将の中に清胤のずんぐりむっくりした姿を認め、信友は馬を降りて走り寄った。

「聞いたぞ、城将を討ち取り、城を陥としたんだろう、祝着至極なり」

清胤は左腕に矢傷を負っていた。うやうやしく頭をさげてこう言上した。

「信友さまにお褒め頂き、恐悦の極みにございまする」

耳を寄せて「祝着至極なんぞよう覚えたな」とにやりと笑う。篝火もなく、二人は顔を自然に寄せて話した。

「御屋形さまの御気色《おんけしき》はどうじゃ」

「心細そうだわ」

「お主、あんがい肝が据わっておるのう。わしはいかん」

大仰に顔をしかめ、清胤はぶるっと身を震わせた。

「蜂城もそうじゃったが、敵は降る気はない。敵味方入り乱れての混戦になろうぞ。本陣の命令などいちいち仰げん。合戦が始まれば大将が軍を動かすんじゃぞ、できるか」

「……分からん」

ひとしきり脅かしたのち、清胤は案ずるなと背を叩いた。

「お主には、三河守どのが目付についておられる。安心せい」

◇

荻原常陸介は、曾根三河守と馬を並べ、闇に沈む釜無川に目を向けていた。

「三河、御屋形さまに大井の首を獲らせる気か」

「はて何のことやら」

蒸すのであろうか、常陸介は顔の左半分に巻いた布に指を入れ、目のあたりを掻いた。

「わしとて五郎の本願をかなえてやりたい。が、世には道理がある」

「大井を討たば、他の国衆が恨むと。御屋形さまの器を信じぬゆえの憂慮では」

「器だとか、形無きものの話をしているのではない」

「形無きものこそ、すべてに勝る」三河守は言いのけた。「はたして御屋形さまをど、こまでと捉えるかにござる。御屋形さまの弓矢指南であった其方ならば視《み》えよう。甲斐の一勢力か、甲斐の国主か、或いは二国、三国を束ねる大名か――」

他国侵攻。家中にない話ではない。常陸介の顔が歪んだ。

「信濃か」

「どうでござろう。南へ駿河、今川氏。あるいは御坂路を越え伊勢氏」

「世迷《よま》いごとを申すな。いまの武田にその力はない」

声を荒らげる常陸介に、三河守は低い声で問うた。

「老いて戦さが怖くなり申したか、軍配者どの」

「その侮辱、忘れぬぞ」

馬の腹を蹴り、常陸介は河原へ馬を進めた。振り返り、稲妻のような光を眼に宿して言い捨てる。

「わしら老いぼれが気を張らねば、五郎の首が河原に晒《さら》されよるわ」

◇

渡河は、信友三陣の甘利隊を先頭に始まった。

雨雲が流れ去り、墨を垂らすようにぬばたまの闇が河原に広がりゆく。遠くの森で梟《ふくろう》が鳴きかわす声が聞こえた。ひとつは春に生まれた仔梟だろう。月はなく、わずかな星明りを頼りに、先遣兵は水無月でも冷たい川面へ足をひたした。

信友は甲冑や脚絆をぬいだ軽装で、腰に縄を結んで先頭を進んだ。足の裏で岩や泥土を探る。すぐ後ろに曾根大学助がつき、鑓を入れて水深を測り、ここは渡れると後続に合図する。

二町（約二百二十メートル弱）を渡りきるころには、すっかり夜となっていた。とちゅうで足を滑らせ流されかけた大学助は砂利によつんばいになって、げえげえと水を吐いた。

「面目ございませぬ」

「気ばったぞ大学助」

大学助の背をさすりつつ振り返ると、対岸へ張った縄は十、二十と増えていた。

「冷えてきましたね。濡れたからでしょうか」

「これはいい、朝には霧がでる」

　夜間に山の冷気が盆地に流れこみ、湿った大地が冷えると、朝には盆地は濃い霧でおおわれる。信友はイシであったころ、白一色の甲斐盆地を、山上から何度となく見てきた。

　背筋を伸ばし、上流をうかがう。おそらく敵は動いていない。

　大軍を動かせば、雨上がりの泥がはねる。その臭いは風下へ必ず届く。天候、匂い、地面に残った痕跡。相手の姿は見えずとも挙動は手にとるように分かる。

「あとは仕留《トメ》るだけだ」

　卯の上刻（午前五時ごろ）、全軍渡河を終えた。

　天地は深い霧につつまれ、伸ばした手がやっと見えるほどであった。東の方角だけがぼうと明るい。山鳥の声が聞こえる時分になっても、世は静寂のうちにあった。

　大学助に鎧を着つけてもらった信友は、兄のもとへ向かった。昨日より鎧は軽く感じた。

複数の間諜の報告では、ここから一里も離れず大井信達は本陣を置いて、武田方が背後に忍び寄っているのに気づいていない。

信直は、霧に弱光が差しこみ、揺れ動くのを眺めていた。

「大井の首は駄目だべ。他のみんなが武田を信用できなくなる」

なるだけ気やすく声をかけた。義父を討つのは禁忌にあたるだろうか。信直が恐れているのは、本当は《景光穢》ではないだろうか。

信直は振り返らぬまま答えた。

「首も獲らぬ、本陣で動かぬ。そんな屋形に臣はついて来ぬ」

「だから、おれが先陣を務めるでよ」

振り返った信直は奇妙に顔を歪めていた。霧がいっそう濃くなり、彼の体が乳白色の向こうに消える。小さな囁きだけが聞こえた。

「頼んでも、よいか」

武田方三千余。大井方千五百。

敵陣を川岸に追いこむため、左翼があがり右翼がひいた雁行《がんこう》陣をとる。

左翼最前に信友。二陣に荻原常陸介、中央に信直本陣。右翼二陣に下曾根出羽守、右翼最奥に板垣信方率いる足衆。清胤も右翼最奥に配置された。

出撃を知らせる法螺貝が、今諏訪の荒野に響く。

信友は左翼の兵たちへ、清胤に教えてもらった口上を高らかに宣した。毎朝十度唱えてきた名乗りだ。

「源朝臣《あそん》新羅三郎が曾孫、武田太郎《たろうのぶよし》信義が係累、兄は武田当主信直、勝沼次郎五郎信友である！　我には摩利支天の加護ありて、敵を討ち破らん、我に続け」

「応！」

兵の目は気力にみなぎり、押し太鼓にあわせて鑓を突きあげる。

「出陣」

信友は曾根三河守とそろって馬の腹を強く蹴った。馬の嘶《いなな》きと鬨の声が津波のごとく背中を押す。地面が揺れているのか、己が揺れているのか、分からない。

「先日のジイの問い、分かったぞ。大井の首を獲らぬ武田が、いかに大勝を摑むか」

「ほう」

「武田の副将・勝沼信友が屋形の代わりとなり、より多くを斬り伏せる」

「口で言うは易《やす》し。行動をもって解となされませ」

三河守は右手をあげ、騎馬を率いて飛びだしてゆく。

負けじと競って、信友も乳白の海に突っこむ。川上からの風が吹いた。霧がとどまる時間は長くない。背後から甘利次郎が駆けあがってきた。

「三河守さまを行かせてはなりませぬ」

「ジイ一人で行かせては危ないものな」

甘利は大きく首を横に振った。

「あんたは知らんだろうが、鬼三河と恐れられた人。一番槍どころか手柄をすべて獲られるぞ！」

前を疾駆する馬影に朝日がさす。風が吹いて霧が割れ、ひとたび今諏訪の全貌が見えた。

大井信達の陣は、読みどおり河原と平行に長く布陣していた。霧を割って現れた信友隊にようやく気づいたらしく、鉦がけたたましく鳴らされていた。

先行する曾根三河守は、仮構えの竹柵を踏み潰して突破し、敵陣中央に斬りこんだ。

横に長い陣を分断する構えか。なれば、と胸が高鳴った。甘利に命じる。

「駆けあがれ！　最奥へ斬りこむぞ」

「三河守さまと離れてはなりませぬ」

「先手《さきて》のおれが敵を叩かないと、示しがつかん」

丸に左三つ巴の旗を掲げ、敵陣のただなかで采配を振るう曾根三河守の、柿渋色の羽織の背が見えた。彼が采配を振るうと足軽が横一列に並んで、算を乱す敵の頭上へ鑓を打ちおろす。

足軽たちが一つの大きな獣に見え、こんな戦いがあるのかと信友は目を見張った。

「横田高松！『あれ』をやろう」

横田は力強く胸を叩き、足軽を横に展開する。

甘利がいったん軍をとめさせ、伸びきった戦列を整えさせる。そうして置盾の後ろへ足軽を横二列に並べる。ゆく手をさえぎる敵が現れはじめた。騎馬十騎ばかりに足軽をひき連れているが、こちらの足軽と比べると動きに無駄が多く、走るのも遅かった。

「鑓掲げい」

それは前線で指揮を執る男、横田高松の才腕が大きい。昨日行動をともにした信友にも分かった。主たる武田の将の来歴は頭に叩きこんだ。近江の有力大名、六角氏に仕えていたというだけあって、用兵術が甲斐の武士より進んでいる。

決定的に異なるのは、鑓の長さであった。

前列の鑓が垂直に掲げられた。二間半はあろうか、巨大な壁のように信友には思えた。敵を引きつけ、決してはずさぬところまで待つ。盾に乗りかかろうとする騎兵の、決死の形相《ぎょうそう》が見える。

後方までそうは届かぬ距離とはいえ、心拍が早くなり、手綱を握る手に力が入った。

「鑓衾《やりぶすま》、打ちおろせ」

横田高松が鑓を振った。

めりめりという音が耳の奥に届いた。突くのではない。柄をしならせ、騎兵の兜を頭蓋《ずがい》ごと割り、馬の腰骨を折り、地に叩き伏せるのだ。

「一騎破るぞ」

鑓の雨を防ぎ、足軽の列に乗り入れる者がいる。後列の足軽が鑓を水平に繰りだし、瞬くまに馬上から引きずり降ろして、とどめを刺した。こちらで死した者はなく、十の死体と乗り手を失って惑う馬が残った。

「甘利、後続を一気に叩くべきと思うが、どうか」

「異論なし。全軍かかれ」

山の稜線から現れた太陽に、大地も人も朱色に染まる。砂礫《されき》と泥をはね、鬨の声をあげて自陣と敵陣が真正面からぶつかる。信友は叫んだ。

「押せ」

横田が鑓を振ると山津波のごとく足軽が鑓を高く掲げ、敵の頭上に雨と降らせる。討ち漏らした敵は、二列目の足軽が、胴を、首を、脚を貫く。

さらに敵陣深くへ進む。ゆく手に白い陣幕と陣旗が見えた。

「あれが敵大将の陣にて」

大学助が頬を紅潮させて叫ぶ。

顧みると、今諏訪は味方で埋めつくされていた。三河守は隊を旋回させ、こちらを追ってあがってくる。川下の残兵は清胤たち足衆が平らげるであろう。

おれが、義父上を捕らえる。

信友は弓を引きしぼり、陣幕の向こうに撃ちこんだ。

「往《ゆ》く」

陣幕前を守る敵兵を蹴散らし、鑓を突き入れ、陣幕を薙ぎはらう。

本陣に乗りこんだ横田が、鑓を振った。

「もぬけの殻にございます」

甘利が舌うちして悔しがる。

「別隊へ逃げこんだか。見さげた奴じゃ」

信友は馬から降りてしゃがんだ。足跡が乱れている。足跡を指で押すと湿ってはいたが、土はつかなかった。

慌てて逃げたのではない。おそらく、陽の出ぬうちについたものだ。

「どこへ行った」

目の前には朝霧に煙る釜無川。葦をかき分け地面に伏す。蹄の痕が流れに向かって残っていた。川を渡ったのか。目を凝らして対岸を透かし見ようとするが、霧で何も見えぬ。

大学助が走ってきた。

「甘利さまが、急ぎ三河守さまと合流すべしと……いかがしました」

狩りでも似たことがあった。野兎や狐の足跡を追いかけると突然浅瀬に入り、対岸は足跡がない。追跡から逃れるための知恵で、流れのなかを移動して上流あるいは下流に逃れるのである。

上流下流のどちらへ逃げた。対岸の今井勢はどう動く。

湿った金属の臭いが鼻をかすめた。まさか、今井はこちらへ渡ってきたのか。再度対岸を睨むのと、火薬の炸裂音が轟くのは同時であった。

「信友さまっ」

水鳥の羽ばたきと悲鳴が重なる。大学助が胸から血を噴いて後ろへ倒れた。あっと伸ばした腕が虚《むな》しく空《くう》を摑む。大学助は何故自分が倒れたか分からぬというように顔を歪め、口から血を吐いて、もう一度「信友さま」と呼んだ。

「伏せろっ」

後ろから甘利に引き倒された。次弾は地面をえぐり、砂利が兜を叩いた。

「大学助」

甘利の重い体の下で暴れ、信友は必死で手を伸ばした。

大学助の体から流れ出る血が砂利に広がり、吸いこまれてゆく。手足が痙攣《けいれん》し、肺が痰《たん》混じりの嫌な音をたてた。

あんなに血を流しては助からない。

「血止めを、早く」

「ならん！」

横田が退却を促す。

「対岸より今井の旗印にて。奇襲です、疾《と》くお退きを」

ヘテコ石で信直を襲撃した津金衆の野盗は、石火矢を持っていた。彼らを抱える今井氏も当然石火矢を有すと考えるべきだった。

敗《ま》ける。感じた瞬間、体が硬直した。

合戦の後には、死骸《しがい》を漁りに狼や狐が出る。里の代官に頼まれて、それを射たことはある。首が河原に晒されて烏に啄《ついば》まれているのを見た。野辺に煙がたくさん昇るのも知っている。

ほかは何ひとつ知らぬ。

敗北が武士にとっていかなることか知らぬ。

馬群が散らす水飛沫が光を返す。何も音が聞こえなかった。横に十列。釜無川を越えて今井の陣旗が翻った。敵が何か喚くのをただ見ていた。

甘利か横田か、脇を抱えて引きずられている自分がいて、迫りくる馬の前脚が高くあがる。踏み潰される、と信友は思った。

そして。黒い影が横切り、敵の馬列が吹き飛んだ。

右手から疾駆してきた騎馬の一団が、敵の横あいからぶつかったのだった。丸に左三つ巴の陣旗の軍勢が、敵の前列を川中に押し戻す。

「何をしておるかアケヨ！」

稲妻のような声がして、重い体を押して立ちあがるや否や、采配が脳天に降ってきた。

信友は地面を指した。

「大学助が」

柿渋色の陣羽織に髪を振り乱した曾根三河守は、河原に斃れる親族を横目で見た。

「もはや肉じゃ」

とたん、すべての音が奔流となった。水の飛沫、馬の嘶き、鑓と鑓の穂先がまじわる金属音、人の雄叫び。思わず耳を塞ぎたくなってあげた腕を、三河守が摑む。

「合戦場では大将の命が何よりも重い。横田が死んでも甘利が死んでも、わしが死んでも、振り返るな！　御屋形さまが死したら、お主が武田を背負うのだぞ」

武田を背負うなど、おれにはできぬ。

黙っていると今度は右頬を張られた。兜からさがる錣《しころ》が鼻に食いこみ、鼻血が流れるのが分かった。

「お主がとまると勢いがとまる。お主のせいで負けたいか」

「嫌だ」

はじかれたように叫んでいた。

「好《よ》し」

采配が再び左頬を殴りつける。そうして采配を投げ捨て、三河守は両手を伸ばして信友の頬を包んだ。濡れそぼった籠手が冷たく、信友の頭を鎮めてゆく。

「お主のために死したなら誇りである。そういう将になりなさい」

乾いた目に涙がこみあげ、鼻を啜る。喉に血の味が広がった。

「はい」

三河守は甘利、横田の二将に戦列をたてなおすよう命じた。

「敵は川中。大井のことはいったん忘れよ。眼前の敵のみ屠《ほふ》れ」

信友は投げられた采配を拾って、両手で捧げ渡した。三河守は怖い顔をして受けとった。

「困りますのう、殿。そういうことは御自らやってはなりませぬ」

いまだこわばった手足を動かして栗毛の馬にまたがり、信友は瞼を閉じる。

息を限界まで吐き、目を見開く。景色がいつもより澄んで見えた。

山では自分だけが頼りであった。他人を誇って死ぬ。そんな生き方は知らない。それを平気でやる武士は、きっとどこかおかしい。

死んだ大学助が誇れる将に、自分はなれるか。

「……分からない。でも、前に敵があるならば、討つ」

曾根隊に横腹を突かれて川中に退いた敵が、再び押してくる。霧はすでに薄く、対岸まで見通せる。今井勢およそ一千。こちらもおよそ一千。

信友の目は、隊の塊に忌々しいものを見つけた。

「射手《いて》が五人」

ひと固まり二百の隊につき一人。石火矢の射手がいる。三河守が言った。

「殿、次なる策を具申致す。今井兵庫めを釣るべく退きつつ戦いまする」

「石火矢は」

「耐えるより他にございませぬのう」

攻防が始まった。獣のような咆哮《ほうこう》を口から溢れさせ、人馬がぶつかる。数人がかりで木盾をささえて耐えるのを、盾の隙間から飛びだした敵足軽が、十字鑓の鎌先を甲冑に掛けて味方を盾の向こうに引きずり、断末魔の絶叫だけが聞こえた。血肉の臭いがたちこめた。

「退け」

三河守が采配を振ると、矢の雨を浴びせて敵を食いとめる。退き太鼓を合図に、盾を担いで全速力で走る。すぐに反転の合図があり、再び木盾をかざして敵を押さえる。

退いて押さえ、少しずつ河原から離れ、敵本隊を誘いだす。信友も鐙《あぶみ》を踏んで全速で駆け、遅れた兵の断末魔を背で聞いた。頭で理屈は分かっていても、恐怖で舌を嚙まぬようにするので精一杯だった。

「耐えよ、いましばし」

炸裂音とともに木盾が木《こ》っ端《ぱ》みじんに砕ける。戦列が徐々に崩れていく。ときおり腕に覚えのある者が深く斬りこんで、横田や甘利が応戦するが、次第に手がまわらなくなってゆく。崩れた戦列に後方の兵が補充され、目減りしていくのが分かった。

信友は弓を構え、矢を取ろうとして落とした。従兵が下馬して拾ってくれたが、情けなく唇を嚙んだ。

「もしものときは先に退かれませ」

曾根三河守の進言に安堵しそうになった己に、泣きたくなった。

「……分かった」

使番が二騎駆けてきて、「下流より大井の旗。今井勢と合流する様子」「横田どの負傷の由《よし》」と告げた。大井は逃走したのではなかった。下流から再度上陸し、こちらが劣勢と見るや今井に加勢し潰そうというのだ。

三河守の返答は短かった。

「横田へ死すまで戦えと伝えよ」

「ジイ……」

「足衆とは、そういう者にて候」

大井勢に急襲された前列右方が崩れ、敵がどっと雪崩れこんできた。信友の栗毛の馬が二、三歩後ずさった。手綱が引けていた。

「大井を読み誤り申した。お退きを」

「敗けるのか」

石火矢が轟き、頭を撃ち抜かれた兵が脳漿を散らして崩れ落ちる。三河守の声が遠い。

「戦場の絵図、鳥の眼で視よ。かつ一介の雑兵となりて視よ。大局では我らが押しておる。一隊の勝敗にかかずらうなかれ」

「これが」ついに悲鳴が喉を食い破った。「勝てると言うのか！」

目が熱く、鞍に拳をついてうなだれた。腕の震えがとまらなかった。螺鈿《らでん》の細工に花菱の彫られた艶《あで》やかな鞍。馬具の朱色の房飾り。綺麗で、自分にはふさわしくないと思った。

何故武士が務まると勘違いしたのか、一刻も早く逃げだしたい気持ちだった。

「分かった……退く」

その時であった。押し太鼓が今諏訪の河原に轟いた。

初めはゆっくり三つ。

続いて心臓を震わせる猛々しい連打。大井勢よりさらに後方、南の小高い丘に八幡大菩薩の本陣旗と、花菱の旗がいっせいに掲げられた。

先頭に、白い唐毛が獅子のたてがみのように翻る。朝日に染まって燃えるかのようだった。朱糸縅の甲冑に緋色の陣羽織の男は、背負った人の身丈ほどの野太刀の鞘を落とし、敵へ向けた。

「甲斐守護が命ず。逆臣討つべし」

「兄上ぇ……っ」

喉をせりあがり嗚咽《おえつ》が溢れた。

丘を駆けくだった本隊が、伸びきった敵の横あいへ殺到する。

二方向から敵とあたることとなった大井・今井勢は混乱に陥った。

甲冑を鳴らし、鑓を担いだ足軽衆がやってきた。原清胤であった。下馬して信友の前に膝をついた。

「御屋形さまより、助勢するよう申しつかりました。初陣の心地はいかに」

大きなどんぐり眼が鬼の目に見え、信友は慌てて目尻を擦った。

「恐れてなどおらん。清胤、石火矢衆がいる。討つからついてこい」

いけませぬと声を荒らげる三河守に、信友は声を振りしぼった。

「ここで退いたら、おれは次戦えなくなる。頼む」

「殿」

「逃げたらもう、おんは生きる場所がねえ」

三河守が言葉につまった隙に、信友は最前列へ駒を進めた。大弓を構え、矢箱から矢を五本抜きとった。矢を番《つが》え、前線で揉みあう一隊の射手に向ける。

手が震えて狙いが定まらぬ。清胤が横に並んで片眉をあげて挑むように見てくる。もう一度弦を引きなおした。

石火矢が放たれるとき、火花と煙があがるから、射手五人がどこにいるかは分かる。

「およそ四十間（約七十メートル）、難《かた》いと存じまするが届きましょうか」

三十間（約五十五メートル）を越えると、狙って当てるのは難しくなる。動く的を射るのはさらに難い。だがそれは武士の話だ。

「おれは三ツ峯者だで」

山で獲物が動かぬことがあるか。否。まず一人目と定めた射手の鉢金の下、鼻柱を狙う。視界が閉じてゆき、中心以外が黒く霞んだ。やめろ、閉じるなと焦りが汗となって噴きでる。

清胤が鐺で射手をさし示した。気づいた敵が清胤に筒先を向ける。ぱっと視界が開けた。

放つ。鼻下に矢が刺さった射手はがくりとうなだれ、足を滑らせたところを後続の足軽に踏み潰された。清胤はとくに何も言わず次を示した。

「二陣、十五間左手」

構えを左に滑らせ間髪を入れず射手の喉を射抜く。暴発した石火矢が空に放たれた。

「三人目、二陣奥」

ほかより粗雑な藍のつぎはぎの着物を着た男。甲冑はつけておらず、鉢金のみであった。腕をあげて射角を調節し、ありたけの力で弦を引いた。放つ。ゆるい放物線を描いて目を射抜いた。

「次、斜向《はすむ》かい右翼」

こちらと対角線上にある。太腿を抜き、足をとめたところで喉を射た。首の向こうへ矢尻が突き抜け河原へ倒れこむ。

靫《ゆぎ》から次矢をとり、正面奥、五陣の射手に狙いを定めたところで、敵が火縄の先を火門にさし入れるのと、信友が矢を放つのは同時だった。鉄礫は花菱の陣旗の竿を折った。鼻を貫かれた射手は川中に没し、流されていった。

汗が滝のように流れ、体を折って何度も息を吐いた。

清胤が鐺を高く掲げた。

「御弟君、信友さまの神射を見たか」

波が広がるようにどよめきが起き、誰かが「次郎五郎信友さま」と叫ぶ声が聞こえた。すると誰も彼も信友の名を口にのぼらせ、敵を突き殺しはじめた。

それが自分を呼ぶ声とは思えずにいると、清胤が暁光に輝く目を細めた。

「お主こそが勝沼信友。みなが待ち望んだ武田の副将じゃ」

唇を嚙んで泣くのを必死でこらえる。

鐺を携えた小畠孫十郎と多田三八郎がやってきた。

「おう、のろのろしとるのう」

「急げ清胤、武功争いに遅れるぞ」

おどけたように清胤は額を叩いて、信友へ向きなおった。

「信友さま、我ら足衆は首級の数で武功を競いまする。掃討をお命じくだされ」

信友は頷いた。

「往け清胤。誰よりも多くの首級を獲って参れ」

「はっ！」

言うや、清胤は小畠、多田らと競って駆け、陽炎《かげろう》を越えて敵陣へ突っこんでいった。川に背後を挟まれ、敵はすでに勢いを失っている。土埃が舞い、信友は押してゆく味方の兵を見ていた。この景色を忘れまいと、目を見開いて焼きつけた。

汗に土埃が流れ、熱波が背をじりじりと焼いた。

正午前、大井・今井勢の大半をうち崩し、今諏訪の河原は武田方の鬨の声に沸いた。歓呼の声を受けて、青毛の馬がこちらに進んでくる。面頬《めんぼお》をつけてようやく鞘に納めた野太刀を担ぎ、後ろに荻原常陸介の姿もあった。

信友は曾根三河守とともに下馬し、主君の前で膝をついた。

足衆が討った無数の首級が、名を記した札もつけられぬまま運びこまれる。五十はあった。

「大井のしみったれた首と秤《はかり》にかければ、多すぎたかのう」

周囲がどっと笑う。屋形はこちらを向いた。

「戦場《いくさば》は恐ろしかろう」

静かな声音だった。信友は無念そうに青ざめた首たちを、じっと見た。

味方が次々討たれ、自らも命を落とす危機に晒される戦さを、この人は十四のときから続けてきたのだ。そう思うと目の前の人は、人ではない何かに思えた。

「恐ろしいです。いまも。ですが兄上とおれば恐いことなどないと思います」

「よう言うわ」

手招かれて傍へ寄ると、切れ長の目が細められ、小さな囁きがした。

「誠に大事ないか。山に帰りたくなったか」

「いいえ」

思わず噴きだすと、手を出せと命じられる。両手を掲げて信直の脇差を受けとった。

信直は扇を天高く掲げた。金地に赤い日の丸が描かれた面が、ぎらつく水無月の青空に映える。

「天よ見候《そうら》え。甲斐の屋形、武田五郎信直の姿を」

「良い《え》」の声に応え、信友ほかあまたの将は、「応」と、今諏訪の河原に高々と拳をあげた。

第二章

七　勝沼館　勝沼左衛門大夫信友

今諏訪の合戦で、武田方が挙げた敵の首級は八十におよんだ。

一番槍の功は栗原館で表門を落とした小畠孫十郎、もっとも多く首級を挙げたのは横田高松。蜂城陥落の功は原清胤。足衆のめざましい活躍は甲斐国内に轟いた。

大井信達、今井兵庫助は生け捕りにされ、甲府まで引きたてられた。野次馬が道々に溢れ、物売りまで現れるしまつであった。

躑躅ヶ崎館で二人と対面した信直は、帯刀したまま、血走った目で申し伝えた。

「剃髪《ていはつ》して出家し、家督を息子に譲れ。なれば命だけは助ける」

大井、今井とも家督を譲って隠居することを受け入れた。また今井兵庫助の娘を信直の側室としてさしだすこと、大井の御方は本人の意思もあり、信直のもとに戻ることも決まった。

「俺が刀を抜かぬうちに、早う去《い》ね。命があるは信友の嘆願によるものぞ、我が弟に一生感謝するがいい」

行方をくらました栗原伊豆守は、秩父《ちちぶ》にて身柄を預かったと関東管領《かんれい》・上杉憲房《のりふさ》の臣から通達があり、交渉により引き渡しが決まった。出家と隠居を条件に、信直は栗原家の存続を認めた。

これをもって甲斐の統一がなされた。

論功行賞などひと通りの戦後処理が終わった後、躑躅ヶ崎館に戻った大井夫人のもとへ、左衛門大夫《さえもんのたいふ》（大輔）の名乗りを許された信友は、義理の弟として挨拶にあがった。

白い細面の痩せた背の高い女性であった。脇息《きょうそく》にもたれかかって泣き真似をする。

「五郎さまは今井の娘をいたく気に入り、娘のために曲輪を増築するそうですよ。ああ、帰ってこなければよかった」

ちかごろ信直は姿を見かけず、信友も躑躅ヶ崎館では竹林庵にしか居場所がない。また原家の居候に戻るわけにもいかない。

懐から白い繭玉をとり出して掌で転がし、大井夫人は頰を膨らませた。

「そもそも私は貴方《あなた》と天秤にかけられ、返されたのですよ。こんな御守りに懸命に願かけした私が、馬鹿みたいです」

いつか市場で老婆が売っていた、戦さより亭主が帰ってくるという繭守りだった。夫人は繭守りを掌に転がし、慈しむように撫でた。

「甘利どのから聞いて、五郎さまが持たせてくださったのです」

兄も可愛らしい一面があるのだと、想像して思わず口元がゆるむ。すると夫人は上目づかいで話頭を転じた。

「左衛門どの。躑躅ヶ崎館には詰城がございませぬのう」

「蜂城のような？」

「そう。躑躅ヶ崎はわずかに空堀があれど、あまりに手薄。左衛門どのはどうお考えです」

信友はたどたどしく答えた。

「ここで敵を迎え討つ考えはないのでは」

「なれば敵が迫ったとき、私やこれから生まれる嫡男が逃げる先がございませぬ。武田は簡単に滅びますよ。え、いいのです？　左衛門どの」

強い語気で迫られ、首を横に振る。この女性は正室なのだ。彼女が産む男子は次の武田当主となる。出陣前に見た、庶子の竹松のことが思いだされた。

「竹松は――」

どうなると言いかけ、夫人の口許ばかりの微笑に言葉を断つ。

大井夫人は嫣然《えんぜん》と言った。

「五郎さまは、こうと決めたら走りだして振り返ることをなさいませぬ。そのとき、裾を引いて二人でとめてさしあげましょうな」

信友はあいまいに返事をして、彼女のもとを辞した。

閏《うるう》六月の盛夏の空に燕が羽をひらめかせ、軒下の巣へ餌を運んでいく。その軒下に人影があった。大きな雛に似た薄鼠の袴の童が、棒きれを握りしめ稽古《けいこ》の真似ごとをしている。

「竹松、御付きの者はいないのか」

竹松はのぼせた顔で振り返り、お辞儀をした。

「叔父上。このたびは、左衛門大夫に任じられ、祝着にございまする」

「さえもんのたいふ、とはどれくらい偉いのかのう。分からん」

いつも一人なのか、と訊くと童は頷いた。

「御家のため立派な、叔父上のような武士になりとうございます」

じきに養子にだされる定めを知らぬのかと思うと、胸が痛む。

「なあ、竹松。こんど叔父上の屋敷においで」

甲府の東、徒歩でも半日かからぬ勝沼という地に、信友は館をもらった。もとからあった武家屋敷を改築して城郭とするよう、信直の命を受けていた。原清胤が甲斐に来たときの世話役であった駒井昌頼《まさより》（のち高白斎《こうはくさい》）が築城術に長《た》けていると聞いて紹介してもらい、築造にとりかかったところである。

「おれが父上に頼んでやろう。な、狩りをしよう。釣りがいいかな。旨いもんたんと食わせてやろう」

竹松のこわばった顔が、ぱっと年相応に輝いた。

館ができあがる夏の終わりごろ、竹松は父の信直とともに勝沼へやってきた。河内領の穴山氏からいい猟犬をもらったのだと、虎毛の黒犬を引いてきた。

笛吹川支流の日川《ひかわ》が山裾を削ってできた崖の上に館はあり、東は武蔵へ続く峠道がとおる。東方は山、南方は崖と川、残る西と北は空堀で囲い、容易に攻め陥とせない造りとした。

来るなり信直は空堀をぐるりと見てまわって、満足げに鼻を鳴らした。

「まずまずじゃ。駒井め、やりおる。要害山の詰城も奴に任せるか」

信友と竹松は虎毛の黒犬を連れ、狩りへ出かけた。山に入ったのは久しぶりだった。三ツ峯の険しい山と違い、青々と茂る落葉樹の森は、茸《きのこ》や木の実をとりに里者が入り、蟬が威勢よく鳴いていた。ここに山神はいないらしい、と安堵の息が漏れた。

虎毛の黒犬は賢く、信友の口笛の意味をすぐに理解した。黒犬が藪から雉《きじ》を飛びたたせ、信友が射落とす。三羽の雉と一羽の山鳥を落とし、渓流で汗を流してから帰った。

竹松は獲物を入れた籠を引きずって、門番に鼻高々で見せ、父のもとへ走っていった。

た。

「父上、叔父上は凄うございます。素手で魚を掴むし、矢を射れば山鳥を落としまず」

できたばかりの屋敷の縁側に横になり、信直は文を広げていた。

「知っておる」

「私も叔父上のような弓取りになりとうございます」

「なれぬ」

竹松の手から籠が落ちた。底冷えのする声に、信友も呆然と足をとめた。

「お前は飯富か向山に養子にだす。体も強うないゆえ、論語《ろんご》と史記《しき》を読め。孫子《そんし》もだ」

「……はい」

肩を落とした竹松の背は、垣根の向こうへ消えた。

思わず信友は土足で縁側に足をかけていた。

「あんな、すっちょおねえこた言うちょ」

あの子は家のために戦うのだと、先の合戦の出陣時も花菱の旗で父を見送ったのだ。

けれども、彼が元服したとき背負うのは、武田の旗ではない。

「最初から言うておけば、傷も浅かろう。どうせ戦さは尽きぬ」

「甲斐は一つの国になったじゃねえか」

信直は文を畳んで身を起こした。

「見かけだけだ。甲斐の外にも武士はおる。今川、伊勢、武蔵の山内、扇谷、諏訪、村上《むらかみ》、小笠原《おがさわら》。どれも甲斐を狙《ねろ》うておる。それらを退け、強い国を造らねば、服した家臣もすぐに反旗を翻す。お前を勝沼に置いたは、小山田氏と武蔵の睨みのためよ」

甲斐の外の国。信友は考えたこともなかった。

小山田氏は最近武田に服した国衆で、甲斐と武蔵の間の郡内と呼ばれる山がちな地を本拠としていた。ハイヤマ――富士――も、かの領内にあった。郡内を抜ければ、武蔵の広大な平野にいたるという。

「ほんなら、富士の巻狩りの呪《しゅ》は」

信直は肩を竦めた。

「四百年続く呪いぞ？　すぐには祓えぬ。堤防を築いて川の流れを変えるがごとく、長い年月をかけ、少しずつ彼奴《きゃっ》を遠ざける。竹松も、家臣の養子にすれば血と縁はより太くなる。これからは、おれも種をあちこちに蒔かねばならぬ。側室をあまた抱くも家のためよ」

「武士とは……そんな辛《つれ》えもんか」

信直は、ふいと横を向いた。

「辛いと思うたことなど一度もないわ」

ひぐらしの鳴く夕飯どき、とぼとぼと竹松を探しに行くと、日川の河原へ行ったと門番が教えてくれた。

茜色に染まる川面に魚が跳ねる。河原で、竹松は膝を抱えて座っていた。横に腰をおろし、小さな背を撫でる。控えめに体を寄せてきたので、抱きあげてやると熱っぽかった。体が強くないというのは本当らしい。

「父上と初めて遠出をして、嬉しくて……はしゃいだ私が悪いのです」

額を肩口に押しあて、小さな声がした。

「父上はちょいと口下手なだけじゃ」

合戦に勝てば万事上手くいくのだと思っていた。それでは足りぬらしい。

武士とは何だ。答えは遠い。

その夜は、竹松を挟んで三人で川の字になって寝た。竹松は緊張の面持ちで信友の方ばかりを見、信直はひどく嫌がって、ぶつぶつ文句を言った。

「わしはアケヨと狩りに行きたかった」

「なあんだ。来ればよかったじゃねえか」

「あんな地下《じげ》の山仕事ではない。射籠手《いごて》をつけ綾藺笠《あやいがさ》をかぶる武士の狩りじゃ」

ふと狼の遠吠えが聞こえてきて、闇のなか、兄弟は目をあわせた。見ているぞと山が告げているようで、信直の舌うちが聞こえた。

「こんな山際まで来よるか。必ず縊《くび》り殺してやる」

「山には道も境いも無いからのう」

頭に去来した考えを振りはらいたくて、信友は竹松の熱っぽい小さな手を握り、口の端に歌をのぼらせる。

「さんよりこより
出水ぞいつの泪河
とうとの神遣れ行く先へ
あまのはばきよ召しませ、三峰川」

やがて吼え声は遠ざかり、父子の目がすうと閉じられた。

いま信直の首を獲れば、山神の呪は解けようか。そんな考えが何度も浮かぶ。

信友は一人、東の空が明るくなるまで瞼を閉じないでいた。


その年は、信友はほとんど甲府に帰ることがなかった。笹子峠《ささごとうげ》を抜けて郡内領にある小山田氏の居館とを何度も往復し、当主・小山田越中守信有《えっちゅうのかみのぶあり》と狩りへ行ったり、遠乗りと称して国境いをあちこちまわった。

山の道は笹子峠を抜け八王子《はちおうじ》に至る甲州街道にそう一本のみで、大軍を動かすには道も狭く、富士のある駿東方面へ抜けるにはまわり道になってしまう。

信友は一人で御坂山《みさかやま》を歩き、富士に直行する獣道を探し、いくつか抜け道を見つけた。

また岩殿山《いわどのやま》にある円通寺《えんつうじ》という寺を修復するにあたり、小山田越中守と棟札を寄進することになった。銭の蓄えがない信友は松木甚五《まつきじんご》という算術に明るい勘定方《かんじょうかた》を雇い、二人で奔走してびた銭で一貫文、何とか納めることができた。

いつか菅田の天神社で見たような立派な棟札が寺に納められた。

《武田左ヱ門太輔信友、当郡主護 平《たいらの》 信有》

これはいつまで残るのかと聞くと、廃寺にならぬ限り保管されるのだという。自分が死しても棟札は仏さまの加護を受けるのかと、不思議な気持ちで越中守と険しい岩殿山に建つ真新しい寺を見てまわった。

小山田越中守信有は二十代後半で、濃い髭面で表情はよく分からなかったが、鷹揚な男だった。信直の妹を娶っており、仲のよい夫婦だった。

「わしの目付役として郡内の上野原《うえのはら》城に加藤《かとう》どのという城将がおられてな。今度山へ入られるときは、お連れくだされ」

麓から山頂まで半刻（約一時間）もかからず登ってしまった信友に、郡内という山間の地ではその足は宝のごとしだと小山田越中守は笑った。

永正十七年、甲斐の民は信直という盟主に従い、新たな国造りが始まろうとしていた。

八　飯田河原・上条河原合戦　原虎胤

原清胤、と名を書いて「あ」と声がでた。

長元が手燭を掲げて記帳簿を覗き、囃《はや》すように言う。

「虎胤どの」

「見い、孫十郎どのだって間違《まちご》うておる」

横を見れば小畠孫十郎も舌うちして、自分の名前に縦線を引いて消すところだった。

「孫十郎どのは何でしたか」

「虎盛じゃ」

長元が声をあげて笑う。

「それで足衆の『二虎』と評判なのですか。ややこしゅうございますのう」

明けて永正十八年（一五二一）の春は、慶事が続いた。

大井夫人の懐妊に家中が浮き立ったところへ、京から勅使《ちょくし》が来て、信直は従五位下《じゅごいのげ》左京大夫《さきょうたいふ》に叙任された。これを機に信直は名を改め、武田左京大夫信虎《のぶとら》と名乗ることとなった。

虎の由来は、弟の信友の幼名「寅吉」からとったのだという。心あたたまる話であるが、気をよくした惣領は、家臣にも虎の字をばらまいていた。最年長の重臣が先々代から「昌」の一字をもらったように、虎が家中に溢れかえった。

甘利次郎虎泰、飯富源四郎虎昌、両角虎登、小畠孫十郎虎盛、そして原清胤改め虎胤。

信虎と同世代の二十代から三十代の臣に虎の名がひしめく。信友も、虎の字が欲しいとだだをこねたが、同じ「信虎」になってしまうと兄にたしなめられた。「虎信でもいい」とねばる信友に、虎胤はもちろん、兄も呆れはてた。

「阿呆。『信』は武田の通字。累代の御当主はみな信の字が頭にあろう。信友という名は武田一門の証じゃ」

これを機に、能登守友胤は蜂城攻めで負った足の傷を理由に虎胤に家督を譲り、虎胤は甲斐原家の当主となった。

小畠孫十郎虎盛が屈託《くったく》なく告げる。

「こやつ、虎昌どのと呼ばれて間違えおって、飯富どのと一緒に振り返ってのう」

「言わんでくだされ。飯富どのの虎髭が逆だったのを見たじゃろう。あの青二才どのは、足衆に手厳しい」

「お主は、何かと目だつからじゃ」

長元に誘われ、山門をくぐる。初夏といえど肌寒い夜だ。

甲府の南のはずれに小山があり、山全体が一蓮寺という時衆の道場となっている。

山坊には夜でも明かりが灯り、勤行《ごんぎょう》する人々がいた。

二人は長元が寝起きする坊に通された。どかりと座るなり、虎胤は懐から一枚の紙をとりだした。掌ほどの人形《ひとがた》に切ってある。

「先月ごろ、そなたの師匠にあたる不外上人から、武田の主だった家臣邸に届いた。『諏訪大社に無病息災《そくさい》を願って納めるゆえ、名を書いて息を吹きかけ、一蓮寺の長元へ預けて欲しい』とのことでな。知っておるか」

長元は頷いた。疫病に罹った者が病気平癒を願って呼気を人形に吹きこみ、神社などに奉納するのは、よくあることである。

「諏訪に招かれておる不外上人に確かめたところ、知らぬと仰せられた」虎胤は人形を板間に叩きつけた。「いかなる企みか、話してもらおうか」

長元は鉄瓶から煮たつ湯を杓ですくう。

「呪《しゅ》というものの話を致しましょう」湯気に隠れて長元の顔が煙った。「呼気にはその人の魂が宿ると申します。諱《いみな》を記し、息を吹きかけた人形は、人そのものと申しても過言ではございませぬ」

ヘテコ石で、アケヨが御守りに息を吹きかけ、身代わりとして捧げていたのがそれかと、虎胤は考えた。

「何人かの信心深い方がすでに納めてくださいました。武田家臣の人形とあらば売れるのですよ、高く」

こともなげに白状する長元に、刀の柄に手をかけ膝を立てる。

「見さげた破戒《はかい》僧め。どこへ売った」

「まだ売っておりませぬ」

「返せ」

湯気が途切れ、長元が嘲笑《あざわら》うかのように唇を舐めた。

「信じるのですか。たかが紙切れですぞ」

答えず刃をちらつかせると、長元は武家の方は気が短《みじこ》うございまするなあと嘆息して、文机の文箱から紙包みをとって押しだした。

小畠が包みをとり、明かりに透かして中身を確認すると、念をおす。

「これで全部ですな」

「さようにて。ああ、本堂の修繕費の足しにしようと思いましたのに」

どうもこの男は底が知れない。仏に仕える仏僧なればこそ、俗世の政《まつりごと》には関知しないのであろうか。

「駿河よりの茶が入りましたので、手前などは疎うございますが、どうぞ」

茶碗を押してくるので渋々口をつける。初めて飲む茶は苦く、虎胤はとちゅうで茶碗を置いた。小畠は飲み干すと旨いですな、と微笑んだ。

「先ほどの呪の話、なかなか面白き見識にて、いま少しお聞きしたいのですが」

長元は滑らかに話しはじめた。

「拙僧は幼い時分より変わった才がございまして。死期がちかい者に黒い靄《もや》のようなものが視《み》えるのです。逆に重篤でも黒い靄が視えない人は快癒したりと。戦さで使える才にございまして。甲斐の国はあちこち、草葉の陰に黒い靄が見えるのです」

外の国から入ってくる黒い気を、長元は「穢《けが》れ」と呼んだ。

「呪《まじな》いのようなものですか」

「呪いとは違います。穢れとは、難しゅうございますが、死や血、えやみ、月のもの、また禁忌を犯したときに生ずるもの。生者の向こうから『超えてくるもの』にございまする。穢れが生じ、それにかかることを『汚穢《おえ》』と申します。祓いの儀や水や風などで穢れを祓うことができるとされますが、甲斐はとかく、穢れが落ちにくい」

道々によく道祖神や丸石に注連縄が巻かれているでしょう、と長元は言った。虎胤が甲斐に来て驚いたことのひとつである。下総でも村の出入り口や街道の辻に道祖神はあったが、甲斐では十歩、二十歩ごとに結界がわりの丸石が置かれているのである。何から身を守ろうというのだろうとつねづね不思議に思っていた。

「山に囲まれた地ゆえですか」

小畠の問いに、長元は頷いた。

「おおむねそうでしょうが、拙僧はほかに理由があるのでは、と考えているところ。坂東には疑いようもなく、穢れがある。頼朝公が義経《よしつね》を処したときから。あるいは大《おお》銀杏《いちょう》から飛びだした公暁《くぎょう》が実朝《さねとも》公を討ったときから。笹竜胆《ささりんどう》から広がる河内源氏《かわちげんじ》はみな等しく穢れており申す。この汚穢を逃るるは、西より下向した伊勢（のち北条）一族くらいのもの」

急になまぬるい風が吹きこんでくる。虎胤は無意識のうちに腕をさすっていた。

「虎胤どの。これをお渡し申す」

長元が長持から出した風呂敷の包みを解くと、古びた書物が現れた。

「独楽が書に化けるのも呪か」

面白うございますな、と長元はつまらなそうに返す。

「それは道灌公の遺《のこ》した軍配書にて」

聞いたとたん、虎胤は笑いとばした。

「道灌公じゃと？　昔話は、爺さんたちからさんざっぱら聞いたわ。築城のときに夢を見てやめただとか、湯殿で殺されたときに和歌を詠んだとか。斬られて和歌なんぞ詠めるかよ……」

最後の方は消えいるような声になった。

《我らに降りかかる坂東武者の業を断て、きよたね》

下総の小弓城で出逢った怪異の将。独楽を渡し、虎胤に和歌を詠めと説教した将。西へ行けと虎胤に行く先を示したのは、太田備中守資長《おおたびっちゅうのかみすけなが》、すなわち道灌だというのか。

虎胤の故郷下総・臼井《うすい》は、太田道灌の築城した江戸《えど》城にちかい、古河公方《こがくぼう》方の領地である。太田道灌や長尾景春《ながおかげはる》といった傑物は、関東平野を巡って三十年争った。どちらも主君に恵まれず、道灌は主君に殺され、景春は主君を裏切ったすえ、戦いに明け暮れて死した。

「とりわけ公が後年心血を注いだのは、軍配書の編纂《へんさん》でございました。糟屋《かすや》館で謀殺される前、公は上梓《じょうし》した書を我ら時衆に託し、御自らが作られた独楽を甲斐・武川の磐座《いわくら》に供えし者に、書を渡すようにと命じられました」

「世迷《よま》いごとじゃわ」

長元はひかなかった。

「拙僧は武蔵秩父、毛呂《もろ》の生まれ。道灌公の御父上、道真《どうしん》さまの隠居庵のちかくにございました。母方の祖父は、道灌公の右筆《ゆうひつ》を務めたこともございます。法螺《ほら》ではございませぬ」

「武家の生まれと言うたな」

「低い家格の三男にて。武士にならずほっとしております。臆病者ゆえ」

「呪だの道灌公の軍配書だの、人を惑わせるのもたいがいにせい！」

ほう、と挑発的に長元は言って、袂《たもと》から何かをだした。独楽とともにヘテコ石に奉じた古びた小刀と、御守りであった。アケヨ、いや信友が御守りに息を吹きかけていたのを思いだす。

「不届き者、返せ！」

ひったくろうとすると、長元はひょいと腕を引き、御守りの紐《ひも》を指にかけて揺らした。

「息を吹きかけた人形は世迷いごとで、御守りだと嫌ですか。異なことを仰います。ところが気味が悪うございましょう？　それが穢れの根本にございます」

「うるさい、返せ」

取りあいをしていると、それまで黙っていた小畠が低く言った。

「御返し召されよ、長元どの」

虎胤ですらも身が竦む、有無を言わせぬ響きがあった。

長元はしょげて、小刀と御守りを虎胤に返した。

「軍配書はゆめゆめ軽んじられますな。万世受け継がれる物にて、どうか」

手を前につき、深く頭を垂れるのを意外な思いで虎胤は見ていた。

坊を出ると石畳が濡れ、通り雨があったのだと分かった。それにも気づかないほど
であったとは。小畠が尋ねる。

「軍配書とやら、読み解くのか」

「まさか。常陸介どのにあずけ申す」

それがいいと小畠は言って、提灯を前に掲げた。明かりがゆき渡るのはわずかで、
あとは闇がどこまでも続く。

「わしも、この国は異な様子があると思う。内訌が絶えぬのは、そのせいだと考えな
くもない」

「争いは人が起こすのでござろう」

傷跡が痛むのか、小畠は腕に手をあてた。

「分かれ道で背を押された方に、人は進むのだとしたら?」

「……誰が押すのです」

明かりに浮かぶ小畠の顔は、幽鬼のようにも見えた。

「武士よ」

大永《だいえい》と改元された葉月《はづき》八月下旬、甲斐に陣触れがまわった。

同月二十六日、今川本隊が駿河を出兵するとの報が入った。

百姓が慌ただしく稲刈りを進める田を横目に、虎胤をはじめ、小畠孫十郎虎盛、多田三八郎満頼《みつより》ほか足衆が旗を掲げて南下する。今年の梅雨は長雨で、釜無川が堤を破って決壊し、甲府盆地はいまだ泥湿地だった。越えるのに半日、今川先手衆を退けた甘利次郎虎泰が入る下山《しもやま》館まで一日半を要した。

久方ぶりにほかの足軽大将たちと顔をあわせ、その夜は酒宴となった。何かの拍子に呪について話がおよぶと、横田や多田は少し分かる、という顔をした。

「おれは美濃の生まれだから東西両方の武士を知っているが、東国は気性が荒い。あと兄弟仲が悪い」

ざっくりと言いきる多田満頼に、横田高松も同調する。

「決して野蛮《やばん》だとか、そういうわけではないが、生き急いでいる感はあるのう」

「十把《じっぱ》一絡《ひとから》げにされてはたまりませんわ」

承服しかねて虎胤が口を尖らせると、多田が意地の悪い笑みを浮かべた。

「お前んとこの弟も出ていったじゃねえか、この前大喧嘩して」

「あれは甚助が悪い」

虎胤が家督を継ぐ際、弟の甚助は、兄は原家当主にふさわしくないと反発した。互いに酒が入って虎胤もひかず、危うく斬りあいになりそうなところを父が一喝して収めた。

次の朝、甚助の姿はなかった。噂によると駿河から三河へ向かったと聞いた。いつも兄を慕い、負けじと背を追いかけていた弟の出奔《しゅっぽん》は、虎胤の心に影を落とした。だが、とめられなければ、斬り捨てていたやもしれぬ。

「わしは、原家のために死力を尽くすまでじゃ。武士にはそれしかない」

遅れて侍大将が到着した。鎧を鳴らし、入ってきたのは、甘利虎泰と飯富虎昌の二人のみであった。飯富家を継いだばかりの若い虎昌は甲冑、陣羽織、具足を赤く染めた赤備えであった。重い眼で年上の足軽大将たちをじろりと睥睨《へいげい》する。

「甘利どの、某、あとは穴山どのの手勢。大島《おおしま》にて今川勢を迎え討つ」

河内を治めるのは穴山甲斐守信風《のぶかぜ》父子で、ながく今川派であったが、この七月に武田側についたばかりである。今川はこの穴山の翻意に怒り、出兵したとのことであったが、穴山をひきこんだ武田への報復は明らかであった。

「少のうございませぬか」

誰もおし黙って口を開かないので、虎胤が言うほかなかった。今川勢は一万を超えるとも伝わり、当主の今川氏親こそ出陣しないものの、主力は今川きっての猛将、福島《くしま》氏が率いるという。

大将の甘利虎泰はやにわに拳を板間に叩きつけた。全員がびくりと背をただす。

誰も口を開かなかった。負けてどうするのだ。富士川の両端に山が迫る河内で勢いをとめられなければ、敵は国中《くになか》──甲府盆地に雪崩れこんでくる。

九月六日。河内中央部の大島にて、甘利虎泰、飯富虎昌率いる武田方と今川方が衝突。数に勝る今川方に押され、兵を退いた。左に富士川の断崖、右に聳えたつ山。敵にいくども追いつかれ、追撃がやんだときには半分ちかくも兵を失っていた。

同月十六日。今川勢は国中にいたる。かつての大井信達の城、富田城を囲み、これを一日で陥とす。富田城から甲府へは約三里半（約十四キロ）、目と鼻の先であった。大井夫人は臨月の腹を抱え、甲府にできたばかりの要害山の詰城に避難した。

両軍が睨みあうまま、ひと月が過ぎた十月十六日の朝。甲府の南西を流れる荒川の飯田河原《いいだがわら》で、両軍は激突した。数に劣る武田方は、信虎本人が本陣を指揮し、日が暮れるまでに敵数百を討ち取る大勝を挙げた。

十一月三日。要害山で大井夫人が男児を産んだという報せが伝わり、武田方は勢いづいた。待望の嫡男は勝千代《かつちよ》（のち晴信《はるのぶ》、信玄《しんげん》）と命名され、魔除けの蟇目《ひきめ》役は曾根三河守昌長の嫡男、掃部助縄長《かもんのすけつななが》が執った。武田方は、縦三段に組んだ足軽先方組を三十列並べ、上条河原で福島衆をさんざんにうち破った。足衆の働きはめざましく、小畠虎盛は一番槍をつけ、原虎胤は大将首を挙げる大功をたてた。将を失った今川兵は富田城に籠城、武田方は鼠一匹漏らさぬ包囲を敷き、年を越してようやく一蓮寺の不外上人らの調停で和睦を結んだ。

翌大永二年（一五二二）睦月《むつき》一月の半ば。今川方はようやく軍を退いた。国外勢力を相手に、これほどの大勝はかつてなく、国は新年から沸いた。国中へようやく原虎胤が小畠虎盛と戻ったのは、二月の半ばであった。早々に山に陽が落ちると寒さはいちだんと増し、野ざらしの戦死者を啄《ついば》んでいた烏《からす》が、虎胤たちが通りかかるといっせいに飛びたった。ちぎれた足か腕かを咥《くわ》えた狐は、こちらを見て逃げもせず、油断ない視線で疲れはてた兵たちを見送る。

小畠がとちゅうの無人の社《やしろ》で野宿をしようと言ったが、虎胤は日暮れの後も歩を進めた。人のいるところで寝たい、誰でもいいから女を抱いて寝たいと思った。

「物の怪が出るのではないか」

袖を引く小畠の声は珍しく怖じけづいていた。松明を掲げさせ、虎胤はなお言葉を断って歩き続けた。目ざす宿場はもうすぐのはずだった。

闇の向こうから、低く這う音が耳に届いた。足軽たちがひいっと声を漏らす。互いに縋《すが》りついて念仏を唱える者もいる。

虎胤は松明を掲げ、夜陰を透かし見た。

鉦が鳴った。

背筋の伸びた細い人影がゆらゆらと近づいてくる。先頭に立つ男は裾の破れた僧衣に坊主頭。後ろの僧が掲げる灯火の影に入って顔は分からぬ。裸足の歩みにあわせ、首からさげた鉦を叩き、口から白い息が流れた。

「南無至心帰命禮」

甲高い声が、虎胤の頭のなかで螺旋《らせん》を描くように響いた。

「西方阿弥陀仏」

声は、前だけでなく横からも起こった。十人はいるだろうか、節まわしをつけた声明《しょうみょう》を唱え、先頭の僧のもとへ集うと、拾い集めた無数の骨片を背負い籠に収め、合掌《がっしょう》した。

「弥陀智願海
深広無涯底
聞名欲往生
皆悉到彼国」

西方浄土の阿弥陀仏に極楽往生を願う偈《げ》、すなわち経文である。

　鉦をさげた僧が初めてこちらに気づいたように見る。一蓮寺の長元だった。飯田河原合戦で福島衆に包囲され、もう命運尽きたと狂乱した信虎が、不外上人を諏訪から呼び戻して以来、時衆の僧たちは死者を弔《とむら》い、野を流離《さすら》っていると聞いた。

「願共」

　長元がひときわ細く高く、見えぬ仏へお聞き届けくだされと訴える。

「願共諸衆生　往生安楽国」

　虎胤たちの前にくると、長元は合掌して頭を垂れた。

「鑓働き、ご苦労様にござりました」

　上目づかいの目は虎胤を通り越して、足軽たちが押す荷車に注がれている。河内から押してきた荷車には米俵や家財道具が積まれていた。厳しい声音が、虎胤の心の臓を刺す。

「何故鬼虎の仇名《あだな》を貴殿らが抱くのか、虎の名は誠に誉れか」

「長元どの、そのような……わしら足衆、命に背かば生きてはゆけぬ」

　小畠が助け船をだすと、険しい眼ざしにさえぎられた。

「自身の胸に問うては如何《いかん》。甲駿国境いで何を犯したか」

　言い返すこともできず、乱暴に肩を擦れあって虎胤は歩きだした。小畠がまだ長元に訴える声が聞こえたが、構わず速足で進んだ。寒さが骨に沁みて、膝が震えるのが自分でも分かった。

後ろで僧たちが「願共」と唱えると、明らかに虎胤に向けられた、長元の澄んだ声が耳を侵す。

「南無至心帰命禮　西方阿弥陀仏」

往生できぬぞ、と聞こえた。

九　富士へ　勝沼左衛門大夫信友

勝沼左衛門大夫信友は、今川との一連の合戦には参陣しなかった。

郡内領主の小山田氏と連携し、間諜を放って南方の警戒にあたった。信虎の命《めい》は「相模の伊勢が動かば滅ぶ」だった。伊豆から小田原《おだわら》へ本拠を移した伊勢氏当主、氏綱の動きを、信虎は警戒していた。富士を越えて今川、伊勢が同時に侵攻すれば、武田など風前の塵にひとしい。

実際、相模と甲斐の国境い、富士の裾野の吉田《よしだ》や須走《すばしり》といった村落には、何度か斥候隊が出入りした形跡があった。しかし、伊勢氏綱は用心深い性格と見え、目だった行動は起こさなかった。

甲斐が戦勝に沸く如月《きさらぎ》二月。信虎の直筆で、竹松を連れてこいと文が届いた。

今川侵攻の際、「万一わしと大井夫人が討たれたなら、お前が竹松を擁立して武田を生かせ」と信虎は命じて、竹松を勝沼に避難させた。戦乱が終結すれば竹松を甲府に返すのが筋だが、風邪をひいたと言いわけをし使者を帰した。

正室の大井夫人が勝千代を産んだいま、信虎が竹松をどうするのか、考えるだに胸が重かった。

冬の寒さがゆるみ桃の花が咲くころの早朝、陽が昇らぬうちから銅鑼を鳴らす音で信友は叩き起こされた。青ざめた顔の渡辺源蔵《わたなべげんぞう》が、母屋に走りこんできた。

「原さまと多田さまの軍勢が、御屋敷の周りを囲んでおります」

源蔵は、河内富士北麓《ふじほくろく》の地侍であった。富士周辺の地侍には渡辺姓の者が多く、頼《らい》光《こう》四天王の渡辺綱《つな》の子孫を称し、九一色《くいしき》衆と呼ばれる。源蔵も九一色衆の一党で三十歳ばかりの大人しい性格だが、山育ちとあって信友の山行にもついてくることができ、鑓を使わせればなかなかの腕前だった。

「何じゃっと」

勘定方の松木甚五も、丸い体でとてとてと走って来た。

「五十以上はおりまする」

「お前は、竹松をしっかり守っちょれ」

籠手をつけ、桜の大弓と矢箱をひっつかみ、信友は西の土塁に登った。

朝靄にまぎれ、表門裏門ともに囲まれている。信虎の言いつけに従って北側は二重の堀と土塁を設けたため、容易には攻めこめない。堀の外側で九曜紋の旗を掲げ、黒胴丸に藍の縅糸、半月の前立の兜を被った原虎胤が仁王立ちしていた。少し離れ、街道ちかくの松の木の下にいるのは多田満頼と見えた。

虎胤は仰々しく懐から文をとりだし、広げた。

「勝沼左衛門大夫信友どの。御屋形さまの一子、竹松さまを籠絡《ろうらく》し、再三の命にも拘《かかわ》らず、戻さぬとの由。叛意ありと見ゆる。即刻ひき渡せとの命である」

自分が竹松を幽閉し、人質にとっているというのだ。目が眩《くら》んで、かっと怒鳴りつけた。

「そんばか言うちょ。誰が竹松を粗略に扱ったべか、ぶちくらかすど糞胤」

虎胤は顔をまっ赤にして怒鳴り返す。

「御屋形さまから頂いた虎の字を愚弄するか」

「なれば糞虎じゃ。脳みそまで糞が詰まっとろう」

「言わせておけば、この糞山猿」

虎胤は矢を放った。勢いが弱く、信友は空中ではっしと摑むと、多田を怒鳴りつけた。

「おう、三八どのまでこげなぞぜえたことば許すか」

荒い口ぶりに仰天したらしく、多田満頼は床几から飛びあがった。

「某《それがし》は虎胤が無茶をせんよう軍目付《いくさめつけ》として参りました」

「軍目付ェ？　貴様らおんと一戦するべか、あぁ？」

「さようなつもりは。竹松さまをお渡しくだされば、すぐ退きまする」

目を閉じて大きく息を吸った。

「断る」

兄が兵まで動かし、竹松をとり返そうとする理由が分かる。養子にだすのみではすまなくなったのだ。

奥歯を嚙みしめ、摑んだ矢を大弓に番《つが》え、虎胤の足先三寸に射返す。敵味方問わずどよめきがあがるなか、高さ一間半（約三メートル）はある土塁の上に立った。

「大島で今川勢に大敗した足衆ごときが、左衛門大夫信友を討とうなど笑止。竹松さまを奪うなら、力ずくでこの館、落としてみろ」

虎胤が鑓を振りまわして命令した。

「かかれ。竹松さまには決して手をあげるでないぞ」

勝沼館にいる兵は二十人ほど。まともに戦えるのは自分と渡辺源蔵と数人に過ぎない。原隊は北側面の堀を攻めつつ表門を狙うようだ。多田隊は東側を押さえるがまだ兵を動かす様子はない。

「源蔵。兵を等間隔に並べ、堀を渡ろうとする兵に石礫《いしつぶて》を投げろ。表門はわしが押さえる」

「はっ」

矢をありたけ持ってこさせ、土塁の上から表門に寄せる兵を射る。さすがに急所は抜けないので、脚を抜く。瞬く間に四人の足をとめた。

虎胤が足軽を押しのけ、鑓を振って歯を剝いた。

「竹松さまを人質に、御屋形さまに弓引こうなど、忘恩の徒め」

「兄上に逆らうつもりなどない。人質もとってない！」

虎胤が体ごと表門へぶつかった。表門がきしみ大きく揺れた。どす黒い顔に目を剝いて信友を睨《ね》めあげてくる。

「降《くだ》るなら今だぞ」

これほど怒りをあらわにする彼は見たことがない。怒りの源は何だ。そのとき、山の稜線から姿を見せた今日一番の朝陽が、信友の目を刺した。

「信友さま！」

多田の声に我に返ると、土塁を登った虎胤が飛びかかってきた。繰りだされる鑓を後ろに転がって避ける。腰の山刀を逆手に抜き、枝をはらうように鑓の柄を斬ろうとした瞬間、体あたりを食らって吹き飛ばされた。

最前線で戦矛をかわす足軽大将と、まともにやりあっては敵《かな》わぬ。堀底に転げ落ちそうになるのを土に爪を立てる。その手が踏みつけられた。

白い二つの眼《まなこ》が信友を見おろした。

「御屋形さまはこたびの戦さの銭を払わぬ。所領を持たぬ足軽は、銭がすべて。わしらに餓《う》えて死ねというのか」

遠くで多田が「虎胤、やりすぎじゃ」と怒鳴っている。

「君子は義に喩《さと》り、小人は利に喩る。銭に目が眩んで何が正しいかも分からなくなったか」

竹松と一緒に学んだ論語の一節が口をついて出た。

手を踏みつける力が強まった。柄で肩口を強か《したた》に打ちすえられる。

「賢《さか》しらぶった口を利くでないぞ、アケヨ」

脛当《すねあて》のあいだめがけて山刀の峰を叩きつけ、起きあがろうとしたが、見透かされ、鐺の尻で脇腹を突かれた。たまらず胃液を吐いた。

「わしもお主もしょせんは義兄弟という名の駒じゃ」

冷たく言い放った虎胤は、山刀を持つこちらの右腕を摑み、肩をはずさんばかりに捩じった。鋭い痛みに思わず声があがる。

「叔父上！」

土塁の向こう、松木甚五の手を振りほどいて駆けてくる竹松の姿があった。

「来るなッ」

腕の縛《いまし》めが突然はずれた。具足の音。痛みをこらえて起きると、虎胤が膝を突き、頭を抱えていた。小さく、赦しを請うように呻きが漏れ、拳を何度も地に打ちつける。

「……やめろ」

信友は、呆然と彼を見おろすことしかできなかった。

駆けつけた多田に引きずられ、虎胤はいったん兵を退いた。

源蔵に支えられて土塁を降りると、竹松が泣きながら懐に飛びこんできた。

「叔父上、竹松をさしだしてください。甲府へ帰ります」

「……ならぬ」

何故ですかと啜り泣く竹松を甚五に預け、穀倉《こくぐら》を開いて炊きだしをせよと命じた。騒ぎを聞きつけた百姓が丘を登って様子を見にきたので、煮炊きを手伝ってもらう。ほうとうと蕪菜や里芋を大鍋で煮て、味噌で味つけ、表門を開けさせた。

「朝から何も食べておらんじゃろ。飯にするべえ」

多田は面食らって最初こそ固辞したものの、対立が深まるのを避けようと考えたのか、館の包囲を一時中断させた。

勝沼館の背後の丘陵には、葡萄の新芽が膨らみ、桃の花が咲きほこっていた。夏にはたわわな果実がみのる。丘の下には日川が流れ、川から水を引いた水田で代《しろ》かきをする百姓の姿が見える。ゆったりと雲が流れ、大地に落ちる影が動いてゆく。

「今年は大雪もなくて、凍死も餓死も少なかった。よかったのう。里芋もっと食《け》え」

「は……かたじけのうございます」

信友も松の木の下で多田と並んでほうとうの汁を啜る。塩辛い汁を腹に入れると、全身のこわばりが解けてゆく。

「虎胤の無礼、お許しくだされ」

「今川との合戦で一体何があった」

椀から口を離してほっと息をつき、多田は首を振った。

「合戦では何も。虎胤は大将首を獲り、第一の武功を挙げ申した」

虎胤は少し離れ、塞《さい》の神を祀った丸石の横に一人腰をおろし、背を向けている。おかわりはどうですか、と訊いてまわっていた渡辺源蔵が、虎胤を睨んだ。

「あれが鬼虎ですか。左衛門さま、やっつけてくだされ」

「鬼虎？　虎胤がそう呼ばれておるのか。何故」

多田は地に目を落として答える。

「今川が退いた後、虎胤と小畠どのには再度駿河の国境いにゆけとの命があり……」

そこまで言いかけ、街道に目をやった。向こうから数十騎を率いてやってくる旗印を見て、多田はがくりと肩を落とした。

「鬼三河さまか。鬼の格が違うわ」

やって来たのは曾根三河守昌長であった。

去年、嫡男の掃部助縄長に家督を譲って甲府を退き、万力《まんりき》の所領に隠居していた。万力は、勝沼から歩いて一刻たらずの距離である。騒動はすぐ耳に入り、駆けつけてくるだろうとの見こみがあった。煮炊きは時間稼ぎでもあった。

かつて鬼三河と呼ばれた老人は、砂塵を巻きあげて多田満頼の前で駒をとめ、青筋をたてて大喝した。

「多田、原！　腹を切る覚悟は出来《しゅったい》しておろうな」

「ジイ、落ち着いてくりょう。二人は竹松を連れ帰れと命じられただけじゃ。おれが渋ったから悪いんじゃ」

無沙汰を詫びる挨拶も飛ばし、三河守は濁った目で信友を憐れむように見あげた。

「諦めなされ、竹松さまは」

意を汲みとるまで、鶯が二度囀《さえず》った。

三河守だけは、味方になってくれると思っていた。そういえば勝千代が生まれたとき、蟇目役を務めたのは息子の掃部助縄長だったとぼんやり思い返す。

三河守は言った。

「わしらですら、妻と娘を甲府の屋敷に置いております」

「人質ではないか」

「さよう。質をとられるのを拒んだ栗原、大井、今井を討伐しておいて、信友さまだけ特別扱いでは家臣に示しがつきませぬ」

三河守の理屈は分かる。妻もなく子もない信友だけが、甲府を離れて自由にしているのを快く思わない臣は少なくないだろう。だが兄は竹松を害そうとしているのだ。

いよいよ独りになった。

信友は手にした弓、山刀、太刀、脇差を地面に置いた。戸惑う三河守と多田を横目に、館からとってこさせた白装束を陣羽織がわりに肩にかけた。

「虎胤、竹松は渡さぬが、代わりにおれを甲府に連れていけ。お主らの銭払いについても、おれが直々《じきじき》に話す」

虎胤はまだ丸石の脇に座り、顔だけこちらに向けて低い声で言った。

「勝手にせえ」

勝沼を発ち、日暮れ前に甲府へ入った。甲府の市は賑わい、以前はまばらだった一蓮寺の門前町は、精進物売、油売、米売などさまざまな店が軒を連ねていた。軒先で遊女が手招き、都からの猿楽師や軽業師が辻で見世物を披露する。

人の脂や白粉《おしろい》、人糞の臭い。すべてが混じった臭気が信友の胸をむかつかせた。

躑躅ヶ崎館は増築を繰り返して堀は深くなり、新しい曲輪もできていた。背後に聳《そび》える山々は木が伐り倒され、曲輪や櫓が尾根づたいに続き、さながら山全体が城のようだった。

兄とは茶室で会った。白装束の弟を見るなり、信虎は眉を釣りあげ、不快感をあらわにした。

「先の今川との合戦、勝千代さまの御生誕、祝着至極にございまする」

「挨拶は要らぬ。用件を申せ」

「竹松は、どのようになさるか伺いに参りました」

「あれは殺す」

やはりと目を閉じる。板間へ額を擦りつけた。

「なにとぞお助けくだされ」

「ならぬ」

いつもより冷静に話す兄が、別人のようで怖くてたまらない。

信友の知る武田信虎は、母の心残りを汲んで自分を探しだしてくれた人だ。父の違う、どこの狒々とも知れぬ男を。

「竹松さまは言いつけを守り、勝千代さまをお助けする臣となるべく、毎日館ちかくの秋葉《あきば》神社に御家の武運長久を祈っておりまする。叛《そむ》くことは決してございませぬ」

「当人にその気がなくとも、周りが許さぬ。竹松を担ぐ者と、勝千代を担ぐ者。将来必ず争おうぞ。他家に養子にだしても同じこと」

「私と兄上も、同じ宿業を歩むのですか？　私など、武田の血すら流れておりませぬ」

とたんに脇息が蹴り飛ばされ、手が伸びて信友の喉を掴んだ。

瞬きもせず信虎が顔を寄せる。落ち窪んだ目の下に深い皺が刻まれていた。

「二度とその話をするな」

指を立てられて喉が絞まり、目に涙が滲む。怯《ひる》むな、と自分を奮いたたせる。

「私の養子でもいけませぬか。私が目を配っておれば、勝千代さまが大きくなられても争いを防げまする。武田はこれ以上、身内で争うてはなりませぬ」最後の方は声が掠れ、口の端から泡が垂れた。「金目の羚羊《アオシシ》が、喜ぶだけにございまする」

兄の顔が歪んだ。突き飛ばされ、たまらず体を折って咳きこんでいるあいだに、兄は大股で茶室から出ていった。錆浅葱《さびあさぎ》の直垂の袖が翻り、奇妙に体を揺らして去ってゆく。

殺すとまで言った兄が何も言わずに去るなら、処遇はひとまず日延べである。

次の間に控えていた曾根三河守が、いざり寄って背をさすってくれた。

曾根三河守に連れられ、躑躅ヶ崎館ちかくの荻原常陸介の屋敷へおもむくと、常陸介は会うなり言って信友に頭をさげた。

「あの戦さは、わしらの失策じゃ」

話を聞くうちに、武田の置かれた窮状が明らかになった。

初戦、若い甘利、飯富を寡兵で河内へ送りだしたのは、敢《あ》えて敗れて今川を深追いさせ、補給線が伸びきったところを地の利を知る国中にて叩く算段であった。

常陸介の策はうまく運び、今川との戦さは武田方の劇的な勝利で終わった。

大勝に諸将や民草は沸いたが、武田家に膨大な戦後処理がのしかかった。信虎当人も上条河原合戦で太腿に矢傷を負ったせいか、気分の変調が激しいという。

和睦交渉も上手くいっておらず、塩の供給をとめられたままである。一月に今川勢が富田城を明け渡し退去した後、報復として国境いの富士衆、九一色衆の集落を焼き討ちしたことが怒りをかった。なかには乱取りを禁ずる制札を掲げていたにも拘らず、焼かれた村もあったという。信友家臣の渡辺源蔵も、それで兄一家を失ったのだ。

やっと合点がいった。虎胤は焼き討ちで何かしでかしたのだ。子供の声を恐れて蹲《うずくま》るほどの傷を、心に負った。

常陸介は嘆息した。

「甘利、飯富、足衆は、囮《おとり》として使われたことで御屋形さまを恨んでおるという。恨むなら老い先短いわしを恨めばいいものを」

「足衆の銭払いは、わしもできることはします」

「お主をもう狒々とは呼べぬのう。ようやっておる。それに比べて若い者どもは」

常陸介が口を開くと、歯の抜けが見えた。先々代の信昌のころより戦さに明け暮れた二人の老臣は、このところ急激に老けこんだ。諦念に満ちた三河守の声は、か細い。

「この国は戦さの『後』を知らぬ。しかし爺《じじい》どもは永く持たぬ」

「気弱になりおって。わしはあと二十年生きるぞ」常陸介は鼻を鳴らし信友を見た。

「身勝手は承知の上だが、一つ。聞いてくれるか」

障子の向こう、早春の日が少し強くなり、部屋がぬくまる。

「ひとつ。三河守の抱える間諜を継いでくれ。三ツ峯者と呼ばれておったが、最近は『峯』以外の平地者も増えたゆえ、三ツ者と呼んでおる。お主は郡内の小山田氏、駿河の伊勢氏の目付役じゃ。いい間諜は力となろう」

願ってもないことだった。

「もうひとつ。仮に御屋形さまが国衆すべてを敵にまわすことになったとしても、お主だけは、最期まで味方でいて欲しい」

「お主を無理に武士にしたわしらが、頼めることではないが」

三河守は探りながら信友の肩に手を置いた。刀傷、矢傷が無数に刻まれた骨ばった手だった。

「ジイ、長生きしてくりょう」

答えず、三河守は目を細めただけだった。常陸介が続ける。

「こたびの戦さで武田は軍資金を使いはたした。向こう二年、戦さはできぬ。二年、御屋形さまを抑えてくれ。二年、原虎胤が得た道灌公の軍配書なる書を読み解き、わしと三河と刑部で策を積みあげる」

二人はそろって首を垂れた。常陸介の痩せた肩、三河守の曲がった背。過ぎる時の速さに待ってくれと追い縋りたい気持ちをこらえ、信友も深く頭をさげた。

「左衛門大夫信友、いついつまでも兄上の牙となりまする」

去り際、信友はひとつ訊ねた。

「次の戦さ相手とは」

三河守の濁った目が、鬼三河の目に戻った。

「御屋形さまの頭のなかにあるのみにて、我が殿」

荻原邸を辞すると、門前に虎胤が馬を繋いで待っていた。

「勝沼まで送ってゆく。どうせ甲府にいる気はないじゃろ」

「道中で斬り殺すんじゃなかろうな」

虎胤は睨んで、すぐ肩を落とした。よく知ったずんぐりむっくりの広い背中が、窮屈に縮められうら寂しい。淡い茜色《あかね》に染まる田畑と山影を横目に、馬を駆け足にして勝沼に帰った。いく人かの百姓が道に走りでて、手をあわせて信友を見送る。

虎胤が皮肉げに笑う。

「いつか見た景色だのう」

「虎胤。焼き討ちで何があった」

「お主が何をして山を追いだされたか言わぬように、わしにもそういうことがある」

少し。後悔している、と虎胤は言った。

「お主のお陰で足軽たちが餓えずにすむ。忘れないでおくれな」

「……応」

陽が落ちてから勝沼に戻ると、竹松が走って丘をくだってきた。馬から降りるのを待てぬようにぴょんと跳んで裾を摑み、腹に顔を埋めた。

「御無事で、ようございました」

震える竹松の背に手を添え、背を撫でた。

ふた月ばかりすぎて、信虎から直筆の文が届いた。竹松は勝沼氏の猶子《ゆうし》、五郎としてお前に預ける、という内容だった。

竹松は勝沼五郎と名を変え、信友の子となった。武田はこれ以上身内で殺しあってはならない。それが呪を遠ざける唯一の方法だと信友は信じている。

「やっと一人。助けられた」

文の最後、「宜《よろ》シク頼ム」と書き添える黒々とした字を、信友は何度も眺めた。

平定した甲斐の国衆、民草へ権威を見せつけるように、信虎は国内の寺社へ寄進《きしん》を行い、戦勝の御礼参りに出かけていった。花菱の旗を掲げ、日蓮宗《にちれんしゅう》の総本山、身延山《みのぶさん》久遠寺《くおんじ》に詣でた際は、家臣をあらかたひき連れ、行列は一里におよんだという。

また信虎が大檀那《だいだんな》として天神社を修復するというので、信友は代官となる曾根三河守のもとへ、人足として原虎胤や多田満頼と配下の足軽をやって日銭を稼がせた。足りぬ分は土倉に借銭して荻原常陸介が支払った。それで足軽大将たちの不満はいちおうの収まりをみせた。

寺社は盆地の東側に多く、虎胤はよく勝沼館に泊まった。合間をみて五郎（竹松）に鑓の稽古をつけた。

「戦場《いくさば》では鑓の穂先を見なされ。不ぞろいな鑓は、各々《おのおの》が買い求めたのであり、手練《てだ》れの証左にござる」

「逆に、そろった鑓は弱兵と。虎胤さまの御慧眼《ごけいがん》、敬服致しまする」

虎胤はいまでも子供が恐いらしく、五郎に見つめられると、まっ赤になって口をもごもごさせるのだった。

「あ、いや。小畠どのに聞いたことにて候。某はただ山城を攻めるばかりにて」

「では次は山城攻めについて教えてくださりませ」

「はい……」

夜、信友と酒を酌みかわすと、虎胤は熱弁を振るった。

「五郎さまは、よき将になるじゃろう。お前と並べばさぞ見栄《みば》えがするだろうて」噛みしめるように言って、盃に目を落とす。「いつか五郎さまに寄騎《よりき》するのが夢じゃ」

「自分の子を鍛えたらいいじゃないか」

虎胤は首を振る。

「嫁取りの話はいくつかあるが、駄目じゃ。子は怖い。お主こそ早う嫁をもらえ」

「うーん、そうだのう」

信友にいっさい嫁取りの話がないのは、家中のみなが不思議がっていた。

三ツ峯者は山で独り死ぬのが当たり前だったから、いまさら嫁をとれと言われてもぴんとこない。武田に反旗を翻した今井兵庫助とは別系統で、勝沼にも所領がちかい府中今井氏の当主、今井左馬助信甫《さまのすけのぶすけ》という家臣の妹や、小山田氏との縁談があったが、信虎が諾《だく》と言わなかった。

それどころか、信虎はときを見て「竹松」の葬儀を執りおこないたいとまで言っているらしい。空供養《からくよう》を行い、空の棺を埋め、戒名《かいみょう》も授けるのだそうだ。

信虎を苛む呪《さいな》の深さは、底がない。いつか己をも追いつめかねない。

だから、周りが何と言うかは分からないが、自分は生涯子をなさなくていいと思う。父と同じ五郎の名乗りを許された少年が、立派に勝沼の家を大きくしてくれるだろう。


寺社の造営には大黒柱や梁材として、大木を山から伐りだす必要があった。

曾根三河守から譲られた三ツ者は、大きく分けて信友と同じ山岳育ちの者、木こりや鉱物の採掘を行う山造や金山衆《かなやま》、そして農家や町屋で生まれ育った者の三通りがあった。山造が木の伐りだしを指揮し、金山衆を黒川の金山にやって鉱脈を探させた。

山岳育ちの生粋の三ツ峯者は、駿河との国境いにやった。

産出される良質な木材や金は、富士川をくだって駿河や遠江へ売られ、大きな富を武田家にもたらした。

信友の屋敷には、さまざまな身分の者が出入りした。

時衆の長元は、時に僧形《そうぎょう》に身をやつした楠浦刑部少輔昌勝をともなうこともあった。楠浦刑部は甲斐国外にあちこち出向いているらしく、命を受けて三ツ者を動かすこともあった。

三ツ者頭と初めて顔をあわせたとき、二人ともあっと声をあげた。同じ三ツ峯者の一団にいたキサチだったからだ。山を追いだされたイシが武田の惣領の弟になってい たのだから、驚きようはキサチの方が上だった。

別れて二年しか経たぬというのに、小心者だったキサチは精悍《せいかん》な山の男になり、富《と》田郷左衛門《たごうざえもん》という立派な名をもらっていた。

二人はまず信濃国の諏訪までおもむき、津金衆より鉄を大量に買いつけた。

「古老たちは諏訪に行ったが、おいには諏訪の森はいいいなようでいかん。そんで甲斐に帰ってきた。三ツ峯はおめえが山神をクラカシてから、何も獲れん。修験者が入って木も伐られる。じきに山は滅びる」

「……すまん」

二人が話すときは、信友は縁側に出、キサチは縁の下に潜んだ。特殊な息の吐き方で山言葉を喋ると、二人以外には聴きとれぬのだった。

キサチは気にした風でもない。

「どのみち山には人が入る。五、六年前だか、富士で大熊がでて退治されたろう。元は足柄山《あしがらやま》の名のある山神だったと聞く。伊勢の何とかという武士が、山城を増やすってんで森から追いだした」

「足柄山の熊ちゅうと、坂田《さかた》の金太郎《きんたろう》どんを護った神さんべか」

忍び笑いともため息ともつかぬ息が縁の下から聞こえた。

「かもしんねえ」

「そげな神さんも追われる世か」

「もはや人に禁足地などねえ」

　誰《た》そ彼《かれ》どきの空に浮かぶ影富士は二人が地蔵ヶ岳から見たよりずっと大きく、人を睥睨する荒神《あらがみ》のようであった。キサチは今度こそは憂鬱そうにため息をついた。

「ハイヤマだきゃあ、いなような。ハイヤマと諏訪だきゃあ、人ば許さぬ土地だべな」

　信友に閃くものがあった。

　ハイヤマ。富士の山。不死の山。

　頼朝公が巻狩りを行い、《景光穢》を負って、東国全土におよぶ呪を受けた根源の地。

「行かざあハイヤマへ」

　甲斐と相模の国境い、籠坂峠《かごさかとうげ》に生まれ、戦さで右腕を失ったお菊《きく》という下女に行衣《ぎょうえ》を着つけてもらいながら、信虎は大仰に嘆いた。

「わしは上条河原の合戦で、左の太腿に三寸もの太さの矢を受けたんじゃ。それを富士詣でせよとは、鬼のような弟じゃ、そう思わぬか」

「へえ……」

お菊は十四、五ばかりで、色の白い綺麗な娘だった。

「三寸の矢なぞ受けたら、いまごろ兄上の足はございませぬぞ」

信友が鼻白んでも、猫なで声でお菊にすり寄るのをやめない。

「お菊よ、腕は誰にやられた。わしが懲《こ》らしめてやろうぞ」

「分かりませぬ……闇夜でしたゆえ」

曖昧に微笑《ほほえ》んで首を傾げる。確かに大井夫人と並んでもひけをとらぬ美しさと、艶がある、と信友は思った。

「きっと伊勢の奴ばらじゃ。どうじゃ、甲府に来んか」

「兄上、菊どのが困っております。早うなされ。菊どの、兄の戯言《たわごと》は聞き流してくだされ」

お菊は是とも否とも言わず、頬をわずかに染めて信友にはにかんだ笑みを向けた。

山行を手配する御師《おし》の家の門を潜った信虎は、編笠《あみがさ》に白い行衣、手足にも白い布を巻き、立派な富士講《ふじこう》の徒であった。

「足は如何《いかが》。痛むなら背負ってめさろう」

「厭《いや》だわい。あの女、わしよりお前に気があるわ。畜生め」

「霊峰に登るというのに、色にうつつを抜かしてはなりませぬ」

「お前は頭でっかちになりおった。ああ厭じゃ」

後ろから甘利虎泰が背をつつき、小声で聞いてくる。

「仲直りなされたのか」

「喧嘩などしておらぬ」

「信友さまは、武家言葉がだいぶ板についてこられたのう」

「お主こそ、酒の席で御屋形さまの悪口を言うのが減って、よいことじゃ」

どうしてそれをと甘利の顔が青ざめた。

「壁に耳あり、障子に目ありじゃ。気をつけよ」

白木綿の行衣に揃いの脚絆、編笠を被った一行は、浅間《せんげん》神社で太刀、具足、馬を奉納したのち禊《みそぎ》をおこない、一の鳥居《とりい》を潜って富士山へ入った。頂上まで一日かけて登り、御来光とともに頂上の火口を一周する御鉢回りを行うのだ。

武田家からは信虎、信友をはじめ、家臣百人余が連なった。富士詣では、郡内を治める小山田氏が武田の庇護下に入ってから、多くの家臣の念願でもあった。

日本武尊《やまとたけるのみこと》が立ち寄ったという祠《ほこら》からの富士の眺めを歌に詠む者あり、頼朝公が富士の巻狩りで陣を張ったという石碑を拝む者あり。

「まるで遊山《ゆさん》じゃの」

周りの心配をおして参加した荻原常陸介にせかされ、慌てて進む。

初秋の上吉田は空が高く、河口から細く昇る噴煙も穏やかで、峰のごつごつした岩肌がよく見えた。木々が少ないのは、生える前に噴火で焼けてしまうからだと、御師の案内役が教えてくれた。

一刻半ばかり進むと、見たことのない岩が転がる砂利道となった。水の流れを固めたような、針葉樹の森にうねった地面が続く。

「信友、お前速すぎじゃ。加減せえ」

信虎の声に顧みれば、はるか下方で蟻《あり》のような人の列が見えた。

北西を見やれば、薄い雲の向こうに突きでる山塊がある。板垣信方が汗をかきかき、横に並んだ。

「おう甲斐駒が小山のようじゃ」

連なる峰の一番奥に甲斐駒が、手前に地蔵ヶ岳や北の峯といった、信友がかつて駆けた三ツ峯の山々がある。板垣はこちらに笑いかけた。

「噂には聞いておりましたが、誠の韋駄天《いだてん》ですのう。わしなど先ほどほかの参拝者にすっすと抜かれ申した。背が信友どのほどくらいある若い男でのう。わしも年をとった」

「まだ三十も半ばで何を言っておられる」

岩場に座りこんだ信虎の足を、小姓が揉みほぐしている。傷が痛むのか、杖に縋り汗の流れる顔が歪んだ。

「兄上、背負うか」

「誰が」

「元気そうじゃな」

信友は大きな岩に乗り、周囲を見渡した。金目の羚羊《アオシシ》が現れるのではないかと、気が気ではなかった。しかし空を舞う一羽の鷹以外、ここには人しかいない。

あの山神は、元来どこの山に棲《す》んでいたのであろう。頼朝公によって富士から追われ、三ツ峯に逃げてきたのであろうか。

山に人が入ってきている、とキサチは言った。麓の豆粒のような上吉田、下吉田の集落は、春先の雪崩で流された神社の修復のため、木を伐り倒している。

見渡す限りの地は、人のものであるのか。

あるいは神のものか。

木材はいくらあっても足りぬし、鉄鉱石や金の採掘のためにも山は必要だ。戦乱が続く限りは、人は山を殺してゆくだろう。氾濫の続く川を、堤防を築いて流れを変えるだろう。

それが善か悪か、判ずることは信友にはできない。

夜は、山頂ちかくの小さな山小屋に泊まることとなった。板垣が言うように武田のほかにも参拝者はいて、すべては小屋に入れぬから、信虎と信友が山小屋に入り、臣は斜面に穴を掘り、岩を積んで風よけとし、雑魚寝《ざこね》である。夏でも富士の夜は真冬ほどに冷えこむ。信友はとちゅうで枝を伐りはらうように命じ、仮小屋にかけさせ、入口に火を焚かせた。三ツ峯にいたころの狩小屋そのままであった。

みなが寝静まったころ、信友は弓と矢箱を持って小屋を出た。仮小屋に点々と火が灯っている。その外側の闇に気配を探る。

「おるか、金目」

答えはない。信友は心に決めたあることを、初めて口にした。

「おるなら聞け。おれは楯無の首は獲らぬ。そう決めた。甲斐はお前の入れぬ国にする。おれの命を獲るならいまぞ」

闇の中に誰かがいる気配がする。矢を番《つが》え、きりりと弦を引く。

「出てこい」

かつ、と石が転がった。瞬時に矢を放つ。人の呻き声が遅れて聞こえた。

声の方へ走ると、白い行衣を着た者が肩口を押さえていた。昼間見たという背の高い参拝者か。太い眉の下のあどけなく大きな目は、元服を終えたばかりの十代の青年らしかった。

後ろにもう一人、行衣姿の小男がいて、主を守るように短刀を抜いて殺気を放っている。こちらは真の間者らしい。

「金目の使いか」

信友に問われ、青年はしばし考え手を打った。言葉づかいは武士のそれであった。

「ああ、山神の名か。古き神とは手切れじゃ。災いをなすばかりで益のない物はいらん。わしも一頭討った」

「イサでこと」

無意識に山言葉で赦しを乞うていた。白い息が闇に消える。

「いさでこ？」

答えず、信友は弓を若い男に向ける。

「いずこの者か答えよ」

小男を下がらせ、青年は顔色ひとつ変えずに、肩の矢を抜いた。

「うちの兄者の方が弓箭《きゆうせん》の腕は上じゃぞ」

信友が無言で弦を引くと、つまらん奴じゃわ、と青年は舌うちした。

「我が主より言伝《ことづて》じゃ。『今川が転べば、我らが駿河、そちらが遠江を分けようぞ。関八州の南は我。北はそちじゃ』」

言うや、男たちは暗がりに姿を消した。血の跡はなく、男が被っていた編笠が地に落ちていた。本気で追えば追いつけるが、兄に報告するのが先だろうとやめた。

小屋に戻ると、信虎は起きていた。言伝を聞き、編笠を渡すと、信虎は裏に縫いつけられた笠印を見て、舌で唇をひと舐めした。

「伊勢め。先年からちょくちょくこちらをうかがっておる。籠坂峠を越えてくるはしょっちゅうよ。宗瑞（早雲）が死んで衰えるかと思いきや、氏綱め」

「伊勢当主とは顔見知りなのか？」

問えば信虎はしれっと答える。

「見たこともない。十ばかり年上と聞いておる」

灯りを吹き消して信虎は横になった。

「寝ろ。明日も早い」

何か隠しごとをしているような態度だと思ったが、訊くのはやめた。信虎の横に身を横たえると、あちこちから他の参拝者の寝息が聞こえてきた。武士も商人も百姓もひとしく身を横たえて、眠りに就いた。

翌朝、日の出前に山小屋を出て、山頂に着くころ、雲海の向こうに暁光がさした。

誰も彼も、手をあわせ、経を唱える声が峰に響いた。

信虎は、経を唱えていなかった。信友は経を知らない。懐から代わりに文をだし、信虎に手渡した。

「五郎が、御屋形さまにと」

「……………」

たけまつは
なとともにきえにし
身なれども
恩をわすれじ
なまよみのさか

辞世とも読める惜別の和歌に、信虎の顔が歪む。

「親らしいことは何ひとつ、してやれなんだ」

冷たく澄んだ風が吹いた。茜色の光が地平に広がり、日輪が揺らめきながら雲海に現れた。日輪を拝む人々の長い影が斜面に伸びる。

信虎が襟に指をかけ、首からさげた御守りを信友に手渡した。いつかへテコ石で捧げた母の形見、美篶天伯社の御守りだった。

「だいぶ前、虎胤が時衆の僧からとり返し、小刀とともにわしに献じたが、お前に返せなかった」

言いながら、信虎は竹松の文を千切った。

茫洋《ぼうよう》とした信虎の横顔が、暁光に強く照らされている。肌は荒れて唇は割れ、長い髪はあちこちがほつれていた。

のか。

「母上はわしに形見を残さなんだ。だからお前が妬《ねた》ましかった」
信友は唇を嚙んだ。竹松の助命に請うたときに見せた、激情の根源はここにあった
のか。

おれすら、憎まれていたのだ。

「わしは、己の欲が恐ろしい」

風が紙の切れはしを攫い、煙たつ富士の、不死の火口に運んでゆく。

「《景光穢》など方便じゃ。わしはお前すら妬み、身から湧く欲をとめられぬ」

喉の奥で唸るような掠れ声が、人々の読経《どきょう》にまじって信友の耳へ届く。

「いずれお前にも愛想を尽かされるであろうな」

「そんな……」

金目の羚羊《アオシシ》に「楯無の首を獲れ」と命じられたこと、昨晩それを断ったことを伝え
ようと思ったが、それが何の慰めになろう。

この人を、独りにしてなるものか。

「さすがのわしも、それは御免こうむる」

言って、信虎は弱々しく笑った。

「内に争いを生まぬためなら、わしは他国を侵す大名となる」

翌大永三年（一五二三）霜月十一月、武田竹松は死したとされ、源澄院殿天誉尊体《げんちょういんでんてんよそんたい》智大光童子《ちだいこうどうじ》の戒名を授けられ、信虎が建立した尊体寺に空の棺《ひつぎ》で葬られた。

その死を待っていたかのように翌月三日、勝千代の袴着《はかまぎ》の儀がおこなわれ、太郎《たろう》と名を頂き武田の嫡男へ正式に繰りあがった。

武田の嫡男は代々五郎を名乗るのが通例であったが、信虎は、甲斐武田氏の祖・武田信義と同じ名である太郎を与えた。これを聞いた臣は、傅役《ふやく》に任じられた板垣信方をはじめ、みなが感涙にむせんだ。

ただ一人、信友は、父の膝に座る三歳の子供を一瞬盗み見、目を伏せた。

武田惣領、武田左京大夫信虎は、一同へ宣した。

「我が敵は伊勢。鎌倉幕府執権気どりの彼奴《きやつ》は、関東管領上杉家の威光を冒し、関八州を掠めとろうとしておる。これを叩く」

信友が呼ばれた。事前に聞いていなかったので緊張して前へ進む。屋形が漆塗りの箱からとりだしたのは、銀箔を押した房の采配だった。家臣からどよめきが起きた。

武田家に代々伝わる家宝のひとつである銀の采配は、屋形の副将にだけ許される。

「戦場の細々した指揮はお主に委ねる。わしはじっとすることも学ばねばならん」

手にした采配は軽かったが、背後に感じる重臣たちの圧は、しばらく垂れた頭をあげられないほどであった。

十　関東武蔵国　原虎胤

大永四年（一五二四）、如月二月。

出兵は武田方最大兵力ともいえる一万八千余であった。

鎌倉八幡宮を有し、かつての関東執政北条氏の後継として、伊勢から北条と姓を変えた相模太守北条氏との対決を、信虎は選んだ。

武田左京大夫信虎を総大将、左衛門大夫信友を副将に、甲斐の臣のほぼすべてが動員された。武田の惣領が関東平野に出兵するのは結城《ゆうき》合戦以来約八十年ぶりで、誰よりも驚いたのが譜代の家臣かもしれなかった。

甲斐は、駿河との国境いを今川氏親に攻められ、国内を蹂躙され、足利茶々丸や上杉景春といった「朝敵」が逃げこんでは彼らの扱いに紛糾《ふんきゅう》し、彼らが蜂起に失敗し、滅びゆくさまを見てきた。

笹子峠を抜けた猿橋《さるはし》という山間地で北条側の津久井《つくい》衆を破り、堅城津久井城を山の半分まで占領、包囲に小山田氏ら三千を置き、さらに山岳戦でも北条方をさんざんに破った。

残り一万五千余りは、武蔵野の街道を東に進んでいく。

「三河守さまに見せたかったのう」

原虎胤と相備えとなった甘利虎泰が嘆く。曾根三河守昌長は昨年、病により没していた。流感にかかり、枝を手折《たお》るようにあっというまに亡くなった。

虎胤は懐からはぎれで作った袋をだした。出兵前に、小畠虎盛の妹の於花が作ってくれた。袋を逆さにして振ると、黒曜石《こくようせき》の切片を組紐でくくった刀守りが現れた。紐を首からさげて懐に納める。

彼女が袋守りをくれるとき、昔みたいに顔をまっ赤にしていたなあ、と思いだす。そんな彼女も、この戦さが終われば、駿東の豪族へ嫁ぐと決まった。

振り返れば、唐国の函谷関《かんこくかん》のごとき甲斐の山々は遠く、春の武蔵野では葦《あし》が風に揺れている。

出兵は、同盟関係にある関東管領・山内憲房、扇谷朝興《ともおき》の要請を受けてのものであった。

正月明けに北条氏綱は武蔵の扇谷朝興を攻め、高輪原《たかなわはら》で敗れた扇谷朝興は江戸城を捨て、奥武蔵の河越《かわごえ》城へ逃げこんだ。

朝興の要請は、猿橋へ出陣して津久井方面、北条の背後を脅かして欲しいとのことだったが、津久井方面で武田勢に負けながらも、北条氏綱は兵を退かなかった。それどころか扇谷の家臣である太田資頼《すけより》を調略し、江戸城よりさらに北の岩付《いわつき》城をも奪取した。

三月。今度は江戸城と河越城の中間にある、蕨《わらび》城が北条方の将に陥とされたとの報が入った。山内、扇谷の両上杉家は氏綱相手に防戦一方であった。津久井にいた信虎は一人、薄く笑み、武蔵へ兵を進めると下知した。

武田方は扇谷（上杉）修理大夫《しゅりのだいぶ》朝興を訪ね、武蔵国、扇谷上杉氏の居城・河越城へ入った。扇谷朝興、山内憲房が歓待の宴の用意をして待っていたところへ、鬼面のような面頬をつけ、具足のまま信虎は乗りこんだ。

「誰が蕨城を陥とさせた。城主は誰じゃ。責《せめ》を負うて腹を切られよ」

驚いた山内憲房はまずは一献、と勧めた。

信虎は盃をとらず、けたけたと笑った。

「貴殿らは戦さが下手じゃのう。江戸城までは許そう。だが、太田道灌の後継である資頼に見捨てられ岩付城、蕨城を陥とされて、南北の街道を押さえられた。喉元に刃を突きつけられ、なお酒を飲めとはほとほと呆れる。これでは関八州の大乱は長びくばかりじゃ」

苛烈な人と悪名高い甲斐守護の専横を咎《とが》める者はなかった。ただ一人だけ、落ち着きはらって問うた人物がいた。

「なれば、貴殿に大乱を収める策があるか」

扇谷当主・修理大夫朝興であった。四十ばかりで、細面で白粉の上からでも顔色の悪さが透けて見える。猜疑《さいぎ》が強くにじむ目は、彼が歩んだ茨《いばら》の道の険しさを感じさせる。

朝興は、淡々と問うた。

「北条は、奪《うば》うた城に手をくわえ、堀を深くし、井楼櫓《せいろうやぐら》を立てる。貴殿を呼んだは、岩付城奪還の後詰《ごづめ》のためであるが、大言するからには策があろう」

朝興は盃に酒を手ずから注いでさしだした。面頬から覗く信虎の目が細められた。

「氏綱は江戸城におるか」

「おそらくは」

なれば、と信虎は朝興の前にしゃがんだ。盃を干して傲岸に言い放つ。

「決戦すべし」

◇

　虎胤は夢を見ていた。

　炎が渦巻くなか、子供の泣き声を遠く聞き、逃げる女の着物の裾を掴んでひき倒し、馬乗りになって体をひっくり返す。まだ十代半ばの少女だった。少女は歯を剝き、罵りの言葉を吐いて顔へ爪を立ててくる。思わず白い顔を殴りつけた。

　弟だけは助けてくれ、と少女は哀願した。ならぬ、と返した声は獣の唸り声のようだった。そのとき物陰から老人が包丁を持って斬りかかってきた。鑓のひと振りで老人を殺し、お父ちゃんと叫ぶ少女の口蓋《こうがい》へ、返す鑓の穂先を突き入れた。

　火の粉が降る。子供がどこかで泣いている。そんなはずはない。この家に踏み入るときまっ先に斬ったのが小さい男の子だった。制札があろうがなかろうが、男も女も子も、すべて殺せとの命だったからそうした。死んだ少女の着物の裾を暴いて、股間の猛《たけ》りで貫いた。

　少女の顔が、小畠の妹の於花に変わる。背後で竹松が泣きじゃくる。

　幼い二つの声が木霊《こだま》する。

『悪鬼、畜生、鬼虎』

「助け――」

　頭から土をかぶって、夢からひき戻された。

　夕暮れ空に、ひょいと若者の顔がふたつ現れた。

「鬼虎さま、お許しくだされ！」

土を運びだす堀底を見まわっているうち、堀の斜面でうたた寝をしていたらしい。

「……構わぬ」

「ああ良かった。鬼虎さまはお優しい鬼ですな」

若者は武蔵で徴集された足軽で、助七郎《すけしちろう》と新兵衛《しんべえ》といった。二人とも十六歳で、助七郎は六尺（約百八十センチ）はあろうかという長身。ひるがえって新兵衛は虎胤より小柄で、手足は棒きれのように細い。二人ともよく働き愛想もあり、甲斐の足衆にも可愛がられていた。

二人は、土壁をざっと降りてきた。

「小畠さまが戻られました。蕨城の支城を三つ、陥とされたとのこと」

頭を振って土と一緒に悪夢を追いはらう。助七郎が肩の土を落としてくれた。少し、救われる気持ちがした。

「虎盛どのめ、また手柄をたておったな」

塹壕《ざんごう》から背伸びして顔を出せば、眼下に葦原と沼が広がり、船がたてる波が光る。

帰陣した小畠虎盛は、泥まみれの虎胤を見て指をさして笑った。

「虎胤じゃのうて土胤にしたらどうだ」

「やかましいですわい。わしとて早う城攻めに加わりたいですわ」

「三日で一城というのは、実際焦る」

卯月四月。岩付城、蕨城の支城攻略に、足衆は駆けずりまわっていた。三日で一城陥とせと荻原常陸介の厳命がくだり、板垣駿河守信方、甘利備前守虎泰を大将に攻略が進められた。

小畠は汚れた紙を虎胤に渡した。

「落とした城の縄張り、言うたとおり写してきたぞ」

「助かり申す」

この後小畠と塹壕掘りを替わって、岩村城の支城攻めに加わる手はずだった。

「写しをどうなさるのですか」

目を輝かせて覗きこむ助七郎に、写しを見せてやりながら答える。

「北条の縄張りは面白い。とくに面白いのは武者だまりじゃな」

武田の城、例えば信友の居館である勝沼館にも表門を入ってすぐ武者だまりがある。枡形《ますがた》の広い空間で一度に多くの兵が入れるが、奥に通じる出入口、すなわち虎口《こぐち》を狭くしてあり、守りやすい造りであった。

「虎口が狭ければ兵は殺到する。それを討つのは容易《たやす》い。土塁の上から石を投げるなり、矢を射かけるなりすれば良い」

勝沼館に押しかけた時も、実際信友に上から矢を射かけられた。

新兵衛が腕を組んで無邪気に笑った。

「よく考えてありますなあ！」

「たわけ、誠に恐ろしいのは、武者だまりを前に出したことよ」

北条の縄張りは勝沼館とは少しことなる。枡形の武者だまりを土塁の前に造ると言えばいいか。

小畠が同調する。

「武者だまりは本来寄せる敵から城を守るものじゃが、これは攻めに長ずる。枡形の三方から射かけてくる。うかつにちかづけぬ」

「これを枡形馬出《うまだし》または角馬出と言うらしい」

長元から譲り受けた「道灌の軍配書」なる奇書には、城の縄張りについて筆者の苦心などをまじえて書きつけてあった。なかには馬出の説明もあり、曲輪から虎口を独立させ、城にいながらにして攻め手に変じる仕かけと書かれていた。

「攻め陥とすには、いかにせば？」

眉をひそめた助七郎と新兵衛の問いに、小畠はにこやかに教えてやった。

「数と力に恃《たの》むのみ」

鬼虎さまもうだめにございまする、と弱音が耳に届いた。顧みれば空堀に落ちた新兵衛が、堀の壁にとりついて泣きべそをかいている。枡形馬出の隅から敵兵が弓を引いていた。

間にあわぬ、若い者を死なせてしまう。

「身を低くして敵の左手側に走れ、諦めるな」

新兵衛を援けようと、決死の形相で助七郎が走りだし、死した兵に躓《つまず》いて頭から転んだ。

「新兵衛、助七郎！　死すまで足を止めるな」

堀上から叫んだとき、風を切る音がして、弓を引く敵兵の眉間を矢が貫いた。赤く染めた鷹矢羽が揺れた。

押し太鼓が鳴る。腹に響く懐かしい音。振り返れば、背後で八幡大菩薩と花菱の軍旗が翻った。大将信虎の白地に黒の花菱ではなく、朱旗に簡略化した割菱を白く抜いたものだ。

勝沼左衛門大夫信友が先陣に出る。

朱糸縅の胴丸に大弓を構えた信友は、咥えた銀色の采配を手にとった。ぎらりと光が散った。

「攻めあがれ」

鬨の声が起こり、足軽が空堀に殺到する。馬出から乗りだす敵に威嚇の矢を放つ。

虎胤は自隊を叱咤し、「信友さまに遅れるな」と堀をすべり降りた。新兵衛と助七郎を小脇に抱えてみれば、鼻頭に擦り傷を負っただけだった。さがれと命じると、若者たちの目が燃えた。

「往きます」

「わしもです」

二つの背中を両手で強く叩く。

「決してわしの前に出るな。組頭の命をよう聞け」

いっせいに竹梯子を馬出にかけ、狙われるのも構わず、虎胤は一番に梯子にとりついた。手を使わず駆けのぼる。後ろから二人が追い縋ってくる。

「その意気じゃ」

気がそれた瞬間、礫《つぶて》が鉢金にあたって上体が傾《かし》いだ。続いて左肩に矢が刺さった。

「鬼虎さま！」

新兵衛と助七郎に尻を押され、唸り声をあげて梯子を蹴り、馬出の土塁にとりつく。礫を投げようとする敵の喉を裂き、横に薙いで隣の兵の眉間を斬った。土埃と塩辛い汗がまじって口に入った。一度あがれば弓矢や礫より長鑓のひと突きの方が速い。唾を散らしながら土塁に乗りあがり、下の兵を見かけしだい斬り伏せた。

突破口が開けた。

これを逃さず信友が突撃の命をくだし、自らも鑓をとって虎口を突破、勢いのままに二の曲輪まで攻め落とした。武器を捨て投降する城兵へ、信友は静かに言い放った。

「一人として生かすな。根斬りにせよ」

半刻と経たず堀は死した敵兵で埋まり、勝鬨が城に満ちた。

「てんぱくしんめにのりてきたらせたまいて　あまつちきよめたまえ　ヤンヤーハーハ」

独り、信友は酒をまいて曲輪を三遍まわった。誰も近寄りはしなかった。三ツ峯者のしきたりと分かるのは虎胤くらいで、「御屋形さまの弟御は呪《まじな》いを使う」と恐れる者も多かった。

虎胤は、新兵衛と助七郎を引っぱっていった。

弓を引く邪魔になると言って髭を生やさないせいか、信友はいまも二十代の青年に見える。実際は兄の信虎より年上だから三十半ばのはずだ。

「助勢誠にかたじけなし。馬上鑓が得手になられましたな」

信友の瞳は落ちついて、無言で後ろの若者を見やる。

「これは新兵衛、助七郎と申して、武蔵で雇うた足軽にございます。先ほど左衛門さまの一矢に命を救われ申した。ほれ礼を申せ」

虎胤に背を押され、二人はもじもじした。

「志毛《しげ》新兵衛と申します」

「高橋《たかはし》助七郎と申しまする。左衛門さまの神射に感服致しました」

「……どこかで会《お》うたか。地侍にしては綺麗な言葉づかいだが」

助七郎はあっと小声を漏らし、背を縮こめた。

「初めてにございます。言葉は、兄に厳しく育てられましたゆえ」

「一緒に参陣しておるのか」

「兄は、北条方につくと強弁しましたゆえ、袂を分かちまして……」

そこへ信友の同心衆である今井左馬助信甫が険しい顔でやってきた。

虎胤は一礼した。

「では我々はこれにて」

信友は穏やかな笑みを浮かべた。

「兄弟仲ようなされよ」

「はい、御言葉かたじけのうございまする」

恋する娘のように名残惜《なごり》しく振り返る新兵衛と助七郎を、来たときと同じように引いて、虎胤はたち去った。

日が暮れ、篝火が城を浮かびあがらせる。空堀で線香を焚き、敵兵の死骸に経をあげてまわる陣僧の姿が、影法師のように揺れる。その横で死した兵の具足をはぎとり、鎧を担いでいくのは商人たちだ。

足軽くずれの男連中と十五ばかりの小娘が、死体を引っぱって、押し問答をしている。

「陣中の諍《いさか》いは死罪ぞ。戦奉行に裁定を願いでるか」

虎胤が怒鳴りつけると、後ろ暗いところがあるのか、男たちは唾を吐いて退散していった。娘が薄汚れた朱の長衣を引きずって駆けてきた。似合わぬ紅をさして、身なりから遊女もかねているようだった。

「ありがとうございまする」

「礼にはおよばぬ」

「あの、清胤さま」

娘の言葉を最後まで聞かず、たち去った。自分をいまごろ「清胤」と古い名で呼ぶのは奇妙だと気づいて振り返ったが、娘の姿はもうなかった。

風上から抹香の匂いが流れ、むせ返る血の臭いを洗い流してゆく。

「煩悩深無底　生死海無邊

度苦船未立　云何楽睡眠

勇猛勤精進　攝心常在禪

願共」

声明に誘われるように、虎胤は堀底へ降りた。遺骸に手をあわせ経をあげると、胸のつかえが一時ながらも軽くなった。

往生せいよ。次の世では苦なく生きろよ。わしは地獄へ落ちるから赦せよ。

「偉くなっても貴殿は変わりませんな」

呟きこむ声がして、隣にきた長元が合掌した。怪我人の手あてで手は朱に染まっていた。眼窩《がんか》は落ち窪み、かつて虎胤を非難したときのような鋭さはなく、瞳にただ鈍い光をたたえているのみだった。

「手勢をお貸し頂けないでしょうか」

「僧兵にでもなるか」

皮肉にも、長元はわずかに口元を動かすだけだった。

「武蔵野は甲斐と違って逃げこむ山も乏しく、扇谷朝興さまは乱取りを禁じる制札も出さないご様子。なれば寺社が頼りですが、氷川《ひかわ》神社は御屋形さまが本陣となされるそうで」

「あいかわらず耳ざといな」

岩付、蕨の両城から三、四里離れた綾瀬《あやせ》川《がわ》と荒川の間は、見沼《みぬま》と呼ばれる湿地帯が広がって、沼に浮かぶ島のように台地がぽつぽつとある。台地の縁《ふち》の寿能《じゅのう》という地に信虎は本陣を置き、空堀で囲って平山城を築かせた。武蔵国で最も位の高い一の宮・氷川神社の社領の一部で、武田が本陣を置くにあたり周囲の百姓は追いはらわれた。

「蓄えもとられたそうです。この冬は餓死者が多くでましょうな。私は、百姓たちを見沼を渡った東岸の天白社まで導きたい。天白社は広さもあり、沼をへだてて兵も来ない」

「しかし」

二人は空堀を登り、焔のような雲を宵闇が冒し、星々が雲間に輝きはじめるのを見ていた。

甲斐にいれば常に視界に入る山影がどこにも見えない。かつては、息苦しいとすら感じたものだが。長元の声が虎胤の感傷をさえぎった。

「ときに、岩付城攻めはいつになります。寿能城に二重堀を普請しているそうで、櫓も建てておられる」

寿能城の西は、神野原《かみのはら》と呼ばれる平原が広がる。信虎はここにも空堀を掘らせた。虎胤たちが奉行となって進められたのが空堀普請であった。

誰かが長元に走り寄った。

「毛呂城が北条に降ったそうです」長元は唸った。「信友どのが根斬りを命じたは、そういう事情だったのですな」

北条に降った城と兵がどうなるか、見せしめのためだ。江戸城の北条本隊も黙ってはいまい。

「あんた武蔵の出だったな、確か」

「毛呂の家臣筋にございまする」

出て二十年にもなりますゆえ、家がどうなったかは知りませぬ、と淡泊に言いのける。

「事情は分かったが、わしごとき足軽大将は、勝手に兵を分けるなど許されておらぬ」

本心からだった。できるなら手勢を分けてやりたかった。

長元はまぢかに虎胤を覗きこんで、やがて肩を竦めた。

「ちと甘えを申してみたまで」

毛呂城陥落。この失策は大きい。毛呂城は秩父の山裾にあり、関東管領山内家の本拠である河越城とは約五里しか離れていない。

敵の包囲網が、日に日に広がっていく。

背を丸めて咳をする僧の衣を、不意に強い夜風が嬲《なぶ》る。虎胤には、風鳴りが百年の大乱で死した人の怨嗟に聞こえた。

「その咳は大事ないのか」

「愚僧の体など、どうでもよいのです。坂東百年仏を尊ばず、法を敬わず、不浄の地となりはてました。十悪の輩を一掃するなら、北条であろうと武田であろうと構わぬと、思わぬこともない」

武田がいつどこで、誰と合戦するのか見えてこない、と長元はうわ言のように言う。

「拙僧も長らく陣僧をしておりますが、かように絵図が視えぬ戦さは初めてです」

積年の辛苦が沁みついた陣僧の背は、風に煽られおぼつかなく遠のいていった。

夜半、助七郎が陣から姿を消した。必死で探させたが見つからず、切腹覚悟で信友へ報告した。

すると寿能城の本陣にいるはずの荻原常陸介がいた。常陸介はこちらに構うなというように目すら向けず、書物を開いて地図に碁石を並べている。長元から譲られた道灌の軍配書の写しを検討しているのだと気づいた。脇には山と積まれた兵法書があった。

「あの助七郎という若者、おそらく北条の間諜だ」信友が、常陸介の置いた黒石の横に白石を置く。「前に富士で会った。兄者の自慢をしておったから思いだした」

「何故言うてくださいませなんだ」

突然常陸介が笑いだし、虎胤は驚いた。

「ふふ、面白い。泳がせておけ」

常陸介は口元を押さえながら、これを用意しろと書きつけを虎胤に渡した。

ああ、この男たちには視えているのだ、長元には視えぬ戦さの絵図が。

手にした紙は千万の命を刈る巨大な鎌に、虎胤には思えた。


五月のはじめ。北条氏綱が江戸城を出て進軍を開始した。

信虎は、できたばかりの寿能城の広間に諸将を集めた。

家督を息子の備中守《びっちゅうのかみ》に譲り、目付役となった荻原常陸介昌勝と、楠浦刑部少輔昌勝が地図を広げる。狭い広間で隣の者と膝がつくが、虎胤は息を詰めて荻原常陸介の軍略を聞いた。

「岩付、蕨の支城を陥とし、糧食の補給を断ってひと月。北条氏綱は手はじめに江戸城にもっともちかい、蕨城に兵糧入れするとの由。蕨城を足がかりに岩付城にちかづく算段であろう」

銭払いでは常陸介にさんざんな目に遭わされたが、左の口蓋が潰れているため聞きづらい声が、明晰な軍略を説くのは好きだった。

ひと言も聞き逃すまい、と思う。

「岩付城は、城主・太田資頼を寝返らせて得たため、太田には兵糧の補給をもって報いねば、北条の面目は潰れ、今後武蔵国で北条になびく将はいなくなる」

問題は兵糧入れをどう阻止するかだ。

「岩付城と蕨城は南北およそ七里。あいだに見沼と、この寿能城が睨みを利かせる。氏綱は、武田を避けて迂回路をとりたいところであるが、山内、扇谷の監視も厳しい。見沼を船で渡り、岩付城ちかくで兵糧をおろし、運びこむ」

風向きが変だと諸将がざわつく。侍大将を代表して板垣駿河守信方が訊ねた。

「こたびの戦さ、岩付城攻めではないと考えてよろしいか」

これに対し、珍しく楠浦刑部が口を開いた。

「おのおの、武蔵野を巨大な碁盤に見たてたもう。こたびの合戦、一手ずつ白石黒石を置いて最後に数の多寡を競うような戦さにて」

みなが宙に目をさまよわせ、戸惑う顔で見えない碁石をもて余す。

信虎が口を開いた。

「駿河守よ、お主は、何をもってこたびの勝ちとなす？」

板垣駿河守の返事は探るようだった。

「……両管領さまに請われた、岩付城の奪取をもって」

「否」

信虎は顎をあげた。燭台に照らされた切れ長の目が爛々《らんらん》と輝いた。

「山内、扇谷などどうでもよい。これは、北条から津久井、八王子、そして江戸にいたる街道筋を奪う戦さじゃ」

諸将が息を飲む気配が伝わる。甲斐国の東西を倍に拡げる。途方もない遠略が、この戦さの本筋だというのか。

楠浦刑部が後を継いだ。

「江戸に入る北条は一万余。これを引きずり出して叩く。北条は降将に後詰もあたわぬ体たらくと、関東に知らしめる。さすれば岩付も蕨も攻めるまでもなく帰順しましょう」

「恐れながら、さように上手くいくでしょうか」

両角豊後守虎光《もろずみぶんごのかみとらみつ》が訊ねると、信虎が脇差に手をかけた。が、次の瞬間には歯を見せ笑った。

「猿橋の威勢はどこへ行った。武田は東国一の精強兵、などと節《ふし》をつけて歌っていたではないか。わしはな、囃し唄ではなく、武田は東国一の兵と思うておる。そうだのう？」

何人かが力強く頷く。信虎は満足げに見、子を褒める親のように言った。

「そろそろ、得てもいいのではないか。富を」

信虎は立ちあがって諸将の中に足を踏み入れた。腰を曲げて面《つら》を覗きこむ。

「金子《きんす》を。扶持米《ふちまい》を。女を。鉄を。鉛を。おう伊豆守、お主は何が欲しい」

名ざしされた河内の穴山甲斐守信風の目が、わずかに光った。

「名馬を」

「よい。わしも欲しい。松尾の叔父上は」

信虎の叔父にあたる松尾次郎信賢は、髭を撫でながらこう答える。

「美しい朱塗りの社殿を」

「鎌倉八幡宮か、叔父上らしい雅《みやび》な趣味だ」

笑いがさざめく。

「小山田越中守、津久井攻め御苦労。お主は何が欲しい」

「某は畑を増やしたく。平地を頂きとうございます。飢饉のたび、領民は草の根を齧《かじ》っておりまするゆえ」

小山田越中守信有の訴えは、みなの胸に迫るものがあった。

「平地。武蔵野そのものじゃ」

信虎は両手を広げ、ざっと衣を返して振り返った。

「信友。言うてみい。欲の少ないお主じゃ。よい弓だのでは許さぬぞ」

家臣が答えを待つ。信友は、拳を板間についた。

「海を」

海。誰かが拳で板間を叩いた。次に誰かが。数が増え、声なき欲望が広間に木霊した。

虎胤の横で、小畠虎盛が目を動かして、驚きようを伝えてくる。

こういう時、しょせんは他国の者だということを思い知る。下総生まれの虎胤はもちろん、遠江生まれの小畠も、海のない国のひけ目と憧憬にただ瞠目するしかない。

「武蔵、相模、そして駿河。我らをさえぎる者はすべてを持っておる。よこせと言ってやすやす渡す連中ではない。武威をもって知らしめるべし。我らは大名。もはや山猿ではないと」

武田の将は猛る一軍となって明け方、寿能城を秘かに出陣した。

陣容はおおむね、次のようであった。

本陣　総大将・武田左京大夫信虎、副将・勝沼左衛門大夫信友、軍監・荻原備中守、目付役・荻原常陸介昌勝、御親類衆・松尾次郎信賢、穴山甲斐守信風父子、小山田越中守信有（津久井城攻めより転戦）。譜代侍大将・河村隠岐守縄興、今井左馬助信甫（信友同心衆）、曾根三河守縄長、掃部助虎長《とらなが》、甘利備前守虎泰（相備え・横田高松）、小宮山虎泰《こみやまとらやす》、飯富虎昌、駒井昌頼、向山虎継《とらつぐ》、両角豊後守虎光ほか

二陣　大将・下曾根出羽守信照、軍監・楠浦刑部少輔昌勝。譜代侍大将・板垣駿河守信方（相備え・多田満頼）、両角玄蕃允虎登（板垣信方弟）、工藤昌祐、日向大和《ひなたやまとの》守是吉《かみこれよし》ほか

別動隊　小畠虎盛、原虎胤

津久井城攻め　小山田弥三郎《やさぶろう》（のち出羽守信有。越中守弟）、上野原城主・加藤虎景

五月十九日、卯《う》の下刻（午前六時ごろ）。

原虎胤が率いる騎兵五十、足軽三百の一軍は、見沼のほとりにいた。鉢金に葦の葉をつけ、泥を顔に塗り、昨晩より葦原に身を潜めているのだった。

蕨城を出た北条氏綱は、米俵塩俵を船に積ませて岩付城へ送る。虎胤が命じられたのは、船を奪いとる役目だった。

ぬかるんだ泥に半身を沈め、虎胤は胡桃餅を親指の先ほどにちぎって口に放りこんだ。餅米《もちごめ》の甘さが口いっぱいに広がった。貧乏くじを引いたと胡桃を奥歯で粉々にすり潰す。

「早く気づくべきじゃった」

軍議で初戦は見沼と聞いて、ようやく可怪しいと気づいた。

「下座より恐れおおくも御伺い致す。御家中で水練に通じておらるるは……」

先ほど海だ、海だ、と獣のように吼えていた男どもが、いっせいに恥じらって目を伏せた。横田、小畠、多田ら足軽衆がまさか、と顔を曇らせる。

「虎胤ェ、お主がおるではないか。お主は十度《たび》戦場にでれば十一の武功を挙げる。上条河原でも泳いで福島《くしま》衆の首級を挙げた」

信虎が脇息に肘をついて面倒臭そうにした。

「侍大将でどなたか」

上座に座する甲斐生まれの武士たちは黙ったままだ。

「次の戦さまでに水練を申しつける。な、虎胤。さように怖い顔をすな」

なまあたたかい強風が吹き、雨粒がばらばらと虎胤の顔を打つ。猫なで声に言いくるめられた、と餅米も苦く感じる。

魚籠《びく》をのせた小舟が、音もなく岸へちかづいてきた。三ツ者の一人であった。

「北条本隊が蕨城を出て、渡しに着陣。用意された船は三十艘」

それだけ独り言のように言って、櫓を漕いで霧のなかへ消える。

「半分が護衛だとして、一艘十人ほどかな」

指を折って数えようとすると、新兵衛が少ないのではと言うので、一艘二十人にした。

敵兵は三百。こちらとほぼ同じ。ということは、これは本隊ではない。

武田方本陣、二陣あわせて九千五百。北条も一万ほどと聞く。ぶつかるとすれば、関東最大兵力の決戦となる。

両頬を勢いよく三度叩く。

「進むぞ。筏《いかだ》をだせ」

小雨が降るなか、葦原に隠した筏を沼に浮かべ、浮きがわりに摑まり沼を漕ぐ。泳ぐのにじゃまな草摺や佩楯《はいだて》は置いてきた。小畠隊も少し離れた岸から動きだした。

先ほどの小舟が戻ってきて、南方四町半（約五百メートル）に敵船団ありと告げた。

「おのおの得物を持て」

筏の上には箱があり、焙烙玉《ほうろくだま》が五玉入っている。焙烙玉とは、陶器の碗を二つあわせて火薬を詰めたもので、導火線が短く出ている。火をつけて投擲《とうてき》し、爆発させる火器である。

荻原常陸介が道灌の軍配書から書きだし、虎胤に用意しろと命じたのが、この焙烙玉であった。西国の水軍が用いると記されており、伊勢の水軍で実物を見たという横田高松に助言を請うて再現した。

「火縄を濡らすな」

こんな攻め手は武田家中誰も知らぬ。東国で使われるのは稀《まれ》であろう。軍配書を読み解いた荻原常陸介の軍略に舌を巻く。

「越前から黒色火薬を買いつけるのに、いくら払《はろ》うたと思う。同じ重さの甲州金ぞ。心して投げよ」

出陣前、常陸介は虎胤を呼びつけ、鼓舞するのか脅すのか分からぬことを言った。

そのとき、水鳥がいっせいに飛びたった。兵からどよめきが漏れ、虎胤も驚愕が口をついた。

「莫迦な」

白鳥が百羽ほども翼を動かし、湖面にさざなみが立つ。それを追って鹿の群れが二、三十頭ばかり水面を駆けてきたのだ。先頭を走る一頭はひときわ大きく、灰色の毛並みに雪のような白い斑点が散り、何より虎胤の目をひいたのは、大樹のような角と、金色に輝く目であった。

「神の御使いじゃ」

誰かが言った。虎胤は法華経を唱え、叱咤した。

「まやかしじゃ。惑わされるな」

「来たぞ」

小畠の声に前方を見やる。

船団の先頭に、鹿の頭を掲げた武者が立っていた。素懸《すがけ》の質実な鎧は、札《さね》を漆で赤く染め白い緘糸でとめているだけである。鹿角を模した立て物を左右につけているのが目を引いた。

掲げる軍旗は北条の三《み》つ鱗紋《うろこもん》。いまだこちらに気づいた様子はない。

焙烙玉の導火線に火をつけ、五玉すべてを船団に向けていっせいに投げた。

「沈め」

爆風を避けて沼に頭を浸ける。水面が揺れた。顔をあげると、船団の先頭は木っ端みじんに砕けていた。風雨が強いが、積み荷まで燃え広がるかは分からない。

「かかれ」

揺れる筏に乗りあがり、水をびたびたと流し、虎胤は敵船に飛びうつった。傾く船を大股で走って、侍大将から斬ってゆく。濡れた体が火に炙《あぶ》られ湯気があがる。

「貴様らの策略、看破したわ！」

組みついてきた敵の胴を摑んで水へ投げ落とす。二、三人がかりで泥土に沈め、あるいは小刀で首をかき切って沈めてゆく。小畠も船にあがって、陸の上のように敵を斬り捌《さば》くのが見えた。

「虎胤、鹿首が大将だ」

　煙に巻かれ、右も左も分からなくなる。退きどきを間違えれば自分たちも焼け死ぬ。遠雷が鳴り、横殴りの雨が降りだした。

「見えぬ！」

　油を流した沼面に火が回った。沼が焰につつまれる。咽せながら灰を振りはらったとき、黒煙を割って人影が飛びだした。

「おおおおお」

　咄嗟《とっさ》に鑓を掲げると、遅れて衝撃が腕にはしった。ぬうと、見知った顔が現れる。鼻の頭に擦り傷があった。虎胤の後ろで新兵衛が叫ぶ。

「助七郎！」

　助七郎は、みすぼらしい足軽の姿ではなかった。先ほど船の先頭にいた鹿角の将であった。

「北条将監綱高《しょうげんつなたか》が弟、高橋助七郎氏種《うじたね》が御相手致す」

　堀に落ち、泣きべそをかいていた助七郎の面影はなかった。逆だつ眉に目は大きく見開かれ、爛々と輝く。

　太刀を横に薙ぎ、胴を斬ろうとするのを、虎胤は鑓でいなした。

「やはり間者か！」

「名高い鬼虎どのと太刀をまじえられようとは、武勇の誉れにて」

足を狙って鑓を振るえば、高く飛んで肩口を袈裟に斬ろうとする。素早く柄を返して受けた。船が揺れ、踏んばることができぬ。助七郎――高橋氏種は船に慣れているらしく、腰を据え太刀を押してくる。柄ごと頭を割るつもりだ。

「させるか」

相手の足を蹴り、虎胤は後ろの船に飛びうつった。雨が正面から降りかかり、泥を洗い流してゆく。体に布がべったり張りついて思うように動けない。

頭上で稲妻が閃いた。

「北条何某が弟、とか言うたな助七郎」

船上で氏種は太刀をひと振りし、滴《しずく》を落とした。

「兄と某は伊豆の高橋氏の生まれにて。数え十六。初名は種長《たねなが》。こたびの江戸城攻めの殊勲により兄は太守氏綱さまの猶子となって北条姓の名乗りを許され、某は氏の一字を頂き申した」

氏綱の猶子とは、かなり家格の高い武士であろうか。信友は一度見たきりで間者とよく見抜いたものだと驚嘆する。

「それが間者働きとは」

「北条とは人の気質が違って、武田もなかなか面白うござった」

氏種は十六歳らしい無邪気な笑みを返す。

「……船団は囮じゃな」

船に乗りうつって初めて分かった。兵糧を積んだにしては揺れすぎるし、喫水《きっすい》が浅い。荷が軽い証拠だ。

「北条の本陣はどこじゃ」

「鬼虎どのでもお教えできぬ」

袋の鼠だと言わんばかりの氏種の鷹揚さが、若さゆえの傲慢に感じられた。もう虎胤を討ち取った気でいるのだろう。

「甘いぞ、青二才」

氏種の後方で、沼から手が伸びた。泥に塗《まみ》れた人影がぞろりと船に這いあがる。泥人形がごとき足軽大将・小畠虎盛は、一気に船に乗りあがると、脇差を抜いて氏種に体ごとあたった。

「ぐぅ……」

氏種は顔を歪めながらも太刀を離さず、腹に脇差が刺さったまま、あくまで虎胤に向かってきた。

真昼のような雷光が頭上で破裂した。

「太刀を離せッ」

稲妻がはしり、地を揺るがす音が轟く。

見ると転がった氏種の太刀は黒焦げになり、煙が燻っていた。「雷を操った」「鬼虎じゃ」と、敵味方がどよめく。

呆然《ぼうぜん》と膝をつく氏種を右腕で支えてやると、子供のように癇癪をおこした。

「敵に慈悲をかけられるなど。某の首級、獲れ」

虎胤は泥を吐き、氏種を怒鳴りつけた。

「足軽大将、原虎胤が助七郎めに教えてやる。己の首を安う売るな！」

兜の鹿角を摑み、頭突きをかますと、鹿角の飾りが根本から折れ、氏種は尻もちをついた。

「主君の一字を貰ったなら、主君の振舞いをなぞれ」

朦朧とする氏種を彼の部下に渡し、虎胤と小畠は悠々ひき揚げた。

小畠は、見沼は囮と報せに本陣へ新兵衛を走らせた、と泥を吐き吐き言った。

「急げ、本戦は神野原。横田どのと三八郎に大将首を獲られるぞ」

虎胤は泳ぐ小畠にしがみついた。何をすると暴れる小畠に訴える。

「数が少ない。小畠どの！　船の数が、三十よりも」

十一　神野原合戦　勝沼左衛門大夫信友

見沼から黒煙があがっている。

「敵本隊五陣、鋒矢《ほうし》の陣構え、後段に本陣」

高櫓の梯子を昇ってきた曾根三河守縄長が、信友に告げた。

鋒矢の陣は矢印の形の陣構えである。前段の兵を突撃に適した凸型に並べ、後段に直線状の後備えを配す。最後方の大将へは、前段を破らねば届かない。

「果たしてあれは風穴を開けあたうか、勝沼どの」

曾根家を継いだ当主の三河守縄長は、どこか嘲笑を含んだ物言いをする。太郎勝千代の蟇目役を務めて以来、曾根一党は太郎勝千代を推す側にまわった。

家中での発言力を高めるために、致しかたないとは信友も分かる。ぐっと唾を飲んで、前を見た。

背後を見沼に囲まれた寿能城は、攻め口は南か西の平野となる。台地の縁に信友と三河守縄長が入る二つの高櫓はあった。斜面には馬防柵をもうけ、くだりきったところに空堀がある。空堀の幅は五間半（約十メートル）、深さ一間弱（約一・八メートル）。伐った笹竹で隠す念の入れようである。

北条は真正面から騎兵をぶつけてきた。

迎え討つ武田方は最右翼に飯富虎昌、右翼に小宮山虎泰、両角豊後守虎光、中央前段に信友同心衆・今井左馬助信甫、曾根三河守縄長、中央後段穴山甲斐守父子、松尾次郎信賢ほか御親類衆、左翼に小山田越中守信有、向山虎継、最左翼に甘利備前守虎泰、相備え・横田高松。

氷川神社本陣に総大将として武田左京大夫信虎、軍監・荻原備中守、目付役として荻原常陸介、馬廻りとして駒井昌頼。

本陣を山と見たてて、麓で迎え討つ。武田総兵力を集めた布陣であった。

これが荻原常陸介、最後の陣立て。

戦えるはずだ。敵を破れるはずだ。

物見が旗印を判じて大声で告げる。

「中央先手、旗印は北条綱高！　右翼遠山《とおやま》、富永《とみなが》、左翼多目《ため》、大道寺《だいどうじ》」

中央先手は、名からして北条一門の者であろう。江戸城陥落の端緒となった高輪原の戦いで功を挙げたと聞いている。

物見に訊ねれば、元は高橋姓という。

高橋助七郎――よもやお前の「兄者」か。

「不足はない。構えよ」

まず前段の勢いを殺す。

キサチこと、三ツ者頭の郷左衛門から布を巻いた筒を受けとる。布を落とすと鈍く光る金属の筒が現れた。二つの高櫓に入った計十人が筒を構える。将兵らも無言で櫓を見あげている。

後ろに控えた渡辺源蔵が、燻《くすぶ》る火縄を手渡した。

「火薬が湿気《しけ》っていなければいいが」

信友はキサチを使って、今諏訪合戦で見た津金衆の石火矢を手に入れた。鍛冶《かじ》衆に命じて改良を加え、用意できたのはたった十挺《ちょう》。火薬や硝石《しょうせき》も高価で弾も少ない。

それでも、信友にはこの武器が戦さを変える予感があった。

片目を瞑って狙いを定める。周りの音が聞こえなくなってゆく。

初陣の今諏訪合戦を思いおこす。あのときは三千と三千の戦さだった。

今は一万と一万。

気が遠くなるほどの数の人が、この野に集っている。

これほどの戦さになると弓はもはや力にならぬ。より強く、より遠くへ届く武器が必要だ。三河のジイなら「兵の多寡は、合戦を変えはせぬ。将の才覚と、兵の士気と、武器が勝敗を決す」こう言うだろうか。

いよいよ臨終がちかくなったとき、信友は万力の曾根屋敷に呼ばれた。姿を見るのは辛いと思いながら床の間へ入ったとき、布団の上の戦直垂を身につけた小柄な影が目に飛びこんできた。

「お久しゅうございまする、左衛門さま。先だっては天神社の造営に虎胤どもを遣わしてくださり、御礼も申しあげず」

かつて鬼三河と恐れられた男は、手をつき深々と頭をさげた。

とたんに涙が溢れ、駆け寄っていた。

「ジイ、起きちょ」

「起きていろですか、起きてはいけない、ですかな。山言葉は難しい」

笑うと歯はすべて抜け落ちていた。痩せた背を抱き、肩口に額を押しつけた。

「寝てくんりょう」

「心残りは唯ひとつ。左衛門さまのために戦場で死ねぬことにて候」

信友の背にそっと回された鬼の手は、薄い、紙のような手だった。

彼が生きているうちに、彼の望んだ将になれなかった。畳の上で死なせてしまった。

いまこのとき、嵐の原でともにいたかった。

「三十間、追い風。ころあいです」

渡辺源蔵の声で我に返る。燃える鉄を押しつけられたような感覚が体に広がった。喊声をあげる敵の眉間の皺まで見通せるようだ。

先陣中央、赤い兜の将に銃口を向ける。

北条一門の将、北条綱高。先駆けのお主を討つのが、敵の勢いを削ぐのに一番いい。

「撃て」

火薬の炸裂音がきっかり十、雷鳴を割って轟く。鉛弾の軌道は、雨にかき消されて見えなかった。綱高の肩から血が散ったように見えた。馬が前脚を掻いて暴れるのを鎮め、鋭い殺気が飛んできた。

思わず舌うちをしていた。

「弟と違って勘のいいやつ。次射」

燃えかすをはらって火薬を詰め、鉛玉を装塡するまでに時間がかかる。倍の石火矢を用意できれば十挺を撃つあいだに弾ごめができるのに、と歯痒かった。

先駆けが混乱したおかげで、他の隊も馬脚をゆるめる。

「源蔵まだか！」

「いま少し」

稲光が平原を真昼のごとく照らし、北条綱高らしき将が一騎、前に出るのが見えた。

信友は櫓から身を乗りだし、顔をよく見ようとしたが、横殴りの雨で影しか見えない。他の将と甲冑の色が違う。素懸けの赤鎧。背筋を伸ばした姿は他より頭ひとつ高かった。

見るのも、正しい名を聞いたのすらも初めてだ。歳はいくつか、どんな将か。何ひとつ知らぬ。

だが本能が、あの男を撃てと告げている。

「支度出来《しゅったい》」

「次射撃て」

どっと銃口が火を噴くが、十挺すべては発射されなかった。火薬が湿気って二挺が暴発し、射手の指を飛ばした。悲鳴があがる。

やはり実戦で用いるには時期尚早か。

「縄長、後は任せる」

「どちらへ」

「前へ」

敵は戦列を整え、鬨の声をひときわ高くあげ馬防柵へ突撃を再開した。

梯子をおりて自軍中央へ自ら走る。前線に立ちたい、人の猛る叫び声を腹に収めたいと思った。だが自分に課せられた役目は前線に出ることではない。

広きを視よ、と心の中で何度も唱えた。

この戦場を、掌中に納めよ。

「しょせん火筒はこけ威《おど》しにしかなりませぬな」

穴山甲斐守が渋い顔をして迎えた。信友は短く言い放った。

「沼口へ合図を」

「はっ」

穴山甲斐守は伝令を走らせた。甲斐守の嫡男は、まだ幼い信虎の娘と婚約しており、信頼も厚い。いずれ二人のあいだに男子が生まれれば、武田姓の名乗りも許されるだろう。そうやってかつての敵を一門に加え、家を強固にしていく。

はたして一門に、自分は居られるのか。いや自分はいい。五郎だけはあたたかく迎え入れられてほしい。そのためには、自分が武功を積みあげるしかない。

敵の先駆けは、隠し堀にまで迫っていた。勝沼同心衆の今井左馬助信甫がやってきて案じる目を向けた。

「落ちますかな」

「落ちる。押し太鼓の用意を」

突風が吹いて、堀を隠す笹竹が煽られる。最前列が隠し堀にかかった。笹竹が舞いあがり、先駆けの騎兵が馬の嘶きとともに滑り落ちる音がここまで聞こえた。

銀の采配を振り、声を張る。

「水を流せ」

先陣は落ちたが、氏綱本陣は動かない。前段のみが堀の縁で暴れる馬を鎮め、されと鑓を振るのが見える。

地を揺るがす音が迫って、泥土の臭いがした。

「来たぞ！」

空堀は見沼と繋げてあり、沼口の堤を切れば沼の水が空堀に流れこむ。水の塊があっというまに堀に落ちた兵を呑みこんだ。泥水のあいだから白い手がいくえにも突きだされた。

沸く歓声に、信友は駒を前に進めた。

「我らには八幡大菩薩と氷川に祀らるる見沼の水神がついておる。神命に依りて北条を騙《かた》る伊勢氏をことごとく平らげるべし」

押し太鼓の音は、雷鳴より大きく轟いた。最右翼・飯富虎昌、最左翼・甘利虎泰から馬防柵を越えて傾斜を駆けおりる。泥を撥ねらかし、水堀からようやくあがってきた敵を蹴散らしていく。続いて左翼、右翼が堀を越え、乱れた戦列を突き崩す。

「押しておりますぞ」

今井左馬助が歓声をあげ、我らにも下知をと急かす。

手が足りない、と信友は思った。前段を潰しても、氏綱には届かない。後段に奇襲をかけるための隊が残らない。甘利か飯富を一隊切り離して遊撃に使うべきだったか、いや、勇猛な二人は前段を崩すのに欠かせない。

どうすればいい。圧倒的に不足する経験に、焦りがつのる。

「手」が足りないことを、穴山にも今井にも言えぬ。彼らは信友の不足を補って、危険な役目を買ってではしない。

「手が欲しいか。アケヨ」

嗄れ声にぎくりと身が竦んだ。振り返ると、ずぶ濡れで杖をついて、背の高い人物が重々しい足どりでやってくるところだった。

この人が甲冑を身につけるのを、信友は初めて見た。

布をとりはらって晒した顔半分、歪んだ口から牙のような八重歯が覗いた。荻原常陸介昌勝は、横に並んで戦況をざっと見、愉快そうに声をあげた。

「足りぬのう、手が」

「……は」

「わしとお主で出るぞ。御親類衆はそこに居られませ」

軽々と馬にまたがり常陸介は、こちらに囁きかけた。

「いつか言うたな、おれを使い潰してみせろと。わしが右翼から飯富を連れてまわりこみ、手筋をつける。お主は逆、見沼ぎりぎりに左翼と駆けろ。甘利を引いていけ。軍議でお主が『海』と言うたとき、最初に賛同の拳を叩きつけたは、奴と板垣ぞ」

薄い総髪が首にへばりつき、浮きあがった彼の鎖骨を見た。老臣は愛用の古びた太刀を抜いた。

「見沼の北、岩付城より半里に下曾根、板垣の二陣、三千を布陣させた。後詰ではない。二陣こそ我らの本」

「常陸どのは戦場がすべて見えているのか」

常陸介は歯を剝いて首を振る。

「敵も手を出しきっておらぬ。読めたら二陣を動かせ。二陣には軍監に楠浦刑部もおる。細かいことは奴が考える」

誰も咎めぬのをいいことに、常陸介は切っ先を動かし信友へ向けた。

「さあ戦場へ！　広きを視よ。深きを視よ。それが戦さの才覚なり」

餓狼のごとく爛々と輝く目に誘われ、眼下の平原を埋めつくす黒い群れに目をやる。

「アケヨ。どちらが先に氏綱の首に届くか競おうぞ」

少ない供回りを率いて常陸介は陣を飛びだした。右翼側に大回りで馬防柵を抜けていく。先には飯富の月星旗が見える。

この合戦の本。氏綱の首。いかにして首へ手をかける。

「前に出て己で見ろ、か」

穴山と今井を中央に残し、信友は手勢五百を率い、敵左翼目がけて台地の斜面をくだった。途中で小山田越中守の隊とすれ違う。郡内で常に行動をともにしてきた越中守は、信友の意図を瞬時に察して兜の庇をあげた。

「後段へ横槍入れなされ。貴方ならやると信じている。左翼はわしらが押さえる」

「かたじけなし」

「平地の戦いもこれまた乙にて」

塞がる敵を蹴散らし、踏みしだき、信友は堀を越えた。信友隊を潰そうと、鑓足軽を向かわせる者がいる。赤い三つ鱗。後方でこちらを見据える敵将と目があった。

「北条綱高、お前の相手をしている暇はない」

銀の采配を咥え、疾駆する馬上から大弓を引き放つ。まっすぐに飛んだ矢は綱高の兜を弾いて前立てが折れた。足衆の列が割れ、綱高が猛然と追い縋ってきた。直接鑓をあわせれば勝ち目はない。信友は強く馬の腹を蹴った。

そのとき見沼の方から使番が駆けてきた。虎胤の隊の志毛新兵衛だった。すれ違いざまこう告げた。

「見沼は囮にございました」

「原、小畠は」

「それが……虎胤さまがまだ船が残っているゆえ、助勢をよこしてくれと」

敵の隠し手を見破ったというのか。

見こみ違いだったらどうする。屋形の判断を仰ぎたいが、待つあいだに手遅れになるやもしれぬ。

とにかく新兵衛を本陣へ走らせ、信友は塞がる敵左翼にぶつかった。揚羽蝶の紋、大道寺。これを抜けば後段までさえぎる隊はない。

すでに自身も鑓を執っていた甘利が振り返り、声を荒らげた。

「何故出なさった、阿呆！」

肩で息をつき、信友は敵陣右翼で揺れる飯富の旗を示す。

「飯富と競うぞ。左翼を破って敵本陣へ横槍を入れる」

甘利の目がぎらりと光った。信友はこの男の愚直さが好きだ。

横田高松が最前列に陣取り、足衆が横列を組む。長鑓を高く掲げる。今諏訪の合戦を思いだす。あのとき、甘利は自分に目下の者として口を利いた。

「御下知を」

雨はしだいに小降りとなって、信友の鼻に土と血の臭いが届く。

「敵中突破せよ。氏綱の首まで」

応と鑓を掲げ、戦列と戦列が真正面からぶつかる。しなる長鑓を振りおろし、兜ごと敵の頭を打ち砕く。崩れ落ちる敵の体に足をかけ二列目が低く鑓を繰り入れ、脚を斬る。

鑓をあわせる激烈な音と、叫喚が、敵味方を問わずあがる。

胸に息を大きく吸い入れて、信友は広大な合戦場を見渡した。

黒い雨雲は東へと流れゆき、甲斐の山を越えてきた薄雲が平原に流れこむ。まもなく陽が照るだろう。

馬防柵の後ろに穴山甲斐守、松尾信賢、軍監・荻原備中守。そして氷川・寿能城本陣。

深く斬りこまれた中央。小宮山、向山が大外から囲いこんでゆく。

左翼、右翼。ともにこちらが押している。

鋒矢の陣構えを抜けた後方、三つ鱗紋の大将旗、対揚羽蝶《むかいあげはちょう》の大軍旗が意気軒高と立っている。

これが曾根三河守の、荻原常陸介の見た景色。

敵の隠し手はどこだと、目まぐるしく頭を動かす。

見沼の輸送船団が囮であったなら、兵糧はどこに？　虎胤の言う「船が残っている」とは何だ。見沼の炎は消えかけている。敵船団三十艘を沈めたにしては、炎が小さすぎはしないか。

まだ出ていない船がある。そういうことなのか、虎胤。

ヘテコ石の手前で信虎を助けたとき、今諏訪の河原で敵射手を矢で射抜いたとき。思えば、いつもお前の導きがある。

「信友さまっ！　誰かそやつをとめろ」

囲みを抜けて一騎駆けしてくる敵将がいる。片方が折れた鹿角の兜に赤糸縅の鎧。鎧は右腹の札がちぎれ、血の滲んだあて布が見えた。馬印の代わりか、従者が大きな鹿首を掲げている。

思わず笑みが浮かんだ。

「助七郎、無茶をする」

富士の行者、原隊の泣き虫助七郎。

泥と煤で黒く染まった顔に口を一文字に結んで、太刀を左右に振り、たち塞がる足軽を薙ぎはらって名乗りをあげた。

「高橋氏種と申す。左衛門大夫信友、尋常に勝負」

こちらは足衆を固め、防壁とする。助七郎も突破は無謀と悟ったか、駒をとめた。

「足軽を楯とするなど武名が泣くぞ」

「はは、誇るような武名などないよ。助七郎」

一方の頭で必死に考える。この合戦自体が、囮ではないか。

敵の本は岩付城への兵糧入れにあり。

いまごろ見沼を岩付に向け遡上する船団があるのではないか。

──見えた。

「山神の首を自慢げに掲げて、わしが怯むと思うたか」弓に矢を番え引き絞る。「兵糧を積んだ船はいま、見沼のどのあたりかな」

はっきりと氏種の顔色が変わった。

空に矢を放つ。通常と違う鏑矢《かぶらや》は、甲高い音を空に散らしていった。三ツ者への合図だ。二陣の下曾根、板垣を見沼東岸へ。岩付城ちかくに陸づけする船をすべて捕えよと、自隊後方に控える富田郷左衛門ことキサチに命じた。

頷き、風のように走り去るキサチを背で感じつつ、太刀を抜いた。

「助七郎、いや高橋氏種。望むなら相手となろう」

声が震えなかったかどうか。虎胤とさんざん稽古はしたが、戦場での一騎討ちは初めてだ。

二陣が北条方の船団を見つけるまで、氏種を本陣に返すわけにはいかない。兵糧入れを中止せよなどと進言されては困る。

直刀の太刀の先に氏種を捉える。

「いざ」

馬の腹を蹴る。氏種も足軽の列に乗り入れ、すれ違いざま刃をうちあわす。腕に重い衝撃がはしった。背中から落ちそうになる。手綱を握って首を捻れば、氏種が甲冑の背の総角《あげまき》を摑み、引きずり落とそうとしていた。左腕で振りはらうと、すぐさま刃が肘の皮と骨を削って、痛みに顔が歪んだ。

甘利虎泰が助太刀に入ろうと鑓を構えた。

「信友さま、さがられよ」

「手出し無用」

心臓の音が耳のちかくで鳴っている。

山で熊に何度も遭ったが、襲ってきたとしても、それは自身の生命を奪われぬためだ。

だが人はただ殺す。ついにおれも、そちら側へまわったか。

距離をとって馬首を返すと、氏種が眉を釣りあげた。

「左衛門大夫は逃げてばかりの臆病者かっ」

言うや刃が届く距離に迫って、太刀の乱れた刃紋まで見えた。首を狙って横薙ぎに繰りだされる剣戟《けんげき》を太刀で受けると、火花が散った。刀身をたて、鼻先まで顔を寄せ鍔で競りあう。食いしばった歯から唸り声が漏れ、なまあたたかい息が顔にかかった。

信友は鐙《あぶみ》に立ちあがり、長身でのしかかるように太刀を押した。

「富士で会うたとき、あんた、ただの下人かと思うた」苦しい息の下、氏種は歯を剥いた。「支城攻めでは、軍神のごとき振舞い。かと思えば、太刀筋は元服前の男子じゃな」

氏種が太刀の峰を返す。あわせがずれ、力が行き場を失って体が浮いた。足が鐙からはずれほんの少し挙動が遅れたのを、左の横あいから腹を突かれる。

とっさに左腕をあてて脇腹をかばう。刃が籠手にあたり不快な音をたてた。鉄の札のあいだに切っ先が捩じ入るのが、いやにゆっくり見えた。

「あんた一体、何者じゃ」

腱と肉が切れる感触が伝わる。焼けつく痛みに、思わず体を折った。

「あああああっ」

甘利と横田の声を遠くに聞き、頭の片隅で、このまま死ぬなと思った。

自分が討たれたら、幼い五郎の勝沼所領は認められず、今井左馬助か別の者が勝沼に入るだろう。養父を失った彼は、また別の家に養子にだされるか、あるいは、処分されるか。

違う。甘いぞ勝沼信友。

ここで大敗すれば、武田の家も危うい。北条に追われてどこかの寺に逃げこみ、腹を切る信虎の姿が脳裏に浮かんだ。

「それが戦さか。何という」

左腕に力を入れ高々とさしあげる。切っ先を抜けず氏種の腕もつられた。氏種の目が驚きに見開かれた。

「イサでこと」

◇

「囮を討ったら本陣へ戻れとの命じゃろう、軍紀違反は切腹だぞ」

怒る小畠を宥めながら、虎胤は筏で見沼の東岸へ泳いでいった。

「小畠どの、於花どのの祝儀、持参金はいくら用意した？」

こんなときに何をと眦《まなじり》を釣りあげる小畠に、にっと笑ってみせる。

「もうひと働きして感状と恩賞をもらおうではないか」

北まわりに沼際の台地を進む一隊がある。旗印から下曾根の別動隊と見えた。新兵衛の報せが本陣へ届いた。前方で葦が揺れ、二町（約二百メートル強）先に枯れ草をかぶせて進みゆく小早船《こはやぶね》がちょうど十五艘、あった。

◇

左腕に感覚が戻ってきた。太刀の柄を握りしめ、氏種の空いた胴へ、太刀を叩きこむ。手ごたえは軽く、切っ先は胴の緘糸を切っただけだった。

すぐさま氏種は喉元を狙って突きを繰りだす。

「ちっ」

すんでで氏種は刀をとめた。甘利が兵を動かし、退路を塞ごうとしていた。

「勝負預けた」

悔しげに吐き捨て、氏種は駒を返すと、しゃにむに太刀を振って鑓を的確に避け、あるいは叩き伏せ、泥を撥ねちらして逃げ去った。

荒く息を吐いて痛みを紛らわせ、馬上に留まるのがやっとだった。頭が割れるように痛んだ。

「横田、進むぞ……」

走り寄った横田高松が、なりませぬと体を押さえる。

「甘利、敵を追え。手をゆるめるな」

甘利がどんな顔をしてこちらを見ているか、もう分からなかった。憐れみか、怒りか。

「氏綱の首まで、おれはとまらんぞ」

甘利備前守の静かな声が東を見なされ、と言う。

「……見えぬなら教え致す。見沼の向こうより狼煙《のろし》があがっており申す」

顔をあげて空を見たが、ちぎれ雲が流れる空は眩しいばかりで、どちらが東か分かりもしない。

「二陣、下曾根どの、板垣どのが敵船団を見つけた証かと」

「矢が、届いたか」

囮の敵船団を原、小畠に襲わせ、本陣は神野原にて布陣。そのあいだに兵糧を積んだ「本」船団を見沼東岸にそって岩付城に向かわせ、兵糧入れを行う。

大将である氏綱自身をも囮にする、何と大胆な策。何と壮大な絵図であろう。

天を仰いだまま呻きが漏れた。

「これが、北条の戦さ」

聞きなれぬ太鼓の音が平原に響いた。

祭囃子のように高らかに笛が吹かれ、太鼓が鳴る。

「敵の退き太鼓です、追い討ちの合図を」

「待て」

重い頭を必死に動かして、武田本陣を見やる。

金地に朱丸の大将旗、八幡大菩薩の旗が揺れ動いて、寿能城、氷川神社の台地を出て、坂をくだってくる一団が見えた。

「兄上が動いた」

黒糸縅の甲冑に唐毛をなびかせた武田の総大将が見える気がした。

北条方の兵がざざ、と退き、敵中に一筋の道ができる。武田の軍旗と呼応するように対揚羽と三つ鱗の旗が前へ進み出た。

相模太守・北条氏綱が動いた。先ほどまで神野原を支配していた喚声、鑓を打ちあわせる音がやみ、風の音と雲雀《ひばり》の鳴き声ばかりが残った。

花菱の旗と、三つ鱗のひときわ大きい大将旗が青草のなびく原野で向かいあう。

これから何が行われるのか、雨上がりの神野原に集ったすべての人が、固唾を飲んで見守っていた。

使番が駆けてきて、信友も総大将のもとへ来るように告げた。

折れた鑓、泥にまみれた旗指物、屍を踏み越え、敵陣を横切り兄の横に並びたつ。

「摩利支天が降りたかと思うたぞ」

気づかわし気な目線をたどると、止血をしたはずの左腕から血がとめどなく流れ、馬体を濡らしていた。しばらく弓は引けないか、と苦味が口にはしった。

兄をかばうように馬体半分前に出ると、溢れる殺気を眉間に宿らせた若い将がたち塞がる。まっすぐ信友を見据え、鑓を構える。目深《まぶか》にかぶった兜の鍬形の前立ては右半分が無残に欠けていた。

「北条綱高どのか」

問えばこくりと頷く。まだ二十歳そこそこの若者であった。

「氏種どのにやられたよ。心配めさるな、弟御はぴんしゃんしておる」

これを聞いて殺気がいくぶん和らぐ。面白い兄弟だな、と思った。

「武田の惣領にあらしゃるか」

奥から、白い陣羽織に金地の甲冑を身につけた男が進み出た。唄うような抑揚は甲斐では聞いたことのない軽やかさがあった。

北条惣領、左京大夫氏綱。齢三十八。瞬きをすると老獪《ろうかい》な光が見えた。

武田惣領、左京大夫信虎。齢三十一。割れるような大声で応じた。

「いかにも。伊勢の左京大夫どのか」

「いまは北条と名乗っており申す」

嫌味にも乱されず、氏綱は扇を見沼のある東にさし向けた。

「我の本を看破され、こたびの合戦、幕引きにしとうて出ばったしだい」

信虎は太刀の柄に手をかけ、不敵な笑みを浮かべた。

「うんと言わねば何とする」

北条綱高が鑓の穂先にふたたび殺気を宿らせる。信友は腰の山刀に手をかけた。

氏綱は眉ひとつ動かさず、穏やかに返した。

「再度やりおうても構わぬが、そちらは中奥以外はすべて馬防柵より討って出ておるな。一刻も戦えば我が綱高が、馬防柵まで押しこめる。あとは各個討ち滅ぼしてゆくのみ。宜《よろ》しいか」

聞いて額を汗がつたった。こちらが押しているはずが、喉元に手をかけられていた。実際合戦があと一刻続いていたら趨勢《すうせい》はどうなったろう。

信虎は黙考したのち、荻原備中守を呼んだ。隠居した父に替わり、息子は各国との折衝役についていた。とくに北条家取次の役にあった。

荻原備中守を待つあいだ、氏綱は扇を広げてはたはたと扇ぎ、胡乱《うろん》な眼ざしを向けた。

「備中守の後ろに誰かおられよう。この戦さの絵図を描く者が。その者と話がしたい」

信友は咳のふりをしてごまかし、後ろから軍配で兄に背を突かれた。

北条氏綱、どこまで見抜いている。

三月《みつき》前、郡内領の猿橋に布陣していたころの話である。

出兵を請う扇谷朝興の使者が訪れたあと、信虎は荻原常陸介と息子の備中守、楠浦刑部、そして信友を呼んだ。武蔵などという遠方に本当に出兵するのかと、信友は不安な気持ちで陣屋におもむいた。

「刑部。五年来の計略が実を結ぶ。御苦労であった」

信虎の言葉に静かに頭をさげ、刑部は信友に向きなおった。

「左衛門さまへ、絵図を申し伝えまする」

内政に手腕を発揮する楠浦刑部とは接点が少なく、信友は飄々《ひょうひょう》とした彼の人となりが分からない。

「……絵図？」

頬杖をつき荻原常陸介が肩を揺らす。

「伊勢神宮などに礼状を発給するだけがこやつの仕事ではないぞ。こやつの頭のなかを開陳する。ここ四、五年、刑部は時衆の僧にまぎれて関東を駆けずりまわってきた」

そういえば勝沼館を訪ねてきたときも僧形をして、長元と一緒であった。

「我らの戦さの目的は、領国分けにございます。聞こえは悪うございますが、いかに国境いを掠めとるか」

甲斐と境を接するのは武蔵、相模、駿河、信濃。四方を山に囲まれた甲斐が討って出るには、いずれも山を越えなくてはならぬ。

信友は頭の中に地図を思い描いた。

「まず駿河の出口、万沢口《まんざわぐち》。今川とは、先年の戦さでようやく和睦にこぎつけようとしております。和睦を破ってまで戦さを仕かけるには、今川はいまだ強大」

駿河に出る駿河往還は険しく、大軍は通れない。原虎胤や小畠虎盛が「もう二度と御免です」と口をそろえる道である。

「次、小田原へは籠坂峠。たびたび北条めは籠坂峠を越えて吉田に侵攻し、また我らも籠坂峠を越え須走を焼き、といった様相にて」

先年富士参拝で足を運んだ吉田の宿場町の先に山中湖《やまなかこ》があり、さらに登ると籠坂峠にいたる。甲斐相模の境とされているが、隙あらばたがいが峠を越えて村を略奪し、火をつけてまわる局地戦が頻発している。

信友は小山田越中守から聞いたことを話した。

「籠坂峠を越えても、先の足柄峠、山北峠《やまきたとうげ》と防備は固く、これらの峠や山城を一挙に陥とすは北条そのものを滅ぼすより、難いと。籠坂峠を侵すのはしばらく『阿吽《あうん》の呼吸』で控えるべきかと」

　珍しく信虎も渋った。

「籠坂を降りても須走がな……富士から流れる沢が竪堀のごとく走って、難しい地勢じゃ」

「駿東地域については穏便にすませたいと御家中の同心にて、先へ進めます。次、信濃。これは機を見ておりますれば、いずれ」

　おやっと思ったが、信虎、荻原常陸介、備中守も無言で頷くので、質《ただ》しはしなかった。

「さて残るは八王子口、武蔵にございまする」楠浦刑部は遠い目をした。「武蔵野は広うございますな。甲斐の盆地がいくつ入るのか。あたたかく稲作、畑作いずれにも適した土地。江戸城、金沢泊《かなざわとまり》、玉縄《たまなわ》城、鎌倉泊、良港に恵まれ、私は相模の国衆に生まれつきたかった」

　芝居臭いわ、と荻原常陸介が顔をしかめると、信虎がぽつりと言った。

「誰もが一度は、甲斐以外の地に生まれていたら、と夢想したことがあろう」

　沈黙は是と同義であった。信虎は重いため息を吐く。

「甲斐は去年一昨年と飢饉が続き、食う物がなければ、奪《うば》うてくるしかない。こたびも武蔵で乱取りを行う。だが今後、十年、二十年、乱取りのために出兵をしては、国は必ずゆきづまる。そのための策を、刑部に仕こめと命じた」

長いときをかけ面目ございませぬ、と楠浦刑部は頭を垂れた。

「戦さとは、落としどころにて候」

「落としどころ？」

聞きなれぬ言葉を反芻すると、いかにもと刑部は頷いた。

「誰が誰の首を獲っただの、どの城を陥としただのは些末。どうでもよろしい。勝備相応ずること、なお符節をあわせるが如し」

「信友さまが困っておられる」

常陸介が小馬鹿にするので、信友はむっと反論した。

「唐の兵法書『尉繚子《うつりょうし》』だろう。五郎と一緒に恵林寺で読んだ。戦さと内政は表裏一体という意味じゃろ、刑部どの」

楠浦刑部は笑みを浮かべた。

「さようにございまする。戦さはどう『決着』するか。いかに国の益を得るかが肝要《かんよう》にて」

「なるほど。それで八王子口が欲しいと」

「八王子口は諦めまする」

「諦めてしまうのか？」

楠浦刑部は恨みがましい目を向けた。

「津久井城が……落ちませぬゆえ……」

うっと息がつまる。

八王子口の南方にある津久井城は、何度攻めても落ちぬ堅城であった。信友は上野原城主の加藤虎景と、猟師の身なりをして斥候に行ったのを思い返した。

「山肌に曲輪が連なり、谷のような竪堀が幾つもあって、裏は湖。囲んで大軍を入れることもできぬし……わしも、小山田どのも、難儀しとる」

いらいらと信虎が舌うちをした。

「三ツ峯者が聞いて呆れる。武蔵に出る口はひとつか？」

あっと声が漏れた。山があるということは、山のあるところ、どこへでも行けるということだ。三ツ峯者のときはあたり前だった考えを忘れ去り、国という見えない線が頭のなかに引かれているのに気づいた。

「……秩父口」

「よう気づかれました。八王子口と見せかけ秩父、雁坂峠《かりさかとうげ》。これを獲りまする。しかし秩父は扇谷の治むるところ。同盟しておるゆえ、やすやすと分けてはくれぬでしょうな」

刑部はすう、と一息入れた。

「なら、敵からもらえばよい」

どういうことかと眉を寄せると、答えが返る。

「実に簡単な理屈にて、左衛門さま。秩父を北条に奪ってもらいまする。毛呂城がよろしいかな。味方からは獲れねども敵からは獲れる、それだけのこと」

並べられる軍略に、ただ信友は目を白黒させた。

これが絵図か。老臣たちが見てきたものか、と慄然《りつぜん》とした。

ことがやすやすと運ぶだろうか、とあのとき信友は半信半疑だった。

氏綱の声が、信友を雨あがりの野へひき戻す。

「我がしてやられたは、鑓を振るわぬ誰かよ。それが荻原備中どのであるというなら、それでも構わぬがの。さて、左京大夫どのが望むは八王子口であらしゃるな」

「…………」

蒸し暑さで兜から垂れる唐の毛をはらって、信虎は答えぬままでいる。

その様子を見てとった氏綱は、薄い唇を曲げた。

「やれぬのう。武田家には、武蔵野に出ばってもらうわけにはいかぬ」

きた、と信友の心臓が高鳴る。北条も、津久井城にちかい八王子を渡せない。

なれば、北条にとっての落としどころは。

「雁坂峠にて如何《いかが》」

かかった。手綱を持つ手が震えた。

富士で高橋氏種に『関八州の南は我。北はそちじゃ』と言伝を持たせた氏綱である。彼も北条と武田の境界線について胸算用があったに違いない。

「三月、我が方は秩父口の城、毛呂城を陥とした。そこを境いとしようではないか」

「足りぬのう」

信虎はあくまで不敵である。噴きでた汗が冷える。せっかく落着しようというのに、水をさして破談になったらどうするのか。

欲深き御方にてあらしゃる、と氏綱は笑った。

「なれば、金一千貫文ほど届けさせましょう。よい鷹もお送りしましょうな。お好きでござろう？」

一千貫文。とほうもない銭である。しかも銭払いが生じるとなれば、この戦さ武田が勝ち、北条が負けたと内外に分かりやすく知れる。

頼む兄上容《い》れてくれ、と祈った。

どれほどのときが流れたか。雲間から強い日がさし、平原は青草に散らばる雨粒にぎらぎらと輝いて、羽虫が群れ飛んでいた。

「銭も、狩りも好きじゃ」

ぶっきらぼうな返答に、信友は肩の力を抜き、ようやく息を吐いた。目が眩んで倒れそうだ。目の前の北条綱高も顔にびっしり汗を浮かべ、鑓の穂先をさげた。目があうと、おたがい口元が少しだけゆるんだ。

戦いの終結を示すため、北条側は鎌倉八幡宮で鋳造したという鐘を運んできて、双方で鳴らすこととなった。武田側から信友、北条側から綱高が選ばれ、木槌をとって青銅色の鐘を叩くと、澄んだ音が平原に響いた。

「わしはこのような風習、初めてですが。よいものですな」

おそるおそる綱高に話しかけると、青年らしい戸惑いを浮かべて目を伏せた。

「神に戦さの終わりの証人になって頂くのです。破れば神罰がくだると」

聞いた瞬間、腹の底がかっと燃え、顔が引きつるのが分かった。貴様らは山神を狩りながら、仏は崇めるのか。これが憤怒だと遅れて気づいた。

北条は西国から下向した一族だという。坂東の卑しき神など気にも留めぬ。そういうことか。

ぬかるんだ地面に目を落とし、無数の足跡を数えて怒りがすぎ去るのを待った。

「こたびの戦さはこれにて」

氏綱は広げた扇を高々と掲げた。あわせて信虎も軍配をあげる。

まばゆく光を返す積雲が流れゆき、濃い青空に金扇が煌めいた。法螺貝を鳴らし、鑓を突きあげて、歓声が轟く。

信友は独り、喜びを遠くに聞いた。

退き際、氏綱は思いだしたように問うた。

「ときにそちらに道灌公の遺品はあらぬか。京の将軍さまが探しておられる。我が父も上方《かみがた》から下向する際探すよう申しつかったのだが、誰ぞが持ち去ったようで」

心底興味がない、というように信虎はあくびをした。

「道灌公が身罷《みまか》られて四十年ぞ。さような書、炉端《ろばた》の燃えさしと果てておるわ」

しばらくの沈黙の後、氏綱は低く告げた。

「わしは遺品と申しただけで、『書』とは申しておらぬが。まあ同感、塵芥と化しておると思うがのう」

あっ、と武田方の諸将が口を開けた。

北条軍は来たときと同じように粛々《しゆくしゆく》と南へ退いていった。荻原常陸介だけはずっと主君を睨んでいた。

武田の屋形は気分を悪くして吐き捨てた。

「将軍には炭でも献上してくれる」

◇

平原に響く清らかな鐘の音を聴きながら、虎胤は天白社に自隊を走らせた。

見沼へ下曾根、板垣の二陣が着到し、小早船を挟撃して岩付城への兵糧入れは阻止できた。後仕末を二陣に任せ、焦りのままに馬を走らせた。

見沼東岸の天白社は、こんもりとした小山に建っていて、苔むす長い石段には武田方と北条方の旗指物をつけた雑兵《ぞうひょう》が入りまじり、倒れていた。

長元、と叫びながら虎胤は三段跳びに石段をあがった。

鳥居をくぐった前庭に、人の影が見えた。楠の大樹の根元、痩せた体を藍染めの粗末な衣に包んだ僧が、薙刀《なぎなた》に縋って膝立ちになっていた。彼の周りには老人や女が胸や腹を突かれ、あるいは矢を背に受けて息絶えていた。

「長元！」

崩れ落ちる体を抱きかかえる。虚ろな目にかすかな光が戻り、虎胤を見あげた。

「多勢に無勢、敵いませなんだ」

子供や若い女は連れ去られ、略奪された後だった。それが武田方の行ったものか、北条方のものか判然としなかったが、どちらでも同じだ。

虎胤が手勢をつけていれば、防げたことだった。

「ああ、武士という輩は焼きはらい、奪い、そして国を造る。私が何遍念仏を唱えても極楽浄土は成らぬのに。妬ましいぞ虎胤」

血の混じった痰を吐くと、長元は虎胤の首に手をかけ、弱く締めた。

抗わずじっと目をあわせると、やがて視線がはずれて天を仰いだ。肩を揺すると泣き声に似たうわ言が漏れた。

「頼む。道灌公の遺した書を生かしてくだされ。末尾の章が最も肝要にて」

「わしを憎んでいい。頼む、死なんでくれ」

「ああ。憎いぞ虎胤どの」

天を仰いだまま首筋を摑む力が抜けて、手が落ちた。眼窩、頬骨、細い顎。肉が見るまにしぼんで骨のかたちが浮かびあがるのを食いとめたくて、虎胤は己の掌を長元の顔へ押しあてた。泣けば楽になれるだろうに、涙はでなかった。

往くな。頼む。

蔵に隠れていた赤子を、部下が見つけて抱いてきた。火がついたように泣く赤子の声に、喉がしまる感覚がよみがえる。今川領との国境いで焼き討ちをして以来、子の声で心臓が摑まれるように痛み、息苦しさが虎胤をさいなむようになった。

泣きごとなど言ってられるか。

「連れて帰る」

まだ首も据わらぬ赤子は乳臭く、涙をたたえた大きな黒い瞳が不思議そうに虎胤を見あげていた。

社殿に長元の骸《むくろ》を横たえさせ、耳もとに口を寄せて囁いた。

「わしが死したら、賽《さい》の河原で怨み言を聞かせてくれな」

柏手《かしわで》を打ったが、口をついてでるのはいつか聞いた声明であった。

「願共　南無至心帰命禮　西方阿弥陀仏」

仏よ。神よ。誰でもいい。

何故いまこの場に顕れて、この者たちを救ってくださらぬ。

極楽浄土に連れていってくださらぬ。

虎胤の呼びかけに、返る応えはない。

第三章

十二　上田天白社　原虎胤

神野原合戦から三年が経った、大永七年（一五二七）。

水無月六月であった。

「血のように赤く気味が悪いが、飲めばかぐわしく、天にも昇る心地であるな」

勝沼館に招かれた虎胤は、盃を干してごろりと横になった。夕焼けが板間に映り、朱色に身をゆだねる。

寝転びながら盃をさしだすと、信友が次を注いでくれる。試しに作ったという葡萄の酒は薄赤色に透けて、舌に触れると絹のようだ。

「去年は大雪も夏の大風ものうて、豊作じゃった。鬼をも酔わす酒として売ろうかのう」

同じく赤ら顔で酒を啜る勝沼領主、相模守《さがみのかみ》信友も上半身が揺れている。山間の狭地が多い勝沼は、大きな田畑を作れず、昔から作っていた葡萄の作付けを増やしてみたのだという。

左衛門大夫から相模守に任じられた信友は、騎兵百騎を預かり、先年は富士裾野の梨木平《なしきだいら》合戦で北条側の葛山《かつらやま》、御宿《みしゅく》らの首級三つを挙げ、大勝へ貢献した。

虎胤は後れをとり、一つしか首級を挙げられなかった。

また信友は、勝沼館の武者だまりを開放して自由に商いができるようにした。甲府に店を持てない他国や遍歴の商人などがつぎつぎやってくるという。

甲府から石和を通り勝沼に続く街道は、以前より人の往来が増えた。

「来るときも門のところで、女商人に声をかけられたぞ」

「順番待ちで朝早くから並ぶ者もおるな。広い場所に移したほうがいいやもしれん」

今井左馬助信甫や家臣の松木甚五が全部やってくれると謙遜《けんそん》するが、彼らの案を容れる寛容さは、兄の信虎とは対照的で、家中でも一目置かれるようになっている。

屋敷を囲む土塁の向こう、夕暮れどきに枝を広げる葡萄の段々畑も、山をくだって家路につく百姓も、夕陽にひとしく染まる。百姓たちは勝沼館の門前を通るとき、みな一礼していく。童が「甲府の大鷲《おおわし》告げ候、国中大乱」と流行《はや》り歌を唄うと、大真面目な顔で童を叱りつけ、振り返ってまた一礼する。

この景色も、戦さに連戦連勝しているからだ、と虎胤は酔った頭で考えた。

神野原合戦の後、武田はすぐには兵を退《ひ》かなかった。江戸城までひき揚げた北条方と荻原備中守が蕨城で和睦交渉を重ねているあいだ、信虎と扇谷朝興は岩付城本城を攻略し、城主・太田資頼を帰順させた。

扇谷朝興に贈られた名馬鬼鹿毛《おにかげ》にまたがり、信虎たちは悠々甲斐へひき揚げた。

反撃にでる扇谷朝興に北条も焦ったと見え、十一月にようやく武田・北条間の和睦は整った。

荻原常陸介の隠居後、家中で最古参となった楠浦刑部は息をつかず、次手を打つ。

武田、山内、扇谷。甲斐、上野、武蔵の三者の同盟を拡大し、下総国を中心に勢力をほこる小弓公方を動かして、上総武田（真里谷《まりやつ》）氏、さらには安房里見《あわさとみ》氏と一大同盟を築いた。開いた扇のごとく、相模北条氏を囲んで関東に包囲網がなった。四面楚歌《しめんそか》どころか六国による包囲に、氏綱は震えあがったに違いない。

一昨年、去年と、六国は相模に襲いかかった。

蕨城を扇谷朝興が奪回し、真里谷、里見の連合水軍は湾を渡って品川《しながわ》を攻撃、山内、扇谷と連動して、四者は堅城と名高い玉縄城を陥とし、鎌倉を襲撃した。駿東での梨木平合戦もその一環であった。信友はじめ、板垣、甘利ら武田武士の勇名は関東に広く知られるところとなった。

六国強襲。北条家は風前の灯《ともしび》かに見えた。

しかし信虎は、北条の本城・小田原城に攻め入ることができなかった。

駿東の北条方国衆の抵抗が、予想以上だったことも一因である。しかし。

凶報は躑躅ヶ崎より来た。

《甲斐ニ大乱迫リテ候》

大鷲様がこう告げた、というのである。

大鷲は、神野原合戦の和睦の証に、北条氏綱から贈られた貢物のひとつであった。二年前の正月、氏綱の要請を受け、越後の守護代・長尾為景《ためかげ》より二羽が甲府にやってきた。「お好きな方をどうぞ。一羽は小田原に送ってくだされ」との氏綱の直筆の書状がついていた。一羽はたしかに上物の鷹であった。もう一羽は鷹どころか化物《ばけもの》であった。子牛ほどの巨大な鷲で、檻《おり》に入れられ護符を貼られて運ばれてきた。道中で人足を二人、食い殺したとのことだった。

北条が物の怪をよこした、と家中は大騒ぎになった。

すぐさま向嶽寺《こうがくじ》の僧が呼ばれ大鷲を視たが、気が狂ったように暴れる異形《いぎょう》の者の来歴は知れなかった。菅田天神社の宮司にも「いずこの神が狂った姿である」としか分からなかった。上条《かみじょう》法城寺《ほうじょうじ》、窪八幡《くぼはちまん》、甲斐善光寺《ぜんこうじ》、御崎《みさき》神社、どの寺僧、禰宜《ねぎ》も分からなかった。

「何のために日ごろから高い銭を寺社に寄進しとる」

かんかんになった信虎は、大鷲を殺せと命じた。

多田三八郎満頼が名乗りでて大鷲の首を落としたが、次の朝には首はもとどおりに付いて生き返っており、どんな方法でも死ななかった。山に放しても戻ってきてしまう。

困りはてとりあえず大鷲を蔵に閉じこめ、残りの一羽は北条に渡すこととした。

一方、北条氏綱は「長尾どのから二羽の鷹を贈られ、越後から運ぶ道中、甲斐の信虎が大きい方を奪ってしまった」と、和睦を反故《ほご》にされたと喧伝《けんでん》しているという。氏綱のやり口は汚い。憤りもあるが、巧妙さに舌を巻くばかりである。国と国との諍いは合戦だけではないと、教えられる。

そして梨木平合戦で北条を破り、足柄峠を越えていよいよ小田原城を攻めんというとき、甲府から急使が来た。

蔵に閉じこめた大鷲が人語を話し、宣託をくだしたというのである。

《甲斐ニ大乱迫リテ候》

信虎はかつての大井、今井、栗原の反逆を思いだしたに違いない。家臣の動揺も大きかった。信虎は小山田越中守信有を国境いの籠坂峠に残し、帰陣せざるをえなかった。

戻ってすぐの十月、逸見の今井氏がまた反乱を起こした。信虎の怒りは凄まじく、駒井昌頼と足衆を総動員して電光石火で鎮圧した。

甲府への帰途、虎胤たちは「これは本当に大鷲様のお告げの大乱か」と話しあった。大乱というには小規模すぎ、ほかに戦さがあるのではと、不穏な空気は拭いようもなかった。

勘定方の松木甚五が小走りでやってきて、来客を告げた。

「約束があったのか。失礼する」

「待て待て、これのために呼んだんじゃ」

寝転がっていてはまずかろうと起きあがり、着物の襟を整えていると、現れたのは、主君信虎その人であった。慌てて平伏すると、後ろから杖をついて荻原常陸介が現れた。神野原合戦を機に隠居したと聞いたが、出家はせず、白髪を垂らしていた。

障子の敷居に足をとられ、信虎がさっと支えると、常陸介は喉を鳴らして笑った。

「負うた子に負われる気分ですな」

もう一人、見知らぬ男が現れた。目が険しく、一目で武人と分かる顔の刀傷が目をひく。虎胤にひけをとらない体軀をしていたから、信濃諏訪下社の大祝《おおほうり》、つまり神職と聞いて驚いた。

「金刺昌春《かなさしまさはる》と申す。諏訪神《じん》氏に敗れ、生き恥をさらしておりまする」

諏訪大社は上社と下社にそれぞれ大宮司にあたる大祝がいるが、十年ほど前から上社下社の対立が激化し、村上、小笠原といった周辺の国衆をも巻きこむ大乱となって、永正十八年（一五二一）、虎胤が甲斐に来た翌年、上社大祝の諏訪頼満《よりみつ》が下社の金刺一族を追放したと聞いた。

金刺昌春は、虎胤の背後を透かすように見つめ、ぼそりと言った。

「独楽が見え申す」

道灌公より託された独楽のことかと背筋が寒くなった。

かくして武田惣領・信虎、相模守信友、荻原常陸守、下諏訪大祝・金刺昌春、そして原虎胤。勝沼館の虎胤がごろ寝していた板間に武田家の中枢が集った。人ばらいをし、注連縄を張る厳重さである。

信虎は虎胤の赤ら顔を、冷めた目で見た。

「虎公、驚いたか」

酔いもすっかり醒めて頷く。このところ屋形は都の猿楽師を招いて連日酒宴つづきと聞いたが、愉快な座にはならなさそうである。

「躑躅ヶ崎だと間諜がおって、漏れると厄介じゃ。武田の家のゆく末を決める話ゆえ。漏らさば首を刎《は》ねるぞ」

何故そのような重大な場に、足軽大将の自分が呼ばれるのか。胡坐《あぐら》をかいて背を丸めた荻原常陸介を見ると、老人は初めて見せる穏やかな笑みを返してくる。

「お主が甲斐に来て七年《ななとせ》か。一条一蓮寺の長元なる僧より預けられた、道灌公の軍配書を覚えておるか。信友さまとわしは、あれを仔細《しさい》に調べた。築城や陣構えの運用、さらには水戦の極意。その成果が神野原合戦よ」

長元が死の間際に言った言葉を、虎胤は思い返した。

「道灌公の軍配書の極意は末尾にありと、長元は申しました」

虎胤も写しを見たが、何かの祭祀《さいし》についてらしく、難解すぎて分からなかった。

それまで黙っていた金刺昌春が口を開いた。

「某も拝見したが、あれは天白送りにて候」

天白。あるいは天伯神、天箱とも言い、諏訪の祭神・南方刀美神《ミナカタトミのかみ》、すなわち建御名方神《タケミナカタのかみ》よりもずっと旧く、いまだ力のある神だという。

諏訪大明神よりも旧い神。聞いただけで気が遠くなった。

「伊勢神宮が祀る天白羽神《アメノシラハのかみ》（アマノハバキ）に連なると考える者もいる。機織りの神である天棚機比売《アマノタナバタヒメ》と同じ神とも、蛇の形をした水神だとも、農耕の神とも、はたまた天狗とも――」

虎胤は唸った。

「何でもありではないか」

「天白という名から太白星《たいはくせい》（金星）との関わりも考えられる」金刺昌春がまとめた。

「諏訪でも、御社宮司《ミシャグチ》、洩矢《モリヤ》、矢塚雄《ヤツガオ》といった旧い神は権勢を失いつつある。天白もさような神の一柱なのやもしれぬ」

ちらと上座の信友を見れば、先ほどから考えこむように口をへの字にしている。こやつも分かってないな、と虎胤は安堵した。

「で、天白送りとは一体何なのです。御家のゆく末を決めるほどの大事ですか」

金刺昌春によると、次第は次のようであった。

御幣《ごへい》をさげた御座《ござ》をしつらえ、依代《よりしろ》を用意して禰宜が天白神を勧請《かんじょう》する。そうして願文を奉じ、悪神や災いを祓ってもらうのだという。ひとつ難点があるなら儀は天白社で行わないといけないことだ。

ともかく虎胤はほっとした。

「普通の御祓いと、さほど変わりないですな」

天白社は甲斐にはなく、諏訪に数多いが、諏訪を追われた金刺氏を保護する武田は、諏訪氏と緊張状態にある。諏訪頼満は、甲斐へ出兵の準備を進めているという噂もある。

信虎が人さし指でこめかみを掻きつつ言った。

「諏訪は、先の大乱のときから、わしと父上を快く思うておらぬ。茶々丸を庇護したのがいけなかった。あれはあれで、面白き男であったが」

武田の後継争いは甲斐だけでなく、周囲の国も信昌・信恵派、信縄・信虎派に分かれた。反信虎派であった諏訪氏が、力を貸すとは思えない。

「まさか、武蔵の天白社まで行こうと言うのではありますまいな」

「駄目じゃ、津久井が通れぬ」

でしょうな、と安堵する。八王子口の堅城・津久井城。あれが陥ちないからこそ、去年は攻め口を変えて富士裾野の梨木平で戦ったと言ってもいいくらいだ。

「そこでだ。佐久《さく》へゆく」

言いながら、信虎はまだこめかみを掻いている。少々心配になって、虎胤はわざと明るく答えた。

「それはまた遠い」

「お主は文句ばかりじゃな」

「ことの重大さがよう分からぬのです。御祓いや加持祈禱《かじきとう》なら、御屋形さまは何度もなされているはず。天白送りというのは何が異なるのです」

いきなり信虎はこめかみに五本の指を立てた。

「兄上」

信友がその手を優しく摑み、分かったかというように無言で虎胤に視線を送る。ただごとではない、と理解した。

信虎は、餓虎のようなぎらつく目を宙にさまよわせた。

「これはわしと山神との戦さじゃ」

咳ばらいとともに、荻原常陸介が仕切りなおした。

「佐久より北西に七里半、上田《うえだ》という郷があり、海野《うんの》と真田《さなだ》が治めておる。上田の山間に旧い天白社があり、すでに真田氏の内約も得たので、大鷲を連れてゆき儀を執りおこなう」

佐久。今年の二月に信虎が出兵した地だ。

北条包囲網の合戦が一息ついた去年の暮れ、佐久の国衆である伴野《ともの》氏から助けを求める文が届いた。土豪たちが伴野に反抗し、挙兵したというのである。佐久は八ヶ岳を挟んで東側、諏訪の反対側にあり、海野、滋野《しげの》、大井、禰津《ねづ》、真田といった国衆が割拠し、治める地であった。

伴野の要請を受け、信虎は手勢二千で出兵。八ヶ岳東山麓を迂回する修験者の道を信友に案内させ、二月に出陣するや主要な城館を陥としてひき揚げた。伴野も礼状と金子《きんす》を贈ってきていた。

「ぼけっとするな虎胤。お主も行くのじゃ。これは家中にも内密の秘儀にて、少数で行く。例によって御屋形さまは自身も行くと聞かぬゆえ、お主がしっかり守れ」

「誠にございますか」

正直気が進まぬ。

「しゃんとせい」

後は、装束にございますなと金刺昌春が言う。軍配書に定められた法に従って織られた袍《ほう》が必要なのだという。

ふいに館の入口の方から押し問答が聞こえてきた。信友がため息をついて中座し、たまらず虎胤も後を追った。

「相模守さま、一体どうなっておるのです。山の神だの御祓いだの」

信友は早口で答えた。

「そのままじゃ。御屋形さまは、金目の羚羊《アオシシ》へ戦さを仕かけるおつもりじゃ」

「アオシシ？　それが武田の趨勢を決すると？」

「百年、二百年先のな」

武者だまりの木戸で、松木甚五と、背の低い女が言い争っている。

信友と虎胤の姿を認めると、女は手をあげた。

「イシ！　それと女房に逃げられた鬼虎さま！」

髪を京風に結った女は、浅葱の長羽織を引きずるようにして飛びあがる。

信友が困惑して訊いてきた。

「武川の者かな？　女房に逃げられた鬼虎どの」

「あんなちんちくりんな嫁などいりませぬ」

神野原合戦の後、天白社で助けた男子の赤子を連れ帰ると「原虎胤は生まれたばかりの赤子を置いて女房に逃げられた」という大変不名誉な噂で、甲府はもちきりとなった。妹も無事嫁にゆき、三十路になって独り身のお前が心配で死ねぬと母が嘆くのが辛い。足軽大将でいまだ嫁がいないのは自分だけだ。

小畠の家の於花は、約していた地侍が神野原の合戦で討死し、いまさら別の婿を探すのも嫌だと兄がとめるのも聞かず、躑躅ヶ崎館に侍女奉公に出てしまった。

女は跳ねながら、覚えておられませぬかと自分を指さす。

「弥生《やよひ》と申しまする。武川郷柳澤の山造・治兵衛の娘にございまする」

「ああっ、弥生どの」

アケヨと初めて会ったときの木こりの娘だった。たいていの田舎娘は虎胤を見れば恐ろしくて隠れてしまうのに、あのときも物おじしない娘と妙に感心したものだ。

信友も同じような顔をして、懐かしげに声をかけた。

「お大尽《だいじん》になったのう」

弥生は裾を直し、しとやかにお辞儀をした。

「おとうが死に、奉公先の養女の頭領に気に入られて、看板を任されてございます」

織物以外に染色と刺繍《ししゆう》もするようになって駿河や上方にまで商いを拡げ、甲府の広小路に店棚《みせだな》を構えるつもりで出てきたのだという。

「凄いではないか」

心底驚き虎胤は目を見はった。弥生は、そう甘くないのだとふくれ面をした。

「甲府の寄合は店を許してくれず、なれば市を立てるのを許してくださる勝沼相模守さまのところへと来てみれば。イシなどとはもうお呼びできませんね」

二人と弥生の間には、開かぬ木戸がある。信友は額を掻いて、悲しそうな顔をした。

「虎胤。袍、作らんとならんかったのう」

だいぶ武家らしくなってきたと思ったら、気の弱い三ツ峯者に逆戻りである。虎胤は声を抑えて叱った。

「同情はよしなされ。御家の大事じゃ。都の商人でなければ務まらぬでしょう」

耳ざとく聞きつけ、弥生は下男に降ろさせた籠から、風呂敷包みを開いた。

「礼服が御入り用ですか。うちの養女《かいめ》が織った品を見ておくんなんし。駿府や京にも持っていく反物ですよ」

松木甚五が行燈《あんどん》を掲げると、金糸の文様が浮かびあがった。黒の生地に唐草模様。ぼかしを入れた淡い桜色の反物。鳳凰が縫いとられた朱の艶やかな布地は、いまにも鳳凰が羽ばたくかに思えた。

布など丈夫であればよいという信条の虎胤にも、これを越える布はそれこそ京でなければ手に入らぬと分かる。上目がちに問う弥生の目は真剣であった。

「如何《いかが》」

意を決したように、信友は自ら木戸を開けた。虎胤もとめなかった。

「弥生どの、これから見聞きすることは他言無用ぞ」

「ありがたい！」

イシは偉くなりなされた、と弥生は一瞬だけ村娘の顔に戻り木戸をくぐった。顔をあげると、もう商人《あきんど》の面構えをしていた。

ひと月後、虎胤は信濃国境いの山奥を歩いていた。

針葉樹の薄暗い森が続いてはてはなく、クマザサの藪を分け入り獣道をたどる。弥生も御神衣を織った者としてついて来た。来ずともよいのに、と虎胤が言うと、彼女は首を振った。

「儀が失敗に終われば、私は死罪です。なればすべて見届けたいでしょう。何が起こったのか。何も知らずに死ぬのは御免ですよ」

はるか前方の藪へ、虎胤は声を飛ばした。

「相模さま速い。御屋形さまが置いていかれ申す」

「馬はちゃあんと道が分かっとるよ。安心して乗っておられよ」

声の遠さは、だいぶ先を歩いているようだ。扇谷朝興から贈られた名馬・鬼鹿毛が鳴らす鼻息と、甲府盆地とは異なる蟬の声ばかりがやかましい。

虎胤は屋形の背を見つめた。戦時のような威圧感に満ちた声がする。

「ゆるりと往けばよい。今川は氏親めが死んで、寿桂尼《じゅけいに》どのが幼い氏輝《うじてる》の代わりに家中を仕切っている。尼どのは氏親よりよっぽど頭がいい」

勝沼館での密談の直後、積年の怨敵であった今川氏親が病で亡くなり、今川から和睦を申してできた。触れ馬が走り、家中は沸いた。今川との和睦は信虎の宿願でもあった。

信虎は、ひと月前よりいくぶん落ちついているかに見えた。

「呪《のろ》い神さえ片づければ、心おきなく北条討伐ができようて」

苔《こけ》むす岩場で信友と勝沼衆が待っていた。しゃがみこむ弥生を岩場に座らせ、水をやる。旨そうに飲んで、弥生は葛籠《つづら》に一瞥を投げかけた。

葛籠の蓋が揺れ動き、談笑の声がやんだ。

「信友、彼奴はどうじゃ」

屋形が問う。

「道が悪くてだいぶ怒り狂っておる様子にて」

開けよと信虎は命じた。信友が護符をはがして朱色の紐を解くと、大鷲が転げでた。羽を広げれば、馬一頭おおい隠してしまうほどの大鷲であった。

迷いなく刀の柄に手をかけたのは金刺昌春と、虎胤だけだった。弥生をかばって前に出る。

大鷲は、青みがかった白い斑点が散る翼を広げ、地面にのたうつ。人の腕ほどもある、龍のような紅色の鱗でおおわれた脚が空を掻く。弥生などはひと呑みにされてしまいそうだ。

聞くにたえない人語崩れの叫び声を連ね、最後の言葉だけが聞きとれた。

「生害ス」

信友が大鷲にちかよって諭した。

「わしらを殺してもええが、お主が山に帰れのうなるぞ」

竹筒の水をさしだしてやると、ようやく大人しくなった。

「為景許サジ、生害スベシ」

誰ですと弥生が小声で囁く。おそらく越後守護代の長尾であろうと信友が答えた。

二度と風切羽が生えないように呪《まじな》いをかけられ、金杭《かなぐい》が首に打ちこまれていた。

「長尾が本拠の春日山《かすがやま》城を拡げたときに、山を追われたらしい」

金刺昌春が懐紙を出してみなに見せる。「かげ」の二字が書かれていた。

「この二字は大鷲神の忌み語。決して口にしてはいけない。言えば死ぬぞ」

誰も答えず、畏れる瞳をたがいに覗きこんで、目を伏せた。

信友が勝沼館で言った「金目のアオシシ」が、虎胤は気になった。何者か分からぬが、戦さをするとなれば、鎧や矢の戦さではないだろう。そういう戦場に足を踏み入れようとしていることは、虎胤も理解しつつあった。

山中に築かれた海《うん》ノ口《くち》城、海尻《うみじり》城を越えると佐久平に降りた。

伴野氏の供応もそこそこに、浅間山を右手に見ながら北西に進む。善光寺に装束を納めにいく反物商というていで、頭巾に羽織姿の虎胤が商家の旦那、弥生が奥方に姿を変え、青々と茂る稲穂の海を渡ってゆく。

さえぎるもののない盆地に陽は強く降りそそぎ、遠方にむくむくと積雲が湧く。

千曲川にそって続く街道は、甲斐の田舎道と変わらぬほどの幅で、砂利が多く、荷車が砂利に乗りあげるたび、葛籠が揺れて大鷲が憤怒の叫びをあげた。

「何だか、昔のままですねえ」

弥生が言うのも分かる。初めて見るのに、見知った風景という気がする。

筒袖衣にくり袴、脚絆をつけた夫丸《ぶまる》姿の信虎が、虎胤の馬の横に並んだ。

「これしきの国、半年で平らげてみせようぞ」

甲府を出て四日目、小県《ちいさがた》郡に入ると平地がぐっと狭まった。山向こうが翳《かげ》ったかと思うと、山を越えて黒雲が雪崩れこみ、雷雨となった。水煙で先が見えなくなるほどだった。

一行が小県郡上田郷の入口にようやくさしかかったころ、戸石《といし》城という山城から兵が飛びでてきて、一行を足どめした。雨は小降りになっていた。

「荷改めされるとまずうございますね」

弥生が弱ったとこちらを見る。金刺昌春が葛籠にちかづいて、何かを唱える。大鷲が本気で暴れれば、葛籠を破るのはたやすいと思われた。

「御苦労様にございまする。私どもは甲府の金春屋《こんぱるや》と申しまして、善光寺さまへ法衣を納めに参る道中にございまする」

弥生が愛想を振りまいて、伴野氏に書いてもらった関所手形を懐から出し、関銭を払おうとした。荷を見た足軽の眉があがる。

「その馬、良馬と見たが、何故誰も乗せず曳いている」

鬼鹿毛は信虎以外を乗せぬから、信虎が下馬している間、誰も乗らずに曳かせていた。

「御勘弁くださりませ。善光寺さまに納める馬にございまする」

「甲府から来たと言うたな。甲斐に鬼鹿毛という名馬ありと——」

「かげ」の忌み語である。金刺昌春が鋭い声をあげた。

「いかんっ」

葛籠を縛っていた紐がひとりでに解けた。全員が葛籠に目を注いだ。信友が蓋を押さえようとした瞬間、つむじ風が吹いた。

「ぎゃっ」

足軽の首から血が噴きだし、目を剝いて倒れる。雨水にまじって、あたりは血の海になった。

「おし通れ」

夫丸――信虎――が低く命じる。その頭の上を、影が横切った。

「御屋形さまっ」

石礫《いしつぶて》を投げると、信虎の頭上に大鷲の姿が現れた。足軽たちが悲鳴をあげる。

信虎は笠を傾け、大鷲を睨んだ。

「鷲が虎を襲うか」

その時、龍笛《りゅうてき》のような甲高い音が流れた。大鷲が空中で身を翻し、音のする方へ一直線に飛んでゆく。

ゆく手から蓑に編笠をかぶり、小柄な男が山道を降りてきた。大鷲が羽をばたつかせて舞い降りる。音は、その男から発せられているのだった。

「その御方たちは当家の客人にて通しめされ候」

声変わりを経た掠れ声。元服前後と思われる少年は、信虎一行に御辞儀をした。

「真田が当主の嫡男、幸綱《ゆきつな》と申しまする。遠路をよう参られました。天白社まで案内致す」

真田幸綱に導かれるまま、一行は関所を抜けて霧にけぶる山道を無言で進んだ。大鷲は大人しく幸綱の後ろをひょこひょこと歩いてついてゆく。

「幸綱どのと申されたか。先ほどの音は」

「狩りに使うただの鳥笛にて」

掌に収まるくらいの木の枝を、なかをくり抜いて金属の棒を差しこんだもので、枝をまわすと摩擦で音が出る仕組みである。虎胤も手にとり鳴らしてみたが、龍笛のような清らかな音ではなく、ただ金属と木が擦れる音が出た。

信友が鳴らすと、かすかにひぃらと音がでて、鼻を膨らませてどうだと見てくる。

幸綱少年がほぉ、と目を見開いた。

「使《つこ》うたことがおありですか」

「わしはあまり鳥撃ちはせんだに。初めて見たよ」

「よろしければ、儀が終わるまでお貸しいたしまする」

幸綱少年の申し出をありがたく受け、護身用にと弥生に持たせた。

固辞する弥生に虎胤が持っておけと言うと、懸守《かけまも》りのように両端を紐で縛って首からさげた。関所から青い顔をしていた彼女に、弱々しいながらもようやく笑みが戻った。

　山の中腹に真田館が見えたが、幸綱少年は素通りした。どこに行くのかと問えば、呆れたように眉をひそめる。

「潔斎《けっさい》に入られませ。承服しかねるとあらば、御退去頂くようにとの真田家当主の命にございます」

　真田には来訪の真意を告げており、甲斐の盟主といえど、忌み神を館の区画に入れさせる気はないのだった。いかなる災いを被るか分からぬから、当然である。

　この少年は、いわば人柱とも言えた。

　全身濡れそぼって歯が鳴りだすころ、天箱山という小高い山に急な石段が見えた。登った先に木柱の鳥居が粛然と立っていた。大鷲は翼を広げて不格好に飛び、鳥居にとまった。ここをとまり木と決めたようだった。

「真田郷天白社にて候。今宵は水のみで朝までおすごしを。火は焚いて構いませぬが、一度熾《おこ》した火は朝まで絶やしてはなりませぬ。本来、女人禁制ではございますが、天白さまは姫神さまとの言い伝えもあり、こたびは構わぬとのことです。儀は明日夕刻から執りおこないまする」

　信虎は諾《だく》と言った。

「真田どのにおかれては、忌みごとを引きうけてくださり、深甚《しんじん》にて候。武田惣領の名にかけ、汚穢が周囲におよばぬよう注連《しめ》を張るゆえ、安心めされよ」

幸綱少年は信虎を凝視していたが、やがて編笠をとり、深々と頭をさげた。

「寛大な御心遣い、父に伝えまする」

小さな拝殿に信虎や信友、金刺昌春らが入り、他の者は軒下で火を焚いて体を温めた。本殿はなく、金刺昌春によれば神社のある天箱山自体が、御神体とのことだった。

神社の背後に急斜面が迫り、陽が落ちると闇夜となった。しけた薪で熾す火は小さく、十歩も離れれば手の先すら見えぬ。虎胤は、弥生に火から離れないよう、手招いた。

「弥生どの、寒くはないか」

「寒くはございませぬが、怖ろしゅうございますな」

霧雨は降りやまず、喋っていないと山に呑みこまれてしまいそうだ。弥生も同じ気持ちらしく、焚火の前へきて、鳥笛を鳴らしながら言葉を続けた。

「以前武蔵で、鬼虎さまとはお会いしているのですよ」

「会《お》うたか？」

思いだせせぬ、と正直に謝ると、弥生は苦笑して手を振った。

「いいんです。反物だけでは稼げなかったもんで、何でもしましたねえ。私は月の障りがないもんで都合が良かったんですなあ」

彼女には木こりの父親がいたはずだ。虎胤の考えを読んだかのように、弥生は言った。

「おとうは山造なんて儲からねえつって、戦さ働きにでて死にました。村の者は骨のひとつも持って帰ってくれやしませんでした」

袂から茶色く汚れた繭守りをとりだした。

「御守りなぞ役にたたなかった」

かける言葉がなく、虎胤は自分が恥ずかしくなった。

生まれついてより自分は何の疑いもなく武士であり、他国で焼き討ちをし、乱取りをし、その報いとして地獄に落ちるだろう。それをどこかで武士の誇りと思っていなかったか。

人が起こした戦さで、人が殺しあうのを、神仏が救うはずがない。

両の掌を広げてみる。死にゆく長元の肉と骨の感触は、いまも残っている。

黙っている虎胤を覗き見て、弥生は笑った。

「鬼虎さまのおっかない話はたくさん聞きましたけれど。どんぐり眼に虎髭の士《さむらい》なれど、あいかわらず心は細やかでありますねえ」

頬が熱くなるのを覚え、虎胤は焚火の炭をのけて新しい薪をくべた。火の粉が蛍火のように闇に漂い、消えてゆく。

「明日は上手くゆきましょうか」

「金刺どのに任せるしかあるまい。諏訪下社の大祝どのじゃ、安心せい」

「少々大鷲さまが哀れに思えてきました。戦さに泣くは、人のみではなかったのですね」

否、という声が暗がりから返った。

砂利を踏みしめる足音がちかづいて、薪が大きく爆ぜた。白袴の足だけが見えた。

「富士では、熊神が道者を三人食い殺した。三ツ峯では金目の羚羊《アオシシ》がわしを呪った。人も獣も神も違いはない。弱い者が死ぬ。戦さと同じだ」

意を決して虎胤は闇へ声をかけた。

「相模さま、どちらへ」

「わしは相模守信友にあらず。依代《よりしろ》となるためこれより山に籠る」

足音は焚火の外側を通りすぎ、奥の山へ消えてゆく。

弥生の細い手が触れてきた。虎胤もただ、手を握り返した。

翌日の昼すぎ、麓から幸綱少年が禰宜をつれてきて、天白送りの準備が始まった。

虎胤たちは水垢離《みずごり》をし、境内の四隅に若木を立てた。禰宜の装束に着がえた金刺昌春が注連をめぐらせ、酒と塩と幣で神社の敷地を清めてゆく。

白装束に着がえ、神酒を飲んだ。すきっ腹がかっと熱くなる。

ようやく拝殿から現れた信虎も白束帯に着がえ、厳しい顔つきで家臣の前に胡坐をかいて座した。

拝殿から黒地に金襴の袍をまとった信友がでてきた。緊張と神酒の酔いで、虎胤は夢見心地に見ていた。信友は袖で顔を隠し、髷は解いてわざと乱し蓬髪にしていた。神の依代役であった。首を垂れて幣の祓いを受ける。

白木の神輿《みこし》が境内の中央、土を盛った場に運びこまれると、鳥居にとまった大鷲が、己のためのものだというように神輿に降りたった。

「原どの、合図をするゆえこれを」

昌春に手招きされてゆくと、桴《ばち》と神刀を渡された。神輿の横に能などで叩く締太鼓《しめだいこ》が置かれていた。陣太鼓しか叩いたことがないと言えば、それでいいと昌春は頷いた。

神刀の使い途を問うと、何かあったら斬れと言う。

「何かとは」

「諏訪でもこれほどの気配を感じたことはなかった」昌春の顔はこわばっていた。

「天白がこれより降《ふ》る」

二人はそろって境内から見える深い山の連なりを見た。傾く夕日はとうに山向こうに消え、残照が空を染める。ふっと陽光がかき消え、濃い青色が沁みこんでくる。白装束に、昌春の持つ幣に、体に。夜が沁みてゆく。

昌春は、幣を振って境内に響く声で言った。

「これよりは彼岸と心得よ」

四方に篝火が焚かれた。

締太鼓の前に胡坐をかき、昌春の目くばせで、ゆっくりト、ト、ト、と打つ。

「御座《ござ》の湛《たたえ》のきよみ先の八葉盤《やいらは》四葉盤《よいらは》はおりしかやと申す天白こそ下赤井に降り来《きた》る可《べ》き災難口舌《くぜつ》をば未《ま》だ来ぬ先に祓い却《しりぞか》せ給へと畏《かし》こも畏こも額《ぬか》つか申す」

昌春が祝詞を奏上する。低く謡曲のごとくたゆたう節にあわせ桴を落とした。弥生が空を気にしているのに気づいて、虎胤は顔をあげて、我が目を疑った。薄紫色の雲が渦を描いて、頭上に集まりはじめている。

物の怪がくるのではないかと、神刀から意識を離さぬようにした。

四方を幣で清めた昌春が、虎胤の脇に戻ってきた。

「終わりですか」

「これからじゃ。信友どのに天白が降《お》りる」

拝礼の姿で顔を隠していた信友が立ちあがり、金襴の袍の袖を開いた。赤い天狗面をつけている。首から見覚えのある古びた御守りがさがっているので信友と分かったが、桴をとり落としそうになった。昌春の叱責が飛ぶ。

「手をとめるな」

天狗が袖を揺らし、ゆっくりと身を返すたび、篝火に照らされて金糸が光をあやしく返す。虎胤は心臓が速く脈うつのを感じた。あれはもう、信友ではない誰かだ。

風もないのに、白い御幣が揺れ動き、地面にまかれた清めの紙片が生き物のように信友の周りに集まってくる。神輿に入った大鷲が翼を広げ、天上を見あげる。

天狗が唄う。初めて聞く奉納歌だが、聞き覚えのあるような、懐かしい響きだった。

「さんよりこより
出水ぞいつの泪河
とうとの神遣れ行く先へ
あまのはばきよ召しませ、三峰川」

天狗が跳び、だん、と足で強く大地を踏む。

突風が吹いた。虎胤は音を途絶えさせぬよう、鼓面だけを見つめた。渦巻く風が背を掠めるとき、童子のさざめきがし、いくつもの小さな手が背を撫でた。

《ゆくえに　春日のお山をもちながら

何とて　ここに長居しょうずる
風ふかばゆけ》

ようやく風がやんで顔をあげると、棒だちになった天狗面の前に大鷲が舞い降りた。大鷲の首を貫いていた杭は粉々に砕け散っていた。天狗面の内側から嗄《しわが》れた老人の声がする。

「北辰《ほくしん》に依りて道拓けり」

北辰、すなわち北極星の指す北、上田郷より越後の春日山城はちょうど北辰を目ざして飛べばたどり着く位置にあった。

「甲斐の子、景光穢を解きたいか」

それまで身じろぎひとつしなかった信虎が、声を発した。

「無論。わしは四百年の宿怨を断つために生きておる。それが武田惣領の役目と心得る」

ははは、と天狗面が笑う。

「其処許《そこもと》は山神よりも恨み深く、民を統《す》べる器にあらず。無辜《むこ》の民を安んじ、民に仕える。武家、公家の区別なく、王とはかかる奴婢《ぬひ》にありや」

信虎は侮蔑をこめて吐き捨てた。

「荒神ごときが、王は民の下僕たれと儒《じゅ》の教えを説こうとは」

「笹竜胆の家を呪う者はすでに、和睦の条件を示しておる」

再びの強い風に信虎は腕をかざして、天狗面ににじり寄る。

「何じゃと、教えい！」

急に天狗面は体を折り、苦しげに呻いた。信友の声がした。

「聞いちゃ、なんねえ」

《楯無の首を獲りて来よ》

楯無。家宝の鎧兜であることは虎胤も知っている。首を獲ってこいとは、どういう意味だ。

「聞かねえでくんろう」

両手で喉を掻きむしり、信友と老人の声が入りまじった。

《其処許の深き我欲こそ、呪を呼ぶと気づかぬか。其処許が我欲を収める証をさしだせと、かの山神は伝えたはずだ》

「やめて、くりょう……」

《刻限じゃ》

あたりが真昼のごとく明るくなり、地が鳴動した。大鷲は力強く羽ばたき高く舞いあがる。ゆく先に、煌々と北辰の星が輝いている。

天狗面をつけた信友もすうと立ちあがった。

信友まで連れてゆかれる、と虎胤はとっさに思った。弥生が走って親指程の白い繭を投げた。例の繭守りだった。細く光る糸が信友に巻きついた。

「虎胤さま引きなされ、決して離してはなりませぬよ！」

慌てて指の腹で糸を摑み、手に巻いてたぐり寄せる。弥生が飛ばされぬよう片腕で抱え、腹に力をこめて引いた。細い糸なのに体をもっていかれそうになり、渾身の力で引くと、突然ぶつんと糸が切れた。

虎胤と弥生はもんどりうって転がり、意識が遠のいた。

どれほどがすぎたか、嵐が収まり虎胤がようやく目を開くと、盛土の舞台には粉々に砕けた白木と、蹲《うずくま》る信友の姿があるだけで、注連はすべて切れていた。

金刺昌春がよろめき、大鷲は行ったのかと呟いた。

虎胤は信友のもとへ駆け寄った。面をはずしてやると泣きじゃくる顔が、口をかすかに動かした。頰がこけ、白髪がまじる髪が顔にかかり、別人を見る思いで言葉を失う。

土を踏む音に顧みると、眼ざしに憎悪を滾《たぎ》らせた主君が、こちらを見おろしていた。

「知っておったのか」

やにわに信友の髪を摑み、涙の流れる顔を上向かせた。

「わしに黙って、楯無を狙っておったのか！」

手で空を掻いて信友は違う、と喚いた。その手を踏みつけ、顔を寄せる。

「わしが呪を解く手だてを血眼で探すあいだ、貴様は武田の家宝を盗んで赦しを請おうとしておったのか！」

拳を振りあげ、何度も振りおろす。ぱっと血が散った。

信友が殺される、と虎胤の脳裏に色あせず残る誓いを思いだした。

ヘテコ石での義兄弟の誓いを。

「ハイヤマで、楯無の首はやらぬと、宣しました」

「知っていたのではないか！」

鼻から血を流し、唾を飛ばしながら信友は悲鳴をあげる。

虎胤は信友をかばってたまらず叫んだ。

「御屋形さま、おやめくだされ」

「虎胤、貴様も連累か」

血走った眼に、負けじと虎胤も睨み返した。いまだけは主君も家臣もあるか、と己を叱咤した。

「仔細は分かりませねど、ヘテコ岩でわしとアケヨが誓《ちこ》うたことを、忘れたとは言わせませぬぞ！」

生まれたときは違えど、自分もアケヨも、貴方の死までともに命を預ける。そう約した。

振りあげた拳がとまった。

「我ら兄弟、みな等しく呪い子。そう仰いましたな」

拳の落としどころを見つけられぬまま、主君は、信友が首からさげた御守りを引きちぎり、顔へ叩きつけた。

「わしが命を賭けてやってきたのは、何だったのだ」

虎胤の腕をかい潜り、信友が地に額を擦りつけた。

「お許しくだされ。わしは、いつでも命を捨てますれば」

怖れおののく周囲の者たちへ怒りの目を向け、信虎は吐き捨てた。

「このこと他言無用。漏らさば一族郎党斬首に処す」

呆けたようにみな座りこんで、誰も口を開かず、信友の啜り泣きだけが残った。いままでなりを潜めていた夏虫が、りーりー、りーりーと草むらで鳴きだした。

一行は夜が明けてから山を降りた。装束いっさいを焼きはらって水垢離をしてから、真田館で粥を馳走になり、挨拶もそこそこに帰路についた。

小県郡のはずれまで見送った真田幸綱に、弥生が鳥笛を返そうとすると、彼は首を横に振った。

「穢れており申す。佐久平を出るときに焼いてくだされませ」

「幸綱、大役御苦労。真田どのには後で金子を贈らせるゆえ、よしなに伝えてくれ」

信虎がこう告げると、幸綱は馬上の信虎を見あげた。

「某を口封じにお討ちにならないのですか」

蜻蛉《とんぼ》が舞う稲穂の海を顧みて、信虎は穏やかに言った。

「わしの気が変わらぬうちに去ね。次は軍を率いて参るぞ」

幸綱は国境いの道祖神の脇にたたずんで、晩夏の陽炎《かげろう》にやがて溶け消えた。

四日かかって甲斐の津金まで戻ると、夏場でも雪をたたえる八ヶ岳、地蔵ヶ岳、甲斐駒ヶ岳が見え、ようやく夢から覚めた心地で虎胤は馬をとめた。

先頭に、鬼鹿毛を駆る屋形の背がある。大きく馬体に鞭を入れて、風のように奔《はし》りだす。屋形を追うのは信友一人だけだ。

武士とは何かという想いは、虎胤の胸から消えない。

長元が僧になりながら、怒りを捨てきれなかったように、己が武士として生きることに、年々足が重くなってゆく。死した者が逃がさぬと足首を摑んでいる。そんなことを思い、ふと口が動いていた。

「弥生どの。わしと夫婦《めおと》になってくれんか」

弥生は呆気にとられて虎胤を見返した。

「お武家の嫁にはふさわしゅうないですなあ。石女《うまずめ》にございますよ」

「構わぬ。うちには戦さで親を亡くした彦十郎《ひこじゅうろう》がおる。これからもわしは親を亡くした子を拾ってくる」

「戦さで親を失う子はあまたおりまする。一人二人拾うて許された気になるのは、いささか勝手にございませぬか」

弥生の言うことはいちいちもっともで、痛いところを突く。後悔が喉を焼く。

「許されようとは……思うておらぬ」

弥生は、棚田のあぜ道を軽やかに走りだした。青から黄へ色づきはじめた稲穂の海に長い打掛の裾が翻る。あっと虎胤の記憶が蘇る。武蔵の岩付城支城を陥としたときに、死体の奪いあいをしていた娘がいた。

「ようございましょう。私が商いを続けるのをお許しくだされば」

何で忘れていたと、甘い胸の痺れに虎胤は声を飛ばす。

「無論じゃ」

神にも仏にも許されぬのが武士であるなら、畜生にも劣る。生きた心地がせぬ。道灌公は和歌を詠めと虎胤に説教したが、言の葉など虎胤には紡げぬ。人を斬るしか、できぬ。

「武家の婿に商人の嫁など、こんがらがって、面白うございまするな。側室もちゃんとお入れなさいませよ。そこまで喧《やかま》しく申しませぬ」

　武士の婿に商人の嫁。

　そうか、それでいいのか。

　ふいに目頭に涙がこみあげ、列の後ろで詰まった金刺昌春の咳ばらいで我に返った。

「いやこれは」

　昌春は厳めしい眉をあげ、不釣りあいに笑った。笑うと子供のような顔つきになった。

「祝言《しゅうげん》はわしがとり仕切っても良いぞ。諏訪の大祝に仕切ってもらえるとは運がいい」

　青く冴える山並みに二人の兄弟の背が、小さくなってゆく。つかず離れず、弟が兄の後を追って棚田をくだってゆく。

　虎胤は夏の陽に手を翳《かざ》して、二人の青い背をいつまでも見ていた。


　数年後、越後守護代・長尾為景のもとに、見事な大鷲が飛来し息絶えたことは、家中の記録に残され、春日山城の一角に小さな社が創建された。

　武田陸奥守より恩着せがましい書状が届き、当主は一笑に付したが、彼の次子である景虎《かげとら》という少年は、社に好んで参拝し、手をあわせるのを日課としていたという。

十三　国中大乱　勝沼相模守信友

大永七年の天白送りより三年半、勝沼相模守信友は、苦節の時期をすごした。真田郷天白社で信友の口を借りて語られた神託は、もしかしたら長年秘めた己の胸の内が口をついてでただけやも、との疑念が拭えなかった。三ツ峯者であったころに山神から「楯無の首を獲って来い」と命じられたのを、兄に秘していたのは事実である。

忠心に偽りはない。ないと信じたかった。兄の怒りを解きたい一心で、信友は勝沼館には戻らず、躑躅ヶ崎館の西、相川の川べりに小さな庵を借り、ほとんどを庵ですごした。

まるで蟄居《ちっきょ》ではないか、佐久で何があったのかと家臣たちは噂をした。「御屋形さまの寵愛する側室西の方にちかづいた」だの、「同心衆の今井左馬助と仲たがいをし、あわや斬りあいとなった」だの勝手な噂がたったが、それまで醜聞《しゅうぶん》のなかった信友とは結びつけがたく、兄弟の関係が冷えこんでいるという事実だけが残った。

軍評定では発言を求められず、論功行賞でも名を呼ばれず、初めからいなかったかのように扱われるのは、さすがにこたえた。

「三河守どのがおられたらのう」

家臣はこう嘆息するしかなかった。

歳月が巡り、甲斐が戦乱から遠ざかるごとに、古くからの臣は衰え、隠居し、姿を消していく。

曾根三河守昌長は死して久しく、隠居した荻原常陸介も病がちとなって川浦《かわうら》の所領に引き、楠浦刑部も嫡男に家督を譲った。「兄弟相論」と揶揄された内訌から二十年ちかく。四十、五十の臣はあらかた討死して少なく、若い者は増える。若い臣には屋形の勘気をこうむってでも、信友を援けようという者は少なかった。

一方他国に目を向ければ、今川と和睦を結んだ武田の戦さは、諏訪、北条にしぼられた。

大永八年・享禄《きょうろく》元年（一五二八）、信濃境神戸《ごうど》・境川《さかいがわ》。享禄三年（一五三〇）上野原・矢坪坂《やつぼさか》。信友は大小限らずすべての合戦に参陣した。境川合戦では荻原備中守が戦死し、矢坪坂合戦では小山田越中守が生死をさまよう重傷を負うなか、黙々と軍の先頭に立つ相模守信友の姿は、「摩利支天のごとし」と賞賛され、あるいは「山神が憑いている」と畏れられた。

天白送りから三年半が経った、享禄三年の師走《しわす》のこと。

前夜から降った雪に甲府はおおわれ、真白い要害山の曲輪から細い狼煙があがっていた。何かの報せと思われた。ちかごろ国境いで不穏な動きを見せている諏訪かもしれぬ。信友はちら、と煙を見ただけで雪かきの手をとめはしなかった。

雪かきをあらかた終え、日のあたる南の縁側に莫蓙を敷き、藁縄で渋柿をくっていると、ゆるやかな坂を登ってくる見知った二人を見つけ、手を振った。

足軽大将・原虎胤と奥方の弥生であった。

「虎胤、矢坪坂ぶりだのう。祝言にも行けずすまなかった。土間へまわられよ。郷左衛門、湯を沸かしておくれ」

土間に足を踏み入れた弥生は、狭さに驚いたようだった。

庵には、家人《けにん》として富田郷左衛門が残っているだけで、勝沼のことは渡辺源蔵と松木甚五に任せてある。

虎胤は渋面をしてそっぽを向いたままなので、弥生が文をさしだした。今井左馬助信甫からで、「妹に手をつけたことは知れておる。双子の男女が生まれたから諦めて母子をひきとれ」との怒りの文であった。

「今井様と仲が悪いという噂は真実だったのですね」

弥生の嘆きに、信友は身を小さくした。

「そのう、人恋しくて……勝沼でも知った娘だったゆえ、甲府に来たと聞いて……」

「言いわけはようございます。必ず妻となさいませよ」

「御屋形さまの許しがないと」

「なれば急ぎお許しを請うてくださいませ」

はい、と信友が頷いたのを確認し、弥生は行李から風呂敷包みをだした。解くと、若葉色の直垂だった。春山のような淡い色あいで、松葉模様が白く抜かれている。

「よい品だが、わしには若すぎやしないか」

信友は「信虎の弟」という方便で武田家に入ったから、信虎より年下とされていたが、実際は五つ年上で、正月で四十三になる。ここ三年ばかりで増えた白髪頭を掻いて苦笑が漏れた。

「かようなものを着ていく場もないでの」

師走晦日《みそか》には、一門・親類衆と譜代の家臣が躑躅ヶ崎館に集められ、締めの評定が行われるのが習わしであったが、一昨年、去年と呼ばれていない。

急に胸倉を摑まれ、怒声が耳をつんざいた。

「何じゃこの体たらく！　臍《へそ》を曲げるのもいい加減にせえ」

どんぐり眼を仁王のごとく見開いた虎胤が、顔を寄せて歯を剝く。

襟を捩じりあげる虎胤の拳は、あまたの刀傷が赤く浮かび、左手の小指は先が欠けていた。欠けた小指に指をかけて反対に折り曲げると顔が赤らむ。それでも虎胤は手を離さない。

「何を怒っている」

「怒るわ糞山猿、この直垂はな、大井の御方さまから誂えてくれとお願いされたのだ。汚い猿に着せるためではない。五郎さまのものじゃ阿呆！」

「五郎は、いくつになるかのう」

「来年十四、御屋形さまが初陣をはたされた歳じゃ。貴様、息子の元服の支度はどうした。初陣の甲冑は！」

虎胤は顔を伏せて、苦しげな声を漏らした。

「お前は親じゃろう……山で独りで生き、独りで死ねばいいのとは違う」

今度は虎胤が文を板間に叩きつけた。

仮名のない、漢字のみで書かれた手紙。一字一字ていねいな筆致に書き手の切実な思いがにじむ。漢字はあまり読めないので弥生が代読した。

それは、五郎から虎胤に宛てられたものであった。年明けにも国中《くになか》で戦さが起こると噂がある。ぜひとも初陣をはたしたいが、父に相談の手紙を送っても返事がこない。父と一度話してもらえないか、という内容だった。

読み終えた弥生は手拭いで洟《はな》をかんだ。

「元服のとき烏帽子を被せてもらう烏帽子親を、今井さまに頼むべきか五郎さまは悩んでおられました。不仲の噂が本当なら、父の顔に泥を塗ると。毎日秋葉神社へ御父上の息災を祈っておられます。せめてお返事を書いてくださいませ」

信友はただ唇を噛んだ。元服も初陣も厭だ。だから文を無視したのだ。

元服すれば、五郎という仮名《けみよう》のほかに、諱《いみな》をもらう。勝沼次郎五郎信友の「信友」にあたり、正式に武門の男として文書や書状に記される名だ。武田一門である勝沼氏は、屋形である信虎が名づけの許可をだす。

五郎は、武田一門の証である「信」の通字をもらえないだろう。

虎胤たちが「虎」の一字をもらうのは信虎一代の話だが、武田の当主や親類筋は代々「信」を拝している。それを認めないとあれば、勝沼氏はもはや武田一門ではなく、ただの家臣であるという宣布にほかならない。

「お前が厭だろうと、戦さは始まるんじゃ。初陣を先延ばしにはできぬ」

「……どこと？」

そんなことも知らされていないのか、と虎胤は拳で板間を殴った。

「誰でも良い。お前の戦さじゃ。目の前の敵のみ屠《ほふ》れ！」

年が明けた、享禄四年（一五三一）一月二十一日。

栗原伊豆守信重《のぶしげ》（伊豆守信友の子）が、飯富虎昌の所領である御岳《みたけ》に立てこもった。譜代家臣で、父の代から信縄・信虎父子に仕えてきた飯富家当主の虎昌が与したことで、家中に動揺がはしった。

信虎は家臣を躑躅ヶ崎館に集め、評定を開いた。

「またあの奴ばらかと正直思うたが、虎昌が加わるとは」

侍大将の板垣信方や甘利虎泰は、父を亡くし若くして家督を継いだ飯富虎昌を、弟のように思っていた。殴って目を覚まさせてやる、と息巻いて上座についた。

逸見の今井信元《のぶもと》、大井信達の息子で大井家当主の左衛門督信業《さえもんのかみのぶなり》の姿が見えぬ。よもや、とざわめきが大きくなる。

ざわめきの終わりは、決まって信友に注がれる疑念の眼ざしである。信友はうんざりとため息を吐いた。虎胤に「髭を剃れ」と口酸っぱく言われたので、剃ってきたものの、居心地が悪くて顎を撫でる。

小姓が屋形の着到を告げた。現れた兄を見て、胴回りが少し肥えた、と思った。

毛皮の衿飾りがついた羽織を翻し、信虎は花菱の幕のかかる上座へどかりと腰をおろした。

評定を始める前にと、そっと膝を進め首を垂れた。

「御屋形さま、こたびは某の愚息も参陣させたく、お許し頂けましょうか」

信虎の眉がかすかに動き、「これへ」と低く言った。

振り返って、控えの間の若者に頷く。

まだ背も伸びきらない少年が歩を進めると、人々が息を飲むのが分かった。

軽装の父と違い、勝沼五郎は、古式ゆかしい大袖付の胴丸の戦装束であった。萌葱《もえぎ》裾濃《すそご》の袖に小桜の胴丸《どうまる》、朱の総角《あげまき》が歩にあわせて揺れる。戦烏帽子の下の髪は髻《もとどり》にするには短く、後ろに流れていた。籠手と弓懸《ゆがけ》は父と揃いの藍色で、白糸で割菱の縫いとりがしてあった。武田の家紋である花菱の変形であり、使用を厳格に定められた花菱はさけた。白皮を巻いた太刀をさげ、柄の細工には甲州金が光る。

弥生とほかの土倉に借銭して、そろえた品であった。妹と子供をひきとると承諾すると、今井左馬助は初陣の際に着用したという小ぶりの大袖付胴丸を貸してくれ、弥生の店に大急ぎで弓懸や籠手を誂えてもらった。

ここひと月で、一生分の頭をさげたと思う。

十四になったばかりの五郎は、艶やかな頬に赤みがさして、太眉で目がくっきりした父とは対照的に、細く形のいい眉に、柔らかい目をしていた。

居並ぶ家臣の中ほどに、口をへの字にして洟をかむ原虎胤や横田高松、小畠虎盛、多田満頼の姿を見つけ、あたたかいものが胸を満たす。勝沼館で剣術の稽古の相手になってくれた馴染《なじ》みの足軽大将たちの姿も、緊張した五郎の目には入らぬだろう。

かわりに信友は彼ら一人ひとりと目をあわせ、息子を披露した。

「五郎にございます。元服前に戦さが起きたゆえ、先に初陣とあいなった。諱は御屋形さまのお許しを得てからのため、勝沼五郎とお呼びくだされ」

「信良《のぶよし》」

前を見たまま信虎が言った。

思わず首を返して兄を凝視した。兄は目をあわそうとはしなかった。

「信良と名乗れ武田一門として善《よ》くあるがよい」

信良。のぶよし。口の中で転がしてみる。嗚咽が漏れそうになるのを、歯を噛んで何とか耐えた。

「ありがたき……幸せにて」

五郎は背筋を伸ばし、何度も練習したとおりに、口上を述べた。声変わりしたばかりの、鼻にかかるような甘い掠れ声が評定の間に響いた。

「勝沼相模守信友が嫡男、五郎は、御屋形さまより信良の名乗りの許しを頂戴いたし候。齢《よわい》十四の若輩なれど、武田の御家がため、身命惜しまず戦いまするゆえ、皆々様におかれましても宜しくお願い申す」

拳をつき、深々と首を垂れると、家臣が一様に拝礼した。

信虎の死した庶子が、勝沼五郎信良として成人する。

ひとつ、大きな仕事を終えた。

信友は長く息を吐き、こう述べた。

「飯富、栗原のたて籠もった御岳は、尾根づたいに茅ヶ岳へは逸見須玉《すだま》、要害山を経て東郡大窪とは山道で繋がり、東西に連動するは易きにて候。国中大乱となった永正十七年（一五二〇）、今井、大井、栗原は甲府の南を扇形に固めましたが、再びの大乱は逆の北、尾根の形を扇形に固めました」

たて籠りが成功したのはひとえに、御岳を所領とする飯富の協力があったゆえである。信友は、長年武田に尽力してきた飯富虎昌が裏切るのが腑に落ちなかった。何か裏があるのでは、と最前列に一人残った白髪の老人、楠浦刑部少輔昌勝に目をやると、彼はかすかに頷いた。

やはり。虎胤が「お前の戦さ」と言ったのは、地の利のことだった。

「先の内乱と同じく、一息にかたをつけるが肝要。某は独断で三ツ者を動かし、甲斐東西をつなぐ山道を封鎖させました。なお抗するならば、山を降りるしか術《すべ》はございませぬ」

楠浦刑部が信友に薄い笑みを向け、嗄れた声で手を打った。

「平地へ降りてきたところを討つ。上策にて」

おそらく、飯富は裏切ってはいない。今井、栗原らの叛意に気づいた楠浦刑部が一計を案じ、飯富虎昌に命じて乱を扇動したに違いない。これを機に国中の反抗分子の芽をすべて摘む企みであろう。

屋形の気配を窺うと、「好《と》し」と答えが返り、ほっと安堵する。

「長びけば諏訪が出ばる。疾く風のごとく動かん」信虎の声は以前より嗄れていた。

「おのおの、胸中に巣喰った『国中大乱』の四文字を、焼き尽くせ」

唸るような応えが起きた。

信虎は体を揺らして立ち、諸将へ告げる。

「大乱三十年余、いまの我らがあるは誰のお陰じゃ。父であり、兄である。小河原右京進《きようのしん》、武田新兵衛、上条彦七郎、穴山信懸《のぶとお》。わしの愚策で上野城合戦にて今井右衛門佐《もんのすけ》、小山田大和守、於曾、甘利、板垣備州、飯富道悦《どうえつ》、源四郎らを死なせた」

一族の名が呼ばれると、みな唇を嚙み、涙を拭う者もあった。

「甲斐はこれにて平穏安寧の国とする。よいな」

乱に与した国衆は、命を討つとの宣言だった。厳然たる姿の屋形に、人々は国主としての重い覚悟を見てとった。

諸将は定められたとおり、精悍な顔をして躑躅ヶ崎館を出陣していった。

動きがとれず山から平地に布陣した敵方を、信虎は苛烈なまでに攻めた。二月十日に大井信業、今井備州を討ち取り、曾根三河守縄長に東郡の掃討を任せ、自身は栗原勢と塩川の河原辺《かわらべ》で激突した。

河原辺の水を散らし、信友は振り返って五郎信良を叱咤した。

「あがりが遅い。横槍を突かれて死ぬと思え！　初陣でもお前をちやほやする臣は勝沼衆にはおらぬ。銭がのうて強兵がそろわなかったからな！」

「殿、えばることではございませぬ」

渡辺源蔵が駒を若い武者に寄せつつ、必死についてくる。

いく筋もの小川が狭い谷筋から釜無川へと注ぎこむ河原辺は、大軍での布陣ができず、川を挟んで数ヵ所で同時に合戦が行われた。信友は合戦場から合戦場へ馬を走らせ、自軍を鼓吹した。

向こうから古めかしい吹き返しの兜を被った大将が馬を寄せてくる。旗印から栗原一族の兵庫助と判った。かつての都塚、今諏訪合戦の乱の首謀者の係累だ。

「栗原。命を救われた恩を忘れ、二度も歯向かうとは」

敵が弓を構える。信友は横田高松に合図し、兵を中央に集め置き盾を据えさせた。自身は力のかぎりに弓を引き、矢を放つ。

ひゅっと風を切る音がし、栗原兵庫が大きく口をあけ馬上から落ちた。

「殿、若に首級を」

甘利虎泰が、五郎信良に手柄首を獲らせてやろうと気を利かせるのを一喝した。

「ならん。武功を挙げて自ら器を示さねば、一門と言えどすぐ用無しになると心得よ」

銀の采配を振って横田の足軽隊を正面からぶつける。落馬した栗原兵庫に足軽が群がり、ばたつく足を押さえつけ、首を斬り落とす。

浮足だつ敵を、甘利隊が蹴散らしてゆく。

馬の手綱を引いて振り返る。息子は人が違ったような父の顔を見るのは、初めてだったろう。眦はまっすぐ前を見て、緊張にこわばった顔が美しいと思った。

「戦場では、お前はただの新参者だ」

「望むところにございまする」

武者ぶるいをして五郎信良はきっぱり答えた。

後方から虎胤の隊が追いついてきた。信良の後ろに馬を並べ、虎胤は言う。

「御下知を」

崩れて逃げだす栗原勢の奥で、諏訪氏の梶《かじ》の葉の旗指物がいっせいにあがった。

やはり諏訪が加担していたか。

「信良。あれを討ちはたせ」

「はっ」

五郎信良は馬の腹に蹴りを入れた。そっと虎胤が彼の後ろにつき、巧みに護って隊を進めてゆく。

「虎胤、甘やかすな」

大声で呼ばわると、鎧を掲げてはしゃいだ声が返る。

「父君は無粋ですのう、わしの夢を邪魔なさいますな！」

萌葱裾濃の大袖に時代めいた大兜を被った若武者の後ろ、黒札黒糸縅の鎧に身をつつんだ足軽大将が馬上鑓を構えて、水飛沫を散らし一直線に駆けてゆく。

いつか葡萄酒に酔って見た夢の甘きことよ。これで大丈夫だ。

もはや戦場にいて血が滾ることはない。手にある銀の采配も、遠い。

残るは己の身の始末だけだと、心が凪《な》いでゆく。


塩川・河原辺合戦では栗原兵庫助、諏訪氏の一族の首級を挙げ、大勝を収めた。東郡では残党との合戦で曾根三河守縄長が戦死する悲劇があったが、最後まで居城の浦《うら》城にたて籠もった今井信元も、翌年九月に開城して甲府に出仕、大乱は終結した。

甲府に出仕した今井信元に、信虎は薄笑いで応じた。

「お主を生かすは、諏訪の抑えよ。死ぬより辛い役目ぞ。はたしてみせい」

に称揚された。

　密命を受け今井、栗原、大井らを挙兵させた飯富虎昌は、所領を加増され、おおい
　信虎は内々に祝いの宴を開いた。躑躅ヶ崎の北曲輪に大井夫人や長女の姫、太郎と次郎（のち信繁《のぶしげ》）たちを呼び、庭に毛氈《もうせん》を敷いて、酒や肴をふるまった。

　宴には信友と信良の親子も呼ばれたが、信友は曲輪の入口で足が動かなくなってしまった。

「父上、しゃんとなさって」

　大井夫人に贈られた若竹の直垂を着つけた信良に、背中をさすられる。

　西の方や松尾《まつお》御前といった側室と子供たちも呼んだようで、穏やかな陽のさす庭では次郎が妹たちに花を摘んでやっている声がする。

「御屋形さまとは同席できぬ。五郎だけ行きなさい」

「合戦のときは鬼のように勇ましかったのに、また腑抜けになってしまわれた」

「お前、親をそんな風に見ておったんか」

　渡り廊下の隅で押し問答をしていると、大井夫人が気づき、手招きした。

「おいでなさいよ」

　紫鼠の落ちついた打掛に、大きくなった腹を抱えて信友たちを出迎えようとするので、あたふたと出ていく羽目になった。

「義姉上《あねうえ》さま、そのまま」

信虎が盃を傾けながら言う。

「いい歳して、流れても知らぬぞ」

「厭だ、意地の悪いことを仰います」

すでに赤らんだ顔で盃を呷る夫の膝を、大井夫人は軽くつねった。座る場所を探してまごまごしている信友に手招きし、後ろに従う信良に目を細めた。

「袖が短くなって背が伸びるのが早いこと。河原辺の合戦では先陣をきって味方を鼓舞したとか。いずれ父上くらい大きくおなりでしょう」

信良は膝をつき、まず信虎へ、次に大井夫人、太郎と次郎へ首を垂れた。

「御方さまには直垂の御気づかい深甚にて。河原辺では首級を挙げることあたわず、次の合戦で必ずや敵大将の首を獲りまする」

それまで黙っていた太郎が口を開いた。

「そなた、我とは従兄弟同士になるのだな。我のために尽くしてくれ、嬉しく思う」

太郎はすでに扇谷朝興の娘の輿入れが決まっており、父とよく似た切れ長の瞳には、十一らしからぬ尊大さと思慮深さが同居していた。

「あ、ありがたき御言葉、過分にて……精進《しょうじん》致しまする」

信良が額を擦りつけてはずむ声で礼を述べ、大井夫人が袖で目尻をそっと拭う。

信友もこみあげる涙を抑えようと、両手を握りしめた。

「来い」

勢いよく信虎に腕をとられ、曲輪の奥へ連れていかれた。荒れ果てた竹庵があった。新たに子供たちのための居館を建て増しする話があり、とり壊す予定なのだが、信虎が首を縦に振らず、話が宙に浮いているのを信友は知っていた。

信虎は身を返すと、両腕で力強く信友の体をかき抱いた。

さやさやと竹が揺れている。陽にゆるく体をひたし、顔をあげると、開け放した竹庵のなかに薄暗く天伯社の御守りがかかっている。

「よく育ててくれた」

むかし、雨漏りのひどい庵で白いあかぎれだらけの手が、縦糸のあいだに糸束を通していくのを見ていた。炉端の炭の匂い。厩の馬が藁を蹴る音、外で女棟梁が「妙さんよぃ」と呼ぶ声。頭のなかに響く音に耳を澄ませ、目を開く。

兄が鼻の頭を赤くして、泣き笑いを浮かべていた。

たまらず肩口に額を押しつけ、嗚咽が喉をついた。

聞いたことのない涙声が、耳に心地いい。

「竹松を救い、生かしてくれた。親が子を殺す怨嗟をとめてくれた」

「しかし、私は」

「もうよい」

籠を背に薪をとりに、夕暮れの山里を駆ける幼子《おさなご》が見える。あれは自分だ。寅吉い、山へ入ってはいけないよ、天狗が出るよ、という声を背で聞いた。

庵から地機《じばた》の糸をしごくとんとんという音が、いまも聞こえてくる気がする。

「お前は、わしらの光だ」

喉から振りしぼるように言って、兄は弟の背を撫でた。

十四　天文四年

信虎が今井信元を降伏させるのとほぼ同時に、奇怪な影が坂東平野を覆いはじめた。

武田、山内・扇谷両上杉と同盟関係にあった安房の里見氏で、当主・義豊《よしとよ》が叔父の実堯《さねたか》を謀殺し、子の義堯《よしたか》に逆に殺され、家を乗っとられるという事件が起きた。さらに天文《てんぶん》三年（一五三四）には、上総の武田真里谷氏で、前当主と当主が相次いで死去し、庶子で長子の信隆《のぶたか》によって殺害されたらしい、との報が飛びこんできた。包囲網の東の二家が矢継ぎばやに崩れ、北条氏綱が関与しているのは確実だと思われた。

信虎は仮住まいの館で絶叫し、数日錯乱して信友ですらちかづけなかった。

「躑躅ヶ崎館が燃えたは、次は武田だという神託にほかならぬ」と酒浸りになった。たしかに春先は、各地で大風が吹いて火災が多発し、躑躅ヶ崎館も信虎が寝起きする寝所が焼けた。翌年には、元服前の太郎に嫁いだ扇谷朝興の娘が難産で死んだ。

夏は長雨、冬の雪も深く、作物はほとんど獲れない。

信友は久しぶりに山に入ったが、鹿はおろか、野兎や栗鼠《りす》すら見つけられず、楢《なら》や椎《しい》の木はやせ細って実がなかった。すえた臭いをたどると、窪地に熊がいて、餓死か病死か、捨て子の死体を貪《むさぼ》っているのだった。信友はそれを石火矢で撃ち、解体して胃と腸は注意深く地に埋め、あとを里に降ろして村人にくれてやった。

魂鎮めの祝詞が、谷底に響く。

「てんぱくしんめにのりてきたらせたまいて　あまつちきよめたまえ　ヤンヤーハーハ」

武田家で下剋上をなす人があるとすれば、それは相模守信友であろう。家中の声が聞こえるようで、信友が山に入る時間は日に日に増えていった。

そんなおり、「信友は家宝の御旗、楯無を強奪し、北条へ降ろうとしている」という流言が信虎の耳に入った。信虎は三ツ者を呼びつけ、流言の火元を見つけろ、さもなくば目を潰すと迫り、下手人として内藤《ないとう》、馬場《ばば》の名が挙がった。

夜のうちに内藤、馬場両家の妻子にいたるまでが捕縛され、甲府は大騒ぎとなった。

「兄上、わしはもう慣れました。みな不安なのです。悪気はない。臣を殺したら、また心が離れてしまう」

兄に縋って恩情を願った信友は、何も言わぬ兄の目を覗いて、言葉を失った。落ち窪んだ眼窩に二つの穴が開いている。衣の裾を摑む指の力が抜けた。

「駿州に出兵じゃ」

「いけませぬ。今川との和睦を破っては――」

信虎は弾かれたように叫んだ。

「その前に餓え死ぬわ！　二年不作で今年の収穫が悪ければ、餓死者は道々に溢れる。わしは御旗楯無に誓うぞ。今川を叩くまで兵は退かぬ」

内藤、馬場の一族郎党は、甲府の西の端を流れる相川の河原で磔《はりつけ》にされた。

陣触れが国を駆けた。軍役に服せば賦役の一部が免除され、敵地で奪った糧食、家財、足弱《あしよわ》はその者の取り分とする、という触れ書が郷の入り口に立った。

田植えの終わった天文四年（一五三五）、水無月六月。

一万を率いて、信虎は甲府を出陣した。

大手門へ一門の者たちが列を作って見送る。大井夫人が信友を手招きした。乳母の腕で安らかに寝息をたてる男児は孫六《まごろく》（のち信廉《のぶかど》）と名づけられた。

「私はやりましたよ。今度は貴方の番ですからね」

大井夫人はふっくらとした顔で信友を見あげ、得意げに言った。

「競っていたんですか、義姉上と私は」

「貴方が男子でよかったというものです。貴方は外、私は内を守りましょうな」

敵の娘として嫁いできた彼女が、いかに夫を支えてきたかは、口に出さずとも想像でき、ただ感謝の気持ちが信友の胸に満ちる。

「義姉上は今川の女大名・寿桂尼に比する英傑にて。では、往って参ります」

「御武運を」

横に並ぶ彼女の息子たち、娘たちに笑いかけ、具足を鳴らして馬にまたがった。八幡大菩薩の真言が背中を押す。振り返れば小旗を持った童の代わりに、背ばかりは大人と変わらぬ太郎が、合掌のまま こちらを見ていた。

次こそは初陣にございますな。心の内で次代の屋形に呼びかける。白地に朱丸の御旗を掲げ、黒い漆塗りの葛籠に入った楯無を押して、躑躅ヶ崎館を出た。

一度ここを出れば、帰るまでは死者と同じ定めである。

鉦太鼓を鳴らし、「南無八幡大菩薩」の旗を掲げた足軽は、南下するごとに数を増してゆく。

勝沼衆も嫡男・五郎信良、渡辺源蔵以下兵は千五百を超え、富士川ぞいの駿河往還に入ると、隊列は長く伸びきった。

両岸にせりだす岩壁と針葉樹の深い森を見あげ、信良が声を潜めた。

「御屋形さまが御旗楯無を持ちだされたというのは誠ですか」

「御旗楯無とは、何にござります」

後ろを進む若者が大声で訊く。教来石景政《きようらいいしかげまさ》（のち馬場信春《のぶはる》）という武川衆の地侍で、恵まれた体軀と山育ちの健脚、武芸の腕を買って信友が召し抱えた。信良より三つ年上の二十二歳で、怖いものなどこの世にないといった風であった。

信良が景政に説明してやる。

「武田の家宝で、これに誓ったは神仏に約したと同じく、翻すことまかりならぬ。このたびの戦さ、御屋形さまは御旗楯無に誓ったと聞いておる」

「御仏が戦勝に導いてくださるということですな」

喜ぶ景政に、信良はやれやれと首を振る。

「この狭い山道を見い。『我先に之に居らば、必ず之を盈《み》たして以て敵を待て』じゃ。かような隘路《あいろ》では敵より先に布陣することが肝要。敵が先に居たなら攻め入っても勝てぬ。私は敵の伏兵を案じているのだ」

「誰の教えでございますか。兵法書に書きつけておきまする」

「孫子じゃ。もう兵法書に書いてある」

若は物知りにて、と景政は感心したようだった。

それから二人は、駿河往還は富士が見えるものだと思っていたが、手前の山が大きすぎて見えぬのだな、などと話しはじめた。

若者の他愛ない会話を聞き、信友は地蔵ヶ岳のお上人岩と、そこから見る景色を懐かしく思い返した。

「景政。武川にはよい湯治場があるかな」

景政は誇らしげに胸を叩いた。

「名湯、秘湯、いくらでもございまする。案内《あない》しますゆえ帰陣のおりはぜひ」

殿は武川においでになったことがございますかと景政が訊くので、片目を瞑ってみせる。

「口外してはならぬが、わしは武川の生まれなのだよ」

御冗談をと景政が闊達《かったつ》に笑う。

再び顔を前に向けると、いつのまにかキサチが轡《くつわ》をとって歩いていた。キサチは油断なく目だけ動かす。重要な報告の合図だった。

「駿河では太守・今川氏輝自ら出陣する様子」

寿桂尼が後見していた子も、軍を率いるほどに成長したか、と妙に感慨深い。

今川氏輝が駿河往還の出口となる富士口に来る前に帰陣したいが、これだけの大軍勢、退き際に背後を狙われるやもしれぬ。いっそ正面切って一戦構えるか。考えを巡らす。

「氏輝が駿府をいつ出陣するか続き探ってくれ。富士衆の動きも」

「は」

甲駿国境いである万沢口を越え、富士川が大きく蛇行する富士口、平野の出入口にさしかかった七月のはじめ、今川に与する地侍が奇襲を仕かけてきた。事前に動きを摑んでいた武田方は、足軽衆を二手に分けて返り討ちにした。

勢いに乗じ、近くの鳥波《とりなみ》という集落を焼き払い、苅田を強行した。収穫前の稲をすべて刈り取り、奪うのである。

山地に陣取った信友は、息子に眼下の村落を示した。

「苅田を行い、火を放ち、いかに糧食を得るか」

刀を抜いて抵抗する百姓は斬り殺し、女子供や老人といった足弱は腰縄をつけてひきたてる。納屋から俵を運びだす足軽の一団が見えた。火の粉は森にも飛び火し、山火事となりはじめている。

「善い悪いではない。これが戦さよ」

真剣な顔をして信良は頷いた。

「はい」

振り返ると、夕闇に沈もうという巨大な山塊がある。こちらに山津波と押し寄せるような錯覚に、背中が総毛だった。

いた。

「ハイヤマ……」

裾野の南側にもうひとつ、子を負うたように別の山の峰が張りついているのに気づいた。

なるほど、甲斐や郡内など山の北側からは見えぬ、別の山が南側にあるのか。信友は何となく気になりながら焼き討ちした村落をまわっていった。

武田方はしばし富士口に留まることとなった。疲れを休め、周囲の村落で略奪を行うためである。二週間後の二十九日、今川氏輝が兵を率いて駿河を出たという報が入った。

「氏輝めがどれほどの戦さ下手か見てから帰る」

信虎は一戦構えると決めた。陣を後退させ、地の利のある万沢口にて合戦すると軍議で決した。今川本隊はあと二、三日で富士口に着陣すると思われた。

夜半、キサチが戻って来た。

「凶報でございます。小田原で陣触れがでたと」

すぐには言葉が出なかった。

北条は一昨年、去年と、里見氏、真里谷氏を切り崩し、房総半島の内戦に介入していたから、今年は武田にまで手がまわらぬと踏んでの駿河出兵だった。

北条が出兵すれば、合戦場は富士の東山麓、須走口か籠坂峠と決まっている。迎え討つは郡内領主・小山田越中守信有で、全兵力を動員しても二千に足りぬ。北条との戦さを知り尽くした小山田越中守は、五年前に矢坪坂合戦で負傷して以来、足が不自由である。弟の弥三郎を大将として出陣することになるやもしれぬ。

富士の東と西で同時に合戦となろう。

軍を分けて二つの強国を迎え討つ。今の武田は今川、北条どちらか一方なら押し返すこともできる。兵力のほとんどを万沢口に集めたいま、二国を相手に勝てようか。

「……勝てぬ」

答えは自明だった。いつか軍議終わりの宴席で、荻原常陸介が酔いにまかせて言った。

「武田が滅ぶとすれば、今川が富士口、北条が須走口から同時に侵攻したときであろうな」

そのときが来たのか。信友は戦烏帽子の上から蒸した頭を掻く。

「小山田を見捨ててはならぬ」

小山田氏は信虎の妹が輿入れし、一門衆に準じる国衆だ。見殺しにすることはすなわち、「いざというときには家臣は矢盾として捨てる」と家中に示すことである。

「手はあるはずだ」

荻原常陸介、楠浦刑部は甲府の屋敷か隠居先で、この報を聞くだろう。彼らなどうする。

両手を組んで額におしあて、脳裏に絵図を広げた。

目を瞑り、深い思考の淵へ沈みゆく。

甲斐、駿河、相模――足りぬ。常陸、房総、上野、武蔵、佐久、そして諏訪。それぞれを治める国衆、大名たちを思い描く。

そうしてしばらく黙っていた。

瞼を開けると、息を殺して待つキサチの姿があった。山伏に扮した彼の足には血豆ができ、脚絆は泥の色をしていた。

「必ず北条が動くという証が欲しい。でなければ御屋形さまには伝えられぬ。行ってくれるか郷左衛門」

「承知仕りました」

山伏は風のように陣を出た。出陣のころより肌寒くなった宵闇に、秋虫の声だけが残った。

八月二日。今川氏輝は富士口に着陣した。

二里の間を間諜が駆け、山造や山師からなる金山衆が、木を伐りはらって尾根筋に砦を築いてゆく。川をせきとめて浅瀬とし、馬防柵が立てられた。

十日迷い、氏輝が動いたのは十三日であった。信良が言った「隘路に敵が先に布陣しているときには踏みこんではならぬ」という兵法の禁を、氏輝は犯した。

キサチが戻ってきたのはさらに四日が経った、十七日夜だった。

遅いと叱責しようと陣幕をくぐると、血の臭いがし、蹲る影があった。左腕が折れ、耳を削がれ、右手の指がすべてちぎれていた。

敵に見つかって拷問を受け、隙を見て逃れたと、キサチは掠れ声で告げた。

「北条氏綱、氏康親子が小田原を出陣し申した。おそらく昨日」

「……数は」

「一万」

思わず天を仰ぐ。大永六年（一五二六）の梨木平合戦ですら、五千ほどであったと記憶している。

「俺の失策にございまする。報告を終えたら俺を手討ちに」

「郡内へは」

「小山田様は今日にも手勢で籠坂峠へ向け出兵される由」

「お主の沙汰は後じゃ」

キサチを連れて信友は本陣へ走った。陣幕を荒々しくわけ入り、屋形の前に跪く。

「火急の用にて御無礼仕る。北条が動き申した。小田原を出て足柄峠を越え、まず深《ふか》沢《さわ》城に入った後、須走口より郡内領に入る様子。深沢着陣は明後日十九日と見えまする」

「諸将を呼べ」

信友は陣幕から出ようとした屋形を制した。

「将を集める前に、これから某が申すことをお聞きくだされ」

「手短にしろ」

信虎は、弟が何を言うか、まだ分からぬようだった。

「御屋形さまは動いてはなりませぬ。退かば今川に背後を突かれましょう。合戦は軍議どおり進め、そして勝つこと」

「北条の備えはいかにする」

「某が参ります」

「間にあわん」

富士川を北へ遡り、本栖湖、河口湖と富士北麓を大まわりして上吉田まで、どんなに急いでも四日、あるいはそれ以上かかる。

目の裏に、燃えさかる吉田の町が映る。富士講で宿とした御師の家が燃え、逃げ惑う片腕のない娘が、嬲り殺しにされる。ひと月前、自分たちが鳥波を焼いたように。

氏綱が国境いの乱取りで満足せず、さらに兵を進めたならば、甲府盆地へ北条勢が雪崩れこむ。守る兵はほとんどない。

「氏綱はいくらで出た」

落ちつきなく信虎は手にした軍配の房をいじった。

「一万余。三島《みしま》、沼津《ぬまづ》の今川勢もこれに同陣し、ともに進行するものと」

「深沢城へ着くころには、二万に膨れあがっているであろうな」

軍配を投げつける音が響き、信虎は矢継ぎばやに命じた。

「扇谷朝興に急使を飛ばせ。さんざん助けてやったのだ、江戸城に迫って北条の背後を脅かせと伝えよ。諏訪も動くやもしれぬ。今井氏に関所を閉じさせ、獅子吼城に籠城せよと」

「お聞きくだされ御屋形さま。私であれば二日で須走口まで参れます」

しばし、二人の間に無言のときが流れた。

「莫迦な、どうやって」

「富士を越えて」

「…………」

「もともと私は狒々です。夏山を越えるなど平地を走るがごときにて。道も見当をつけております」

近習《きんじゅ》に地図を持ってこさせ、信友は道を示した。万沢口から山地に入って峠を越え、その後は富士南麓を進み須走口へいたる。修験者しか通らぬ、道無き道である。

「富士南麓の山中を横断すれば二日で往けます。勝沼衆は山越えには慣れております」

「しかし、勝沼衆は二千に満たぬ……」

初めて信虎は先を言い淀んだ。

「はい。私と小山田が足どめしておるあいだに、御坂峠、笹子峠、甲斐への出入り口をすべて固めます。扇谷に背後を突かれると悟った北条が、退くを待つ。これしか方策はありませぬ」

言いながら、顔が歪む。それは、小山田と自分が無事ではすまぬ策だからだ。

「小山田を見捨ててはなりませぬ。武田副将が後詰したとあらば、たとえ——」

さすがに声が詰まった。大きく息を吐いて、信虎の目を見据えた。

「たとえ私を失おうとも、面目はたつ。否、より深い臣従を得られるはず」

「人の情をさように量るな！」

はじかれたように信虎が叫ぶ。声を振りしぼって食いさがった。

「将を一人失うことの、いまさら何を恐れますか！」

陣幕の外では、篝火の薪が爆《は》ぜる音だけが聞こえる。はるか遠く、どこかの峰で、信友を呼ぶように山犬の遠吠えが一度、長く尾をひき消えていった。

「勝沼次郎五郎信友、今生《こんじょう》の別れにございまする」

眉を寄せ、信虎は目を閉じた。今年で四十二になる男の、目の下の色濃い隈、薄い唇の両脇に刻まれた皺。すべては彼が味わった辛苦の表れだ。

「国と人を少しずつ削りとられ……いつまで耐えればいい」

後を続けようとして声にならず、信虎は拳を目頭にあて、噛みしめた歯のあいだから息を吐いた。

「狒々。具足一切置いて、山へ帰れ」

不器用な、愛しい人。

山で死にかけた己を、武士として生かしてくれた人。

「狒々めは、虎に会《お》うて武士になりとうて。山を降りてここまで参りました」

信友は首からさげた御守りをはずした。かつては山吹色の糸で「美篶天伯社」と縫いとられていた守り袋は擦りきれ、護符が透けていた。両の手につつみ、口を寄せて息を吹き入れる。

「息吹には魂が宿ると申します」

屋形の首に御守りをかけた。

「どうかお連れくださいませ」

信虎が瞼を開いた。

「わしの善き半身。小山田への後詰、頼まれてくれるか」

兄は、今諏訪の合戦でも自分を頼ってくれた。それが何より嬉しかったのだ。

「悦《よろこ》んで」

できるなら、叶うのなら。

不求同日生、只願同日死、三人同行同坐同眠、誓為兄弟。

旧き誓いを守れないことだけが、わずかな心残りではあるけれども。


十八日未明。諸将が集められ、屋形の口から北条の小田原出陣と、信友の転進が告げられた。死地へ往くのは明らかで、沈鬱な空気に陣は重く沈んだ。

「何を臆しておいでか」

ただ一人、床几から立ちあがって大喝した男がいた。広い背の、ずんぐりむっくりした足軽大将。

原虎胤。お前か。信友は額に手をあてた。

「国中を焼きはらわれ恵林寺に逃げこんでも。甲府の目と鼻の先まで攻めこまれようとも。御屋形さまは盛り返し、大勝を収めてこられた。武田の戦さはここからにござろう」

虎胤はぎらつく目をこちらに向ける。

「わしも征きますぞ。手柄を総獲りされてはかないませぬからのう」

「気持ちは嬉しいが、こたびはわけが違う」

つかつかと虎胤は歩み寄り「御免」と言うや、信友の頰を叩いた。

全員があっと声をあげ、まず甘利備前守虎泰が虎胤の腕を摑んで引きずった。

「気が触れたか、控えろ虎胤！」

多田満頼にはがい絞めにされてもなお、虎胤は叫ぶのをやめなかった。

「相模さまはいまや、この陣において戦場の絵図が視える唯一人の御方。白状なされ、北条に勝つ策があると」

「勝つ策は……ある」

陣中が静まり返り、無数の視線が信友に注がれた。

「聞こえませぬ、大きな声で」

煽る虎胤を、青筋をたてて睨みつけた。

「わしを誰だと思うておる。猛き甲斐の虎の弟ぞ」

「なればわしは虎の牙となりましょう」

清涼な風が陣幕をはためかせ、朝日がさした。

足軽大将たちの腕を振りはらうと、信友の前で虎胤は膝を折り、拳をついた。黒曜石の石守りが白々と光を受けて輝く。袖や胴丸には細かい傷が無数に刻まれ、縅糸はあちこち綻んでいた。

信友は意を決して切りだした。

「武田が滅びぬために。兄上、お願いがございまする」

太陽が中天へさしかかるころ、勝沼相模守信友を大将、原美濃守虎胤を寄騎とし勝沼衆一千、原隊三百は万沢口を発った。虎胤は後詰に際し、屋形より美濃守の名乗りを許された。

縅糸を間引きして、動きやすくした朱糸素懸《すがけ》縅の黒漆鎧に、桜の大弓を背負い、太刀と脇差、そして山刀をさげた信友は、信虎から兜を受けとると、戦烏帽子の上から被った。

家宝、楯無の兜。

十枚張の厳めしい星兜は、額と吹き返しに牡丹に獅子を描いた絵韋《えがわ》が張られていた。何代の祖先がこの兜の前立てを輝かし、古来の戦場を駆けただろう。

信良が前に立ち、朱色の紐を顎で締めてくれた。そうして、息子と目線がほとんど変わらぬことにいまさらながらに気づいた。

「父上の御武運を祈っております。いつも」

信良の目は真っ赤に腫れていた。山行に慣れぬお前は足手まといだと、同行を許さなかった。手を伸ばし頰を撫でてやる。信良は薄い唇を嚙んでじっとしていた。

「景政、信良を支えておくれ」

「若を必ず御守りいたしまする。殿も……」

後ろに控えた教来石景政は、後を継げず、肩を震わせうなだれた。

「不甲斐ない父ですまぬ。万一のことあらば、今井左馬助どのを頼りなさい。竹松と松葉《まつば》の兄として、二人を頼む」

双子の兄妹竹松と松葉はまだ六つで、父の顔などじきに忘れてしまうだろう。正式な祝言もあげずに引きとった二人の母には、申し訳ないことをした。人として、足りないばかりであった。

せめてと願う。信良には、父の姿を覚えていて欲しい。

「私は父上の子であることを、誇りに思いまする」

肩を震わせる若武者に、諸将が洟を啜る音が聞こえる。

栗毛の愛馬にまたがり、割菱の朱旗を掲げさせる。出陣を告げる陣太鼓は谷間に重く響いた。

諸将が拳をつきあわせるなかを、信友はゆっくり駒を進めていった。穴山伊豆守信友、今井左馬助信甫、板垣信濃守信方、甘利備前守虎泰、飯富兵部少輔虎昌。続いて横田高松、小畠虎盛、多田満頼。得体のしれぬ自分を補佐してくれた外様《とざま》の足軽大将たち。

一人ひとりの日に焼けた顔を見、楯無の兜の庇をあげて、笑って見せた。

「御屋形さまを、よろしく頼み申す」

人が途切れる先に、鬼鹿毛に乗り、鉄黒の陣羽織に身をつつんだ屋形がいる。二人はつかのま視線をあわせた。悲しみ、諦念、怖れ。口を開けば感情が奔流となって溢れそうだったので、唇をかたくひき結んで頷いた。

「躑躅ヶ崎で今度は月見の宴をするぞ」

「よいですな」

屋形の口が動く。

ゆけ、アケヨ。

「では、出陣！」

従う原美濃守虎胤が鑓を掲げた。隠密行動ゆえ旗指物は隠しての出陣である。信友の視界から八幡大菩薩の幟旗《のぼりばた》が流れて去る。

喉の奥を食い破りそうな熱がせりあがるのを、奥歯を嚙んでおし殺す。

本陣が遠ざかる。木々をわたる風は、もう熱を失って秋の気配に満ちていた。

山道に入ると、信友は馬を降りた。楯無の兜や太刀をとって荷駄に積む。膝を屈伸し、クマザサの藪に訊いた。

「行けるか、キサチ」

藪から忍び笑いが返った。

「北条の奴ら甘《あめ》ぇで。足を残してくれた。行けるずら」

「神歩で行かず」

「虎胤どのが迷子にならんよう、気ぃつけ」

藪が揺れ、気配は去った。道無き道の見当をつけに行ったのだ。

足のつけ根を軽く叩きながら、信友は虎胤に馬から降りるように言った。

「三ツ峯者の山行術でゆく。具足も脱いだ方がいいぞ。早う」

「何じゃと」

「遅れれば置いてゆくぞ」

言うや、信友は山道をそれ、反りたつ岩場を登りはじめた。渡辺源蔵も何食わぬ顔で続く。慌てて虎胤が具足を脱いで追いかける。そのころには高さ三丈（約十メートル）は登っていた。

「虎胤、おんが踏んだところだけ踏んでこい。はずせば谷底に落ちるぞ」

返事をする余裕もないのだろう、荒い息だけを背で聞いた。武蔵から虎胤につき従い、足軽組頭となった志毛新兵衛が「もう駄目です」と情けない声をあげている。

信友の耳には、一里先のキサチの足音が聞こえる。山行術に優れる者を百人ごとに一人配し、口笛で合図をとりつつ進んだ。

折れ連なる斜面を越えて峠にでると、はるか下に富士川の流れと武田の本陣が見え、川の中州で、誰かが正方形にちかい形の四方旗を掲げて立っている。山刀の刃に陽をあて反射を返してやると、気づいたのか、左へ右へ、体を折って旗を振る。白地に黒の割菱が翻る。

小旗を手に、泣きべそをかいていた童が。

「ああ。お前が次の武田の副将となれ」

二度と振り返らぬために土を強く蹴り、信友は一匹の狒々に戻った。肺の空気をすべて吐き、丹田に熱が宿る。上体は動かさず、低く構えてつけ根から足を前に出す。木の根が這う斜面のどこを踏めばいいか、地面が光って見えた。

再び眺望が開けたころ、立ったまま少し休んだ。半日かかる峠越えを一刻足らずで降り口まで来た。遅れてやって来た虎胤たち足衆は、言葉もなく座りこんだ。斜陽に赤く染まる富士の裾野を越えて、雁の群れが飛んでゆく。田畑と杜《もり》が交互に重なり、か細い炊煙で集落があると分かる。南に目を転じれば、なだらかな丘陵の向こうに灰色の水面がちらりと見えた。

「……あれが海」

初めて見る海だった。武蔵の見沼よりもずっと広い。しかしいまは海に気をとられている場合ではない。峠を降りれば、一里ばかり平地を横断して富士の森へ入る。敵斥候に見つかる危険を冒したくない。

「虎胤、日暮れを待って平地を突っきる。越えれば富士だ」

空の竹筒をあげて虎胤は返事とした。

渡辺源蔵が平野の北側、狭まったところを示した。

「あのあたりに古桜があり、かつて頼朝公が巻狩りをなされたときに仮宿とし、馬をつないだという伝承があり申す。曾我兄弟の墓なるものもちかくにあると聞きます」

ここが、始まりの地。

富士の巻狩りにて山神の怒りを買い、東国の武士に《景光穢》がおよんだ地。

ざっと山風が吹いて、陽が翳り、田から鳥がいっせいに飛びたった。黒い群れをなして旋回し、耳障りな鳴き声はここまで届く。

地の底でざわざわと何かが動きだすような感覚を、足の裏で感じた。

気配は感じないが、ちかくに居る。

山神が見ている。

「追いかけてこい」

陽が落ち、林は闇につつまれた。虎胤の足軽衆はたがいを腰縄でつなぎ、はぐれないようにした。山際ぞいに慎重に進み、一刻後、無事に針葉樹の森に入った。

ここからは富士の山である。

獣道の入口に注連を張った磐座《いわくら》があり、地をえぐって巨大な穴が開いていた。沁みだす冷気であたりは寒い。風穴《ふうけつ》と言い、これに似た深い洞窟が裾野にいくつかあると渡辺源蔵が言った。

三ツ峯者のあいだでは、こうした穴は神が通る道だと伝えられていた。別の風穴へもうじて深くは黄泉にまで降りているのだと、信友はかつて古老に教わった。

三ツ峯者の作法にならって榊《さかき》の枝を捧げ、酒をまいて山に入る許可を求めた。

「勝沼相模守信友、またの名をアケヨと申して、御君が治むる峰々に入らせ給う」

地の底から吹く風は、こう聞こえた。

《アケヨ》

やはり見ている。ここがお前の居た山か。

東国の武士を呪い、アケヨを呪ったあの山神は、もともといずこの神であったのか、疑問であった。十三年前、富士に登ったときは上吉田から北嶺の道をたどったが、気配はなかった。だからハイヤマの神ではないと考えた。

いまは見える。富士南麓に頭を突きあげる「もう一つの富士」が。

三ツ者に調べさせたところによると、名は愛鷹山《あしたかやま》。足高山《あしたかやま》とも称され、伝承によれば富士が生まれるより古くにあった火山だという。噴火を繰り返す富士に呑みこまれ、火口とわずかな頂きだけが残った。

信友は穴に囁いた。

「愛鷹山の主よ。約定違えず来たぞ」

風穴のちかくで浅い睡眠をとり、翌朝、陽が昇らぬうちに富士の山道に入った。

一転して霧が深く、小雨が舞う一日となった。針葉樹の森はどこまでも変化がなく、東西南北が分からなくなる。

計算では今日のうちに富士と愛鷹山の折り重なる谷間にいたり、明日の夕刻には須走口の西端、北条方の城である深沢城から、約一里の場所にでる。

二刻（約四時間）ばかり歩いたころ、白い息を吐いて虎胤が信友を呼んだ。

「隊の後ろから、人の話し声が聞こえると新兵衛が。わしも二度聞いた」

目を細めて霧の向こうをうかがうと、たしかに人が蠢《うごめ》くような気配がある。

「気にするな。此岸《しがん》と彼岸《ひがん》の境目ゆえ、気をやると引きずられるぞ」

虎胤は大声で気にするな、と部下を鼓舞した。すると気配がこつぜんと消えた。

「お主のあり余る生気には頭がさがる」

「うん？　何じゃと」

「こちらの話じゃ」

信友はこめかみを揉みほぐした。富士に入ってから頭が張って、締めつけられるように痛んでいたが、少し楽になった。

万沢口ではもう合戦が始まっていようか。

屋形は必ず勝つと仏へ祈る。

「南無八幡大菩薩」

祈りが通じたのか、とつぜん森が途切れ、一面の芒原《すすきはら》にでた。

風が吹きあげ、霧を散らすその向こう、左手に富士の山頂、右手に愛鷹山が見えた。中天をすぎた太陽が、霧に湿った体をあたためる。

ちかづくにつれ、愛鷹山は複数の峰が連なり、裾野と一体となり南に広く伸びているのが分かった。最も高い北側の峯が切りたち、富士と接する谷道へいたると、両側に岩が迫りだす渓谷となった。陽が落ちあたりが見えなくなるまで進み、夜営とした。

信友は高い岩に登り、闇に気配を探った。

虎胤が大声で活を入れてから、ひたひたと追ってくる気配は消えた。キサチも「首の皮一枚つながったわ」と安堵の息を吐いていた。

「誰を待っておる」

足元から声がした。岩場を登ってきた虎胤に手を貸してやる。虎胤は瓢箪《ひょうたん》の酒を呷り、こちらによこした。

「足が動かぬ。三ツ峯者どもは韋駄天じゃな」

　少しだけ口をつけると、腹の底へ燃えるように液体が落ちていった。胡桃餅を火で炙ったのを肴《さかな》に、交互に酒を腹に流しこむと、緊張がゆるんだ。

「真田郷の天白社で《景光穢》の話を聞いたじゃろう」

　問いかけに、虎胤は背をひと振るいした。

「どうせいい話じゃなかろう」

「頼朝公に富士を追われて以来、坂東をさまよい、武士を呪う者がいる。わしは、その神と浅からぬ縁がある」

「『楯無の首を獲れ』というやつか。楯無ではなく、楯無の首とはどういうことじゃ」虎胤は餅を酒で流しこむ。「下総では山神など縁遠かったが。癪だがおるもんは『居る』んだろう。お主こそ、ときおり山神が人の形をしているのではと思える」

「いなよう言うちょ」

　苦笑いを漏らすと、虎胤は忘れろと手を振った。

「まずは北条ぞ。あの家は山神など恐れやせん。合戦に敗けては呪いも糞ものうなるわ。いいか、わしに策がある」

「ほう、虎胤が策をたてるとは」

　茶化すでない、と虎胤は口を尖らせた。手招きするので耳を寄せて策を聞いた。

　岩を降りて空を見あげる。群雲《むらくも》が見る間に月を隠し、墨をたらしたような闇となる。橅《ぶな》の森は死者の都かと思われるほど静寂に満ち、梟の声ひとつ聞こえない。己の体を闇にひたし、アケヨはつかのま眠りに落ちてゆく。

夜明け前に岩場を発った。

愛鷹山が背後に流れ、ゆるやかなくだり坂に変じた黎明の原野をひたすら走った。森は針葉樹から落葉樹へと変わり、陽の光がさしこむ。とちゅう、深沢城から来たという山伏とすれ違い、北条勢はすでに深沢城に入ったと知った。

「急げ」

二日間悪路を走りどおした脚は棒のようで、足の皮は破れ、鞍に打ちつけられる腰はひどく痛んだが、無駄ではなかった。わずかな希望に体の痛みがひいた。

夕刻、小高い丘から、深沢城が見えた。

誰も彼もその場にへたへたと座りこんで、安堵の息を腹から吐いた。

「まにあった……」

ただ一人、信友だけは深沢城をじっと見た。

総大将・北条氏綱、嫡男・氏康の在城を示す三つ鱗の流れ旗、対揚羽蝶の旗、その他に黄青赤白黒の五色に等分された陣旗が随所に立てられていた。城に入りきらない兵は城外に野陣を張って、炊煙がさかんにあがっている。信虎が、北条軍を「二万」

と予想したのは正しいと思われた。少なく見積もっても万は越えている。

それにしても、炊煙の多さが気になった。

深沢城からは箱根の裏街道と呼ばれる道が、北西に伸びている。山に囲まれた駿東地方で唯一大軍を展開できる須走平野があり、籠坂峠までゆるく登り坂になっている。信友が参陣し北条が大敗した梨木平も、籠坂峠手前の平野である。

深沢城から籠坂峠までは四里ほど。富士をさえぎるようにはりだす高い山の頂上が、籠坂峠である。

明日の朝に深沢城を出たとして、昼には北条軍は籠坂峠に殺到する。御坂峠を下れば半里で山中湖、さらに一里で上吉田。すべて一日で往来できる範囲にある。

明日で武田の命運が決まる。

籠坂峠を見て、キサチが兵が入っておりますなと言う。郡内から駆けつけた小山田勢であろう。兵数はおよそ二千。

渡辺源蔵がおやっと深沢城を示した。

「旗を片づけるようでございます」

彼の言うとおり、城外の陣旗が降ろされはじめている。多い炊煙。陣ばらいの気配。

「夜襲だな」

虎胤の言葉に、全員が頷いた。夜陰に乗じて籠坂峠に奇襲をかけ、一気に崩す手はずであろう。

信友はここまでついてきた全員を見た。

「止めるぞ、我らの役目だ」

◇

戌《いぬ》の下刻（夜八時ごろ）、深沢城から一軍が出陣した。

月の出には早く、冷えこむ野を静かに進む。隊は三つに分かれ、箱根街道と並行する道をそれぞれ進んでいった。

須走は名のとおり、富士の湧水が傾斜にそっていく筋にも流れている。城を出て半刻が経ったころ、路の脇を流れる沢でさっと影が動いた。土手を斜めに駆けあがり、馬の腱を切ってまわった。

馬がつぎつぎ悲鳴をあげて膝をつき、将が転げ落ちた。何ごとかと他の二隊も歩をとめる。

「脚を斬られた！」

道と道の間は三十間（約五十五メートル）ばかり。脇は岩の転がる沢である。大軍は動かせないはずだ。一隊、兵二千を任されていた北条常陸介綱高は、弟の高橋民部《みんぶの》助《すけ》氏種に命じた。

「仔細聞いて参れ」

「……は」

氏種は渋々沢へ降りた。暗がりで何も見えぬし、沢には冷気が漂っている。鑓を杖がわりに足を踏み入れると、寒気が足から頭へ一気に抜けていった。

神野原合戦から十一年。玉縄城代に任じられた兄について相模、武蔵で扇谷上杉氏との抗争に明け暮れた。弱兵と見えて退くときは素早く、のらくらと戦いを続ける管領側の戦い方には嫌気がさす。

兄は賢く、強い。従っていれば間違いはない。北条家は日増しに強大になり、いまや武蔵相模二国だけでなく、上総、下総、安房まで手中に収めようとしている。そんな大国において、二十七にして妻子もおり、民部助という立派な官途まで頂いておいて、何が不満だ、と己に問う。

思い返すのは、決まって神野原合戦だ。

「分かっとる。答えなど」

背後で水音がした。凄まじい殺気が稲妻のようにほとばしって、咄嗟で身を捩った。右腕を何かが掠め、隣の足軽が倒れる水音が派手に響いた。

体中の血が逆流し、氏種は鑓を構えた。

「敵襲っ」

川上へいった気配が、再び水を踏みしだいて戻りくる。星空に形だけが影と浮かんだ。久しく忘れていた血の猛りに、氏種は人知れず笑みを浮かべていた。

◇

侍大将らしき男の腕を斬り損ね、信友は川中で反転すると、岩を蹴って山刀を振りかぶった。「敵襲っ」と鑓の穂がかすかに光る。

敵には見えまいが、信友には敵が見える。数は十ばかり。先頭は見覚えのある鹿角飾りの兜の将である。神野原で左腕を斬られたことを思いだす。

「弓を引けるようになるまで丸一年かかったぞ」

しゃにむに繰りだされる鑓を躱《かわ》し、踏みこんで山刀を胴に叩きこむ。川底を蹴って離れ岩陰に逃れる。

討てぬ。浅かった。

信友のとった作戦は、徹底的な足どめだ。

まず敵先手衆《さきて》を三ツ者で攪乱《かくらん》する。機先を制して出鼻をくじき、敵を深沢城に足どめする。

信友は反対を押しきり自ら出た。敵の陣容をどうしてもこの目で見ておかねばならなかった。先手は各隊二千ほど。キサチの調べでは先手は北条綱高、葛山氏広、松田左馬助と見えた。御宿や高田といった在郷の駿東勢もまじっている。

先手衆六千。全軍二万と見て、残り一万四千はまだ深沢城だ。

氏綱と氏康が深沢城で高みの見物を決めこんでくれればいいが。戦巧者の氏綱は、必ず城を出るだろう。

この戦さは、勝たなくていい。負けなければいいのだ。

援軍が来るまで、防ぎきればいい。それが武田の勝ちだ。

どこで防ぐか。見極めなければならぬ。

あちこちで馬の悲鳴が聞こえ、隊列は停滞している。火矢が射かけられた。信友も枯れ草に火をつけてまわった。黒煙とともに周囲が明るくなる。退きどきだ。幅一丈（約三メートル）の狭い沢を川上へ走った。

具足の音がし、振り返ってぎょっとした。高橋氏種が単身追いかけてきたのである。炎に浮かぶ顔に刻まれた深い向こう傷が、彼の十年を物語っていた。

氏種は鑓を向け、凄まじい殺気を信友に放った。

「お主、見覚えがある……記憶が正しければ、間者働きなどする将ではない」

信友は身を軽くするため、鉢金と籠手と佩楯しかつけていない。

「久方ぶりじゃのう、助七郎」

「やはりか、相模守信友ッ」

言うや太腿を狙って鑓が繰りだされた。飛び散る火の粉に鑓の穂先が光る。柄を踏んで、鑓を川底の岩に打ちつけた。氏種の手元がゆるんだところを、柄の真ん中ばかりに足をかけ、跳んだ。首筋へ山刀を振りおろす。

「チッ」

氏種は喉を覆う喉輪をしており、首を浅く斬っただけだった。腹を蹴られ沢に尻もちをつく。たまらず顔をあげたところを押さえつけられた。目方をかけて乗られ、身動きがとれぬ。

「がっ」

頭を鷲摑みにされ、水に沈められる。肺から空気が抜けた。足をばたつかせても、いましめは解けない。十一年前、太刀をあわせたときは押し勝てたというのに。

水中にまで押し太鼓の音が響いてきた。氏種の手がゆるんだと見て、拳で鼻柱を殴りつけ、顔をあげた。

「かはっ、はあっ」

どっどっど、と聞きなれた押し太鼓に馬蹄の音。氏種が西の方角を見てばかな、と漏らした。敵の隊列からも驚きの声があがる。

「虎が攻めて来た」「甲斐の虎じゃ！」

氏種が顔を歪め、兵を叱りつける。

「信じるな、敵は勝ったとはいえいまだ富士の向こう側ぞ」

「武田が勝ったのか」

信友が食いつくと、氏種はしまったという顔をした。

「御屋形さまが勝ったのじゃな」

「知らぬ！　今川に討ち取られたと聞いたわ！」

信友は拳を水面に打ちつけた。

勝った。なれば甲斐を守る道もひらける。

「流言じゃ。信虎なぞ来ておらぬ！」

喚く氏種を振りきって土手を登ると、目の前に白地に八幡大菩薩の大軍旗が翻った。

全身が震えたのは寒さのためではない。信虎の大将旗である八幡大菩薩の旗を掲げよう、と策を具申したのは虎胤である。

あの旗のもとに兄はいる。富士の向こうで勝鬨をあげている。

ならば生きて、戦うまで。

燃えさかる炎を割って、赤銅色の馬列が現れた。横十人、縦三列。後ろに足軽二百五十余。八幡大菩薩の旗を掲げ、富士の森を一気に抜ける。鬨の声をあげて鑓を低く構え、敵横腹へ突っこんだ。奇襲に隊列を組みなおす間もなく、北条方は恐慌に陥った。鑓に串刺しにされ、薙ぎ倒され、踏み潰される。叫喚が、焰の巻く野に木霊した。

土手を這いあがった氏種が「その足軽を囲め」と命を飛ばし、信友は囲まれた。七、八本の鑓が信友の喉、心臓、腹に向く。

そのとき、囲みの一角が蹴散らされ、荒々しく騎馬が乗り入れた。逆だつ虎髭に黒糸縅の鎧。背に九曜紋と八瓢箪の旗指物をしていた。

「虎胤！」

太い腕が伸びて信友の体をさらい、囲みを抜ける。信友は虎胤の愛馬の尻を叩き、昂《たかぶ》るままに叫んだ。

「あの鹿角、高橋民部氏種ぞ！　手柄首を討て」

「頭を冷やしなされ、阿呆次郎五郎さま」

志毛新兵衛が塞がる者を鑓で貫き崩して、虎胤は敵陣を駆けあがり、ひたすら前方を目ざす。氏種は諦めたらしく追手はこなかった。

耳に届く虎胤の声は落ちつきはらって、信友の体の熱を冷ましていく。

「先手を崩すが上策。将を討つは下策。言うたは阿呆次郎五郎さまですぞ」

「氏種。あいつを見るとどうも、頭の芯がカッとなる」

「似た者同士では」

「黙れ」

馬を駆って渡辺源蔵もあがってきた。動揺した松田、葛山はまだ隊をたてなおせておらず、後方では同士討ちも起きているらしい。

敵戦列の先頭が見えた。赤地の三つ鱗紋。ややさがって黄地に八幡旗。

「北条綱高。他にもおるな。北条一門の将か」

敵馬廻りが「殿を御守りしろ」と叫んで二重、三重に固める。虎胤が舌うちをした。

「さすがに手堅い」

「退く。源蔵、わしの弓をよこせ。一矢報いねば気がすまんわ。いや二矢だ」

「ご無理なさいますなよ」

虎胤は馬脚をゆるめた。

源蔵から桜の大弓と矢を二本受けとり、一本を口に咥える。敵の馬廻りも弓を構えた。虎胤が鋭く声をかけ馬の腹を蹴る。炎の向こうから矢が放たれ、危うく馬体をかすめた。

「将より馬を射るとは、綱高め、やはり頭が柔らかい」

「武田にはない考えですな」

「武田なれば、こうやる」

馬上に立ちあがり、信友は力の限りに大弓を引いた。

「ちかのおんかみ、ごしょうらんあれ」

放つ。一直線に馬廻りの喉を貫き、がくりと首が垂れた。わずかに空いた人垣の向こうに赤い甲冑の将が見えた。神野原にて石火矢で吹き飛ばした鍬形の前立ての片方は、折れたままだった。黒々とした眼と眼がぶつかった。

よい将になった。

お前はいま仕留《トメ》めておかねばならない。そんな気がする。

「綱高！」

次矢を番えるや放つ。綱高は動かなかった。炎の熱気に矢が煽られ、鍬形の兜の前立てをまたも弾いた。今度は折れもしなかった。

北条常陸介綱高の目は瞬きもせず、遠ざかる信友はその眼ざしの深淵をいつまでも注視し続けた。退き太鼓とともに、信友たちは森のなかへ退却した。とどまらず、籠坂峠へひた走る。

欠けた月が照り、須走の野は明け方まで燃えた。

八月二十一日、払暁。

広葉樹の山は葉色を変じ、薄く霧がかった野は、どこを見ても枯れ草が黄金色に輝く。甲府出兵は夏であったのに、いつのまにか季節は秋へと変わっていた。

夜どおし登りを進んできた信友が見たのは、聳えたつ巨大な壁のごとき籠坂の山と、麓に展開する人の波、そして無数の三つ鱗紋の軍旗であった。

「何故いる……」

須走からはまだ煙があがっている。先手衆六千は決して自分たちの前には行っていない。心臓が早鐘をうった。

「氏綱に謀《はか》られた」

空の腹から胃液がせりあがる。十一年前の神野原でもそうだったではないか。北条の惣領のくせに本陣すら囮にし、兵糧入れの船を動かした。今度も夜襲の報せに急遽進路を変え、須走の北側、信友とは真逆の山間を夜どおし駆けて、籠坂山の麓へ先着してみせた。

どう少なく見ても、兵は一万はあろう。

足軽たちのあいだから、絶望的な呻きが漏れた。虎胤が叱咤しても、二日間富士を駆けつづけ、昨日も一睡もせず戦った者たちは、緊張の糸が切れ、膝をつく者もいた。

これでは戦いにならぬと、首筋を冷たい汗が流れた。

ところが、北条の軍が割れ、道ができた。

「甲斐守護信虎どの、通られよ」

信虎を呼ばう声に顧れば、虎胤の部下が持つ八幡大菩薩の本陣旗があった。もちろん本物ではない。布を縫いあわせ、文字は炭で書いた。竿は曲がった竹である。暁光にはためく八幡大菩薩の文字は、ひどく不ぞろいに見えた。

「罠ですぞ」

虎胤が囁きかける。明白だ。しかし一万の兵と今やりあっても、勝ち目はない。

「恐れるのも無理はござらぬ」

割れた道の奥から、赤い三つ鱗の流れ旗を従えた将が進んでくる。

白い陣羽織に黒い頭形兜《ずなりかぶと》をかぶった壮年の男、北条氏綱。

「わしは、左京どのの神速ぶりに驚嘆しておる。万沢口にて今川と合戦と聞いたはずが、まさに韋駄天のごとし。これを大勢で嬲り殺しにするは義に悖《もと》る。籠坂峠に入って頂き、あらためて正々堂々、鎧をあわせたいと存ずる」

渡辺源蔵や志毛新兵衛が、「見え透いた嘘を」と青筋をたてる。

信友は一人、心臓を摑まれる思いで黙っていた。後方からは北条綱高たちが態勢を整え、迫っているはずだ。退くはあたわず、かといって一万の兵と戦うは無益。

進むのは前しかない。

こちらに選ぶ余地などない。

「左京どの、悪い提案ではないが、如何《いかん》」

鷹揚に呼びかける氏綱の術中に、罠と分かって飛びこむしかない。

「そちらへ参る」

信友は馬を進めた。八幡大菩薩の簡素な旗を敵方が指さし、失笑が広がってゆく。

氏綱と相対する。細面に刻まれた目尻の皺、頰のたるみが濃く見えた。笑ったように細められた瞳の奥に、関東を平らげる万億の策略が見え隠れする。

氏綱はわざとらしく小首を傾げた。

「あれ、そなたは左京どのではあらしゃらぬ。武蔵野にてお会いし申しましたな」

これが氏綱の狙いだ。昨晩、「信虎現る」の報に北条方はたしかに動揺し、虚飾をひき剝がしにかかった。

「たしか弟御の」

泥に塗《まみ》れ、甲冑も着ておらず、足軽のごとき身なりである。どう見ても総大将・武田左京大夫信虎の姿ではない。

「勝沼相模守信友」

相模守の名乗りに、相模の兵たちが笑う。虎胤が黙れ、と怒鳴りつけた。

「三日前まで信友さまが駿河国境い万沢口におられたは誠である。貴様らを討ち倒さんがため疾く参った。その神通力で貴様らを退けてくれよう」

虎胤は葛籠から楯無兜をだし、鑓に結いつけて高々と掲げた。朝日を浴びた前立てが輝き、吹き返しの牡丹と虎の文様が鮮やかに空に映えた。

氏綱は感嘆の眼ざしで楯無兜を見あげ、馬を半歩ひいた。

「比類なき勇士には、我ら礼をもって遇するのみ。騙し討ちのような真似は致さぬ」

この男はいくえに自分の上をいくのか。本来ならここで討ち取ることもできた。あえて通すことで武田方は兵数も少なく、総大将の信虎はいないと、全軍に知らしめた。

信友はまっすぐ前を向いて手をあげた。

「相模の盟主の戦さは狡猾老獪《こうかつろうかい》にて候」

氏綱の脇をすれ違うとき、脳裏にあることが閃いた。振り返り、馬廻りのもとへ戻ろうとする白い陣羽織に問うた。

「氏康どのはどうなされた」

四十も終わりにさしかかる氏綱は、家督を譲り隠棲も考える時期である。若い嫡男・氏康を留守居にするはずがない。白い陣羽織は答えず、兵と兵のあいだに消えた。

気づいたか、と背は言っているように思えた。

「虎胤急げ、遠慮なく通るぞ」

嫌な予感がする。

信友たちは峠の砦へ大歓声をもって迎え入れられた。

足を引きずりやってきた小山田越中守信有と、信友は固く握手をかわした。

「信友さま、よくぞ後詰くだされた」

鼻の奥がつんと痛み、強く越中守の肩を叩いた。

「お主を見捨てて、武田はのうのうと生き長らえたりせぬ」

「麓で楯無兜を掲げられたと聞き、わしは、覚悟が出来《しゅったい》し申した」

険しい顔でこう言う越中守に、信友は優しく言い含める。

「死す覚悟は要らぬ。生きる術をいまから言うぞ」

すぐさま軍議を開いた。あたたかい味噌汁が配られ、握り飯を食《は》みながら置き盾の机に開かれた地図を見た。

「麓は、梨木平あたりまで氏綱一万余が布陣。後続は」

「須走の平野まで見渡せますが、そのような後続はありませぬ」

昨晩信友たちが崩した先手衆六千がこつぜんと消えた。どこへ行った。

越中守弟の出羽守弥三郎が挑むような面構えでこちらを見る。

「こたびの北条は、速すぎまする。まるで須走口が手薄だと知っていたかのようじゃ。そこへ貴殿が来られた」

北条に内応しているというのか。虎胤が地図に目を落としたまま、刀の柄に手をかけた。

「それ以上を申されるなら馬場、内藤両氏の処遇を思いだされた方がよいですぞ出羽どの」

「足軽大将ごときがわしを脅すか」

己の背後に掲げられた楯無兜を、信友は示した。

「弥三郎。お主が疑うのは咎めぬ。ただその言葉、楯無兜が聞いていると心得よ」

兄である越中守も弟を睨みつけ、弥三郎をさがらせた。

「愚弟にて、面目次第もござらぬ」

信友は首を振った。自分が来たからといって、北条の盾となる小山田一族の立場は変わらない。

「わしも愚弟じゃ。お主ら兄弟には辛い役目を負わせてすまぬ」

ところが必ずしもそうではないのだ、と越中守の表情が和らいだ。

「仔細は不明ですが、万沢口では、御屋形さまが今川に勝たれたようです。十九日のことです。本栖湖をまわって板垣諏訪どの、甘利備前どのを後詰に送るとの由。おそらく明後日か明々後日には上吉田に入るかと」

「誠か」

全身のこわばりが抜けていくのが分かった。三、四日持ちこたえれば援軍が来る。わずかな光明がさしてきた。動かぬ頭を必死に動かし、信友は言った。

「後詰が遅れた場合を考え、兵には『十日持ちこたえろ』と伝えよ」

「はっ。籠坂は常に係争の地。備えは欠かしておりませぬ。二十日は食いつなげます。いまは敵陣も炊煙があがり、動かぬ様子。どうぞ、体を休めてくだされ」

「すまぬが、そうさせてもらう」

砦門の左右にある櫓台へ、信友は向かった。石が山と積まれている。いざとなればこれで峠道を塞ぐのだろう。

櫓台の片隅に小さい社があり、風神を祀ってあった。他にも何某《なにがし》という親王《しんのう》が武田氏の先祖である石和五郎信光に討たれた地といい、御霊《みたま》が祀られていた。はるか昔から、この地で戦さは絶えることがない。

「軒下を借り申す」

柏手を打つと、応えるようにつむじ風が吹いて木立がさざめいた。キサチ、と呼ぶ。

「お主が一番疲れているのに悪いが、氏康と敵六千の行方を捜して欲しい」

木陰から静かに声が返る。

「三ツ峯者は知れず生き、死ぬ。気づかい無用だべな」

「おんもそう考《かんげ》えたけども、やっぱり寒い、ひもじい、淋しいは、嫌だで」

「おいはちかごろ、寒い、ひもじいは、あんまり感じねえな」

長話をした、とキサチは富田郷左衛門という三ツ者頭に戻り、気配を消した。

軒下で身を横たえ、瞼を落せば泥のような眠りが降りてきた。夢のうちで、金色の二つの目がこちらをうかがっていた。

一刻ばかりで信友は目を開けた。一瞬ここがどこだか分からず、太刀を摑んであたりを見渡す。身を伸ばすと体の節々が痛んだ。

積み石に、虎胤が腰かけていた。

「あたりをざっと見てきたが、曲輪が少ない」

籠坂峠は北条と武田の係争地であり、防衛用の曲輪を築いても奪われて破壊される。神野原の合戦以来、和睦を結んではたがいに破り破られ、どちらかの領有が続いたためしがない。澄みわたった富士の裾野を見ると、慌ただしく敵の陣旗が動いている。じきに攻めてくるだろう。

「もう一生分の富士を見たわ」

虎胤は周囲に誰もいないからと、いつもの口調で言う。陽の光に白髪が光った。

「お主いくつになる」

虎胤は怪訝な顔をした。

「来年四十じゃわ。甲斐に来て十五年ぞ。お主と会うて十五年」

「ここ一、二年は落ち着いたが、戦さばかりしておるのう」

「戦さをせねば食えぬ。所領を持たぬ足軽大将の定めじゃ。戦場が一番落ちつく」

最後は少し恥じるような、誇らしげな声音で、虎胤は目尻に皺を寄せた。

信虎は、国と人を削りとられるのをいつまで続ければいい、と言った。

呪《しゅ》が解ければ、《景光穢》は祓われ、泥沼の戦さは終わる。

そのときがちかいのだと、信友には予感がある。


巳の下刻（午前十時ごろ）、敵が動いた。

大将・勝沼相模守信友、小山田越中守信有、同出羽守弥三郎、小山田寄騎として上野原城主・加藤虎景、そして勝沼寄騎として原美濃守虎胤。兵数約三千。

相対するは総大将・北条氏綱率いる北条勢一万、今川駿東衆三千。

銀の采配を手に、信友は味方と一人ずつ目をあわせた。麓で鳴らされる押し太鼓と鬨の声に怯まぬと険しい顔をして、眼ざしは誰一人死していない。

かつて曾根三河守昌長は「自分のために死したなら誇りである。そういう将になりなさい」と信友に言った。彼らに死ねと言えるか。命を預けろと言えるか。

「楯無兜も御照覧《ごしょうらん》あれ。我らに八幡大菩薩の加護ありて、四日持ちこたえよ。ここが武田の分水嶺。生き抜くぞ」

握った拳をだすと、次々拳が突きだされる。最後に手の甲を打ちあわせ、吼えた。

「おおっ」

背を返しておのおの持ち場へつく。頂上の関門には信友と小山田越中守、直下に出羽守弥三郎、中腹左帯曲輪に加藤虎景、小林左京《こばやしさきょうのすけ》助ら、中腹右帯曲輪に原美濃守虎胤。

「何だこれは……」

敵は道を登ることなく、横二百人、十段構えに列を組んで斜面を登りはじめた。策などない。数を恃んであり余る力のままに攻めあがる。

「まだ知らぬ戦さがある」

心臓が縮まると同時に、腹の底から熱が湧いてくる。

越中守は手慣れたもので、丸太を落とせと命じた。横倒しの丸太が曲輪から斜面を転がり落ちる。五列ばかりを巻きこんで、くぐもった叫びをあげ、体をちぐはぐに向けて兵が転がり落ちていく。岩で丸太がはずみ、後方の兵をも圧し潰した。

丸太を除き、敵は粛々と行軍を再開する。その頭上に子馬ほどの岩を三人がかりで降らせる。少なくない敵が岩の下敷きになった。敵は再び岩を押して除き、死体を下へ放り投げ、登りだす。

攻防は申の上刻（午後三時ごろ）まで続き、いったん攻め手がやんだ。

「何か可怪しくないか。これだけの兵を集めて悠長すぎる」

「信友さまは山城を攻めたことはあっても、守るのは初めてでは」

考えてみれば、他国を侵略する信虎につき従っての戦さが常であったから、城を守る戦さというのは経験がない。

「山城攻めというのは、野戦とは異なる戦さにて」

なるほど道理だが、陽が落ちれば攻めるのも容易ではない。今日はあと一刻が限度だろう。敵はいつ武田の援軍が来るかも分からぬのに、慎重すぎないだろうか。

それとも今川の出兵要請にいちおうは応えたから、無理に攻めないつもりなのだろうか。

結局日が暮れても北条は動かなかった。信友はたまらず中腹帯曲輪に降りた。

「今晩は夜襲があるやもしれませぬ」

上野原城主・加藤虎景は物憂げであった。信友より年上で、甲斐の内乱を知る、いままでは数少ない将の一人であった。攻め手がぬるいと思わぬかと率直に尋ねると、彼は頷いた。

「某は津久井やら矢坪坂やら、北条との戦さは十数度におよびまする。本気で潰そうとするとき、北条兵は『禄寿応穏《ろくじゅおうおん》』と唱えておし寄せまする。あれを聞くだけで肝が冷えまする」

「それはどんな呪《まじな》いだ」

「呪いではなく、国の民の生命と財は北条当主が守る、という号令と聞き申した」

民を守る号令とは。信友は首を振るしかなかった。

「武田にもそのような号令があれば、よいのだが」

雲に富士の姿は隠れ、落日が空を赤く染めてゆく。山々が連なる谷間から細い煙があがっている。山間に村落があるのか。

村落があれば、道がある。

いや、と信友は考えなおした。山に道など無い。

膝が震えた。山に道など無い。あらゆる峰々を駆けてきたではないか。神野原合戦でも兄に「山に境いは無い」と教えられたではないか。

何故武士の考えに浸りきっていたのだ。

関門に走り、越中守を呼んだ。

「甲斐へ抜ける峠がほかにもあるだろう！」

越中守の日に焼けた顔に、不安の色が浮かんだ。

「あり申すが、土砂崩れの悪路で使われておらず、こたびの戦さでは塞いでおりまする」

籠坂峠の稜線ぞいに東に一里半ほど、三国峠《みくにとうげ》という名のとおり甲相武州《こうそうぶ》三国の国境いとなる迂回路《うかいろ》があるという。須走から三国峠を経ると山中湖東岸にいたる。しかもその道はせりだした稜線にさえぎられて籠坂峠からは見えない。

関門の砦脇から三ツ者が飛びこんできた。

「申し上げまする。三国峠より急報、北条氏康率いる六千が三国峠を破ろうとしており、至急後詰をとの由」

麓で押し太鼓が鳴った。夜襲の合図だ。越中守と信友は無言で青ざめていくたがいの顔を見た。

籠坂峠の前と後ろを挟撃される。越中守が土下座して頭を擦りつけた。

「お許しくだされ！」

「わしが行く」

「信友さま御自らなど、なりませぬ」

「夜に尾根づたいに軍を動かせる者が、俺のほかにあるか、立て！」

あたりは急速に暗くなり、上空を旋回する鳥が喧《やかま》しい。

「よいか、籠坂が陥ちれば山中湖畔にてもう一度合戦し、たてなおす」

涙を流す越中守を立たせ、肩に手を置いた。

「簡単に負けたと思うな。戦さのさなかに必ず機が巡ってくる。逃さず摑め」

渡辺源蔵に兵を整えさせ三百を用意した。信友は常の兜ではなく楯無兜をかぶり、きつく緒を締めた。数日前に信良に兜の緒を結んでもらったのが、はるか昔のことのように思え、肩を大きく動かし己の頰を叩いた。

「どうか御武運を」

越中守の見送りに振り返らず、宵闇が忍び寄る林の中へ馬を走らせた。目の端に、火矢を撃ちこみ煙をあげる中腹の右帯曲輪が見える。虎胤、頼む。祈るよりほかに術はなく、弓を片手に進む。木々のあいだを信友に並走する何かがあり、努めてそちらは見ないようにした。

「来ているぞ、富士で追いかけてきたやつだ」

とちゅう、木の上からキサチが飛び降りて、裸馬にまたがった。

「まだやれぬ」

いくつかの竪堀を越えると、どおん、どおん、と凄まじい音がして三国峠の関門が見えた。丸太を打ちつけ、悲鳴のような音をあげて関門が破られる。

信友は馬をとめ、つき従う勝沼衆古参の三百人を顧みた。

「素性も知れぬわしに長年仕えてくれたこと、ありがたく思う。死にたくない者はいまから逃げても罪に問わぬ」

誰も身じろぎせず、日が暮れた闇のなか、光る眼が信友を見ている。信友は銀の采配を高く掲げた。

「全速で駈けろ！」

そそり立つ崖に躊躇《ためら》う馬の腹を蹴り、関門を突破する兵の頭上から襲いかかる。先頭にいた高橋民部助氏種が馬首を返し、迎え討つ態勢をとる。

キサチ以下五人が石火矢を構えた。虎の子をここでは使いたくなかった。

「撃て」

火花が散り、氏種が肩を射抜かれてのけぞる。向かってきた騎兵が額から血を散らせて転げ落ちた。次発のため火薬を詰める余裕はない。石火矢を投げ捨て山中に散る。

氏種は銃弾を食らいながらなお、坂を登って鑓を向ける。

「高橋民部助氏種、勝沼信友を討ちに参った。勝負せえ」

「助七郎、邪魔だてするな、死ぬぞ！」

「構わん。お主の首を獲らねば、兄者に顔向けできぬ」

「首にして兄に見せてやる」

弓を水平にして引きしぼり、左腕を射抜く。すかさず渡辺源蔵が駒を寄せ、組みついて馬から引きずり落とした。氏種は拳を振るい源蔵の鼻梁を殴って逃れる。敵方から氏種さまという叫びがあがった。

赤地の三つ鱗の旗のもと、欠けた前立ての兜の男がこちらを振り仰ぐ。

「北条綱高！　弟の首を見せてやる」

綱高は信友に背を見せ、山道を走りはじめた。挑むように片腕をあげ、振り返る。気が触れたか。夜道を駆けるというのか。

「はっ」

信友は馬の腹を蹴った。背に弓をおさめ太刀を抜く。すぐに綱高に追いついて並走し、崖下に落とそうと馬体ごと斜面を跳んだ。崖下は闇が口を開けて、落ちれば命はない。太刀を振りかぶり左から薙ぎはらう。綱高は駒を走らせたまま鐺を縦に構え、数合斬り結び、押しあった。柄を削り、手ごと斬ろうとすれば、足で馬を蹴られ、駒同士が離れた。

眦に殺気を宿らせ、綱高が叫ぶ。

「こたびは焼き働きではない、甲斐を崩しに参った。降《くだ》れ！」

鐺を繰りだしてくるのを上半身を捩じって避け、信友も怒鳴り返す。

「おれの主君は唯一人、武田信虎をおいてほかにない」

「我らは甲斐の民を慰撫することを誓う。過重な租税をかけぬ。太守さまは、君は民に仕える者と考えておる。お主の主君とは違う」

加藤虎景が言っていた「禄寿応穏」という言葉か。

「お主らは、甲斐守護、武田信虎を知らぬ」

内訌に乱れた甲斐を、自ら血を流してまとめたのは信虎だ。ほかの誰にもできなかった。

あの人は国を統べる器であっても、治める器ではないと悟っている。懊悩《おうのう》し、もがいている。誰もが大人物として生まれてくるわけではない。信友が傍にいた十五年、あの人はどれほど悩み、怖れたろう。いくど戦さに勝ち、敗れたろう。

そのたびに、這いあがってここまできた。

必ず、国を治める器となれる。そのために自分たち臣がいる。

見たい。兄が甲斐の国を豊かにするのを傍で見ていたい。

信友は口の端を持ちあげた。

「北条には、やれぬのう」

「話にならぬ」

二人はふたたび斬り結んだ。切っ先が触れただけで左の小指が飛ぶ。痛みはなかった。相手の方が手数に勝り力も強いのは明白だった。だが太刀筋はある程度読める。

それがこの男らしくて、火花を散らして刃をあわせ、愉しいと思った。

行く手の道が大きく折れ曲がっている。駆けたまま二騎とも曲がるのは無理だ。

先に綱高が手綱を引いた。信友は駒を返し、言った。

「それでいい」

崖上にキサチがいる。大木の根元に火薬を仕かけている。

身を乗りだし、夜の匂いを嗅いで、薄く笑うキサチが見えた。

「郷左衛門の名は次の三ツ者頭が継ぐ。キサチが死ぬだけだ」

敵兵が崖上を見あげ、指し示した。

「御退きくだされ、綱高さま！」

勢いに乗って追撃してきた敵兵が、細い山道で押しあいへしあいする。綱高が鐙を振って味方を怒鳴りつけるのが見えた。

「戦場にゃあ人の欲が渦巻いて、流れてゆくだけだ。山に帰ろうず」

キサチのかすかな呟きを聞き、信友は馬を先に走らせた。後ろで火薬が炸裂する音が聞こえた。大木がきしんで倒れ、道を塞ぐ。

「てんぱくしんめにのりてきたらせたまいて、魂を、きよめたまえ」

久々に唱える、死にゆく者への慰撫。藁頭巾をかぶって雪原を渡ってゆくキサチの姿が遠ざかる。心のなかでその後ろ姿へ呼びかけた。

銭コたんまりもらえたろ、おめ、銭コ好きだものなあ。キサチ。

散りぢりになった兵が集まってきた。残ったのは百ほどだった。渡辺源蔵も氏種に右腿を深く斬られ、血がとまらなかった。みなで支えあうようにして霧のなかを進む。霧が降りてくるのは夜明けがちかい証だった。

籠坂峠はどうなったか。夜半、おーっという喊声が数度聞こえた。探ろうにも三ツ者もなくて分からぬが、おそらく北条側の鬨の声であろう。

「もう少しで山中湖だ。西端には小さいが城もある。休めるぞ。そこまで何とか行こう」

声をかけ、足を引きずって獣道を歩んだ。とちゅうで倒れ、歩けなくなった兵は、信友が背に負って進んだ。荻原常陸介や楠浦刑部が見たら怒られるだろう。動けなくなった兵は捨て置くのが兵法の常道だ。

「山中湖までの辛抱だ」

信友は声をかけ続けた。背中の男は申し訳ありませんと啜り泣いた。

木立が少しずつ明るくなり、とつぜん目の前が開けた。

山中湖は、その名のとおり四方を山に囲まれた湖である。鏡のように凪いだ湖面に白い霧が帯となって流れ、砂浜が広がっている。西側はまだ見えぬ山向こうの太陽に照らされ、赤銅色に輝いていた。

「南無阿弥陀仏」

誰かが唱え、自然と手をあわせる。

雲が、赤い山に影を落としてゆったりと流れていく。砂浜に降り、うち寄せる湖水に口をつけて飲むと、頭がはっきりしてきた。湖を西に進めば少しずつ岸が高くなり、三重の馬防柵があった。あらかじめ小山田越中守が築いたものだろう。馬防柵を越えた西の端に高櫓を備えた小さな城が見え、今日初めて希望の歓声があがった。

一行は砂浜を進む。林の奥から剣戟と人の叫び声がして、黒い騎馬が一陣の風のように林から走りでてきた。

九曜紋に八瓢箪の指物。不格好な八幡大菩薩の手製の幟旗。

「虎胤」

転げるように走ると、虎胤も驚いた顔で馬を降りて、両手で肩を何度も叩いた。頭から血が流れ、肩に矢が二本刺さったままだった。虎胤は子供のようにはしゃいだ。

「生きておる、生きておるのか！」

「お主こそ」

「三国峠へ三百で出たと聞いて、ぶん殴ってやろうかと思うたぞ。お主は副将の自覚が足らぬ」

「籠坂は」

虎胤は厳しい顔つきになった。

「明け方陥ちた」

それ以上は言わなくても分かる。

「越中どの、出羽どのも無事であればじき落ちてくる。すぐ北条もこようが」

どんぐり眼がどうすると問うている。山中城で自決を考えていたのは、言わずにおいた。

「退かば総崩れ、我らに逃げる先などない。一戦、構えるべし」

「それでこそ武田の副将よ」

ほどなく小山田越中守、出羽守も落ちのびてきた。兵は五百ほどであった。一族の者は、籠坂峠にて二人を逃がすため殿《しんがり》になったと越中守は言った。

「お主らは郡内へ退け。まだあたう」

出羽守弥三郎が嚙みついた。

「おめおめ逃げ帰れと申されるか」

「お主ら兄弟は武田の家臣であると同時に、郡内小山田家の当主でもある。これを守るはわしの役目だ」

出羽守弥三郎は虚を突かれたように口を開いた。

「あんたは武田の副将であろう……何故残る」

山の頂きに現れた朝陽を眩《まぶし》く見やる。峰に獣が一頭いた。三国峠からずっとつかず離れず、夜どおしついてきている。

「百年の後の東国の、ためかのう」

残兵六百余。馬防柵ぞいに戦える足軽を並べ、陣を張った。

辰《たつ》の上刻（午前七時ごろ）。三国峠より北条常陸介綱高率いる別動隊が現れた。兵は少し減っていた。顔面を血で染めた高橋民部助氏種が、単騎で馬防柵ちかくまできて降伏を勧めた。

「降れ。太守さまは寛容な御方。降れば命までは獲りはせぬ」

信友も柵から一人出て言い返した。

「命が惜しゅうて戦うわけではないからのう」

「……次会うときは首じゃ」

半刻後、籠坂より北条氏綱の本隊が進軍してきた。すぐに攻撃命令がくだされた。波のうち寄せる砂浜を、騎兵がまっすぐに進んでくる。

虎胤と加藤虎景が鑓を掲げよと号令をだす。馬防柵を破ってくる相手に少ない弓を撃ち、鑓を構える。穂先は下を向いて、敵の喉元を狙うほど高く掲げる力は残っていなかった。

戦列がぶつかる。嘶きと金属音と、踏み潰される足軽の呻きが木霊した。ほかには音をたてるものはない。押し太鼓も、退き太鼓もない。ただ、血と脳漿が砂に吸いこまれてゆくのみだ。一段目の馬防柵がひき倒された。崩れたところを補って虎胤が討ってでる。獣のような唸り声で、一人、また一人と突き殺してゆく。

加藤虎景も負けじと駒を敵列に乗り入れ、傷を負いながら敵を斬り伏せる。

半刻ばかりして敵がさっと退いた。態勢を整え、こちらも死した者を湖に浮かべ、隊列を組んで、またぶつかりあう。鑓の穂先が味方の口蓋を貫いたまま数列、奥まで押し入ってくる。信友は弓に矢を番え、敵の喉を射抜いた。そこで左手の小指がなかったことを思いだした。わずかに気がそれた瞬間、二段目の馬防柵を破った敵の足軽が、鑓を構えて迫っていた。

「アケヨっ」

あいだに割りこんだ虎胤の胴を、脚を、肩口を、鑓の穂先が貫きえぐって血肉が散る。虎胤が敵の喉笛を斬るたび、別の敵が虎胤の体を斬る。後方から駆けてきた騎兵と組打ちのすえ落馬し、黒い鎧姿が見えなくなった。

「虎胤っ」

駆け寄ろうとするのを志毛新兵衛に押さえられ、信友は絶叫した。そのとき、「鬼だ」と叫びがあがって敵がざっと退いた。否。あたりの敵がすべて斬り倒されていた。

死体の山に立つ虎髭の男が、鑓をかざして吠えた。

「鬼美濃に屠られたい者は、まだおるか！」

また半刻が経ち、猛攻がやんで兵が退く。信友は小山田越中守を呼んだ。

「落ち延びよ。命令である」

「聞けませぬ」

頬を張ってもう一度低く言った。残る馬防柵はひとつ。

「落ちよ。出羽守、加藤虎景も」息を深く吸う。「虎胤、お主もだ」

ぜいぜいと肩を上下させ、虎胤が無言で睨む。呼吸にあわせて血塊が落ち、馬の脚元は血だまりになっていた。

「次が総攻撃となる。ここで防ぐは無理だ。御坂峠か、笹子峠か、河口湖か。次の戦さのため生きよ。わしが殿《しんがり》を務める。越中守の正妻は御屋形さまとわしの妹。寡婦にしたもうなかれ」

信友は馬より降りて、地に膝をついた。

「みな武田の為に生きてくれ、頼む」

ジイ。曾根三河守昌長に呼びかける。おんは、いい将にはなれなかった。おんのために死ねとは言えねえ。

「死して武名を残すなぞ、糞食らえだ。戦って死ね。さもなくば生きよ」

立ちあがって、涙を流す出羽守弥三郎の頬を張る。

「泣いている暇があったら疾く落ちよ！　そして御屋形さまに伝えてくれ。供養も墓もいらぬ。相模守信友は道無き山で死に、山に還ったと」

出羽守弥三郎は頭をさげ、涙をこぼした。

「数々の非礼を、許してくだされ」

小山田越中守信有、出羽守弥三郎、加藤虎景が山中湖を離れ、落ちてゆく。

敵の先陣に赤い三つ鱗が翻った。北条常陸介綱高と高橋民部助氏種が先陣に入る。

「お主も落ちろと言うたはずだぞ」

信友はじろりと、青白い顔の足軽大将を横目で見た。

「聞かぬ。ヘテコ石の誓いを忘れたか、義兄上《あにうえ》」

「こんなむさくるしい義弟《おとうと》は厭じゃ」

血と砂塵にまみれた顔を前へ向け、二人は駒を並べた。

「みな、生きて甲斐へ返してやれず、すまぬ」

隊列を組む足軽へ、湖面に浮かぶ死した者たちへ、籠坂峠で、三国峠で死した者たちへ声をかける。

渡辺源蔵が血染めの顔に笑みを浮かべて言う。

「鬼美濃さまが勝沼館を囲んで、竹松さまを返せと暴れたときの方が、よほど怖ろしゅうございましたな」

古株の兵は忍び笑いを漏らし、虎胤は鑓を源蔵に向けて片眉を釣りあげた。

「虎胤」

「応」

「十五年。悪くなかった」

「ようやく分かった」虎胤は喉の奥で笑った。「この腕も鑓も、誰のものであるか」

敵の戦列が散らす砂塵が顔にあたる。いつのまにか空には厚い雲が垂れこめ、湖面を冷たい風が吹いた。

「ひとつ教えろ。お主を追ってくるのは『アオシシ』か」

「この戦さが終われば分かろうて」

「……そのときはわしが彼奴《きやつ》を殺してやる」

最後の馬防柵は、長い熊手をかけて簡単に倒された。信友は愛馬の温かい首を二度撫で、蹴りを入れた。向かいくる敵の鑓を身を低くして避け、すれ違いざまに胴に刃を叩きこむ。頭が割れるように痛かった。

「綱高っ、相手せえ！」

馬廻りの兵が分厚く、綱高まで遠い。気づけば渡辺源蔵が信友の前に出て、決死の形相で叫んでいた。

「山へお逃げくだされ」

一騎で敵へ斬りこみ、血飛沫が飛ぶのが見えた。絶叫が耳に届く。

「勝沼衆が侍大将、渡辺源蔵。ただでは死なぬ」

戦列は崩れ、乱戦になって虎胤の姿も見えない。霞む目を眇《すが》めてもう一度綱高を見る。後ろにいるのは氏綱、氏康父子か。声のかぎりに叫ぶ。

「手柄が欲しくば追ってこい」

栗毛の愛馬は何かに呼ばれるように、クマザサの繁る森へ分け入っていく。頭上から雨粒が落ちてきた。

逃げる背を矢が貫く。左腕、腰にも刺さり、馬から落ちた。木が生えていない開けた窪地へ這っていき、シダが柔らかく生えた上に体を横たえた。痛みはなく、ただ体が重かった。

ゆく手は岩壁にさえぎられ、もはや逃げられぬ。

岩の頂上に、冠のような大きなアオシシがいた。

「愛鷹山の主か」

信友は兜を示して見せた。

「楯無の首、持ってきたぞ。これで怒りを鎮めてくれ。武田を赦しておくれ」

金色の目がこちらを見ている。怒りも憐れみもなく、ただ獣の目が見ている。

馬が二騎、進んできて、驚きの声とともに誰かがちかくに立つのが分かった。背を抱え起こされる。

「虎胤？」

「残念ながら、高橋民部助氏種じゃ」

「お主はまっこと、しつこいのう」

ここまで追い縋られたなら、仕方ない。どこの誰とも知らぬ者に討たれるよりは、ずっとましだ。

もうひとつの足音が後ろに立つ。視界が霞んでほとんど見えぬ。静かな声がした。

「介錯《かいしやく》仕《つかまつ》る」

綱高だった。

腰の山刀をとると、氏種の慌てた声がする。

「それでやるのか。守刀などはないのか」

「のう民部。わしは切腹の作法、知らなんだ。何しろ武士をやったはここ十五年だしのう」

「……あんた一体、何者じゃ」

「言うても信じぬだろうよ」

山の狒々が、屋形の弟になったなどと。

「綱高どの。ひとつだけ頼みを聞いてくれるか。後は好きに首を落としてくれ」

「辞世か。聞こう」

信友は笑った。そういえば武士は最期に和歌も詠まねばならないのだった。

いまわの際まで武士でいるには、大変なものだ。

「首を落としたら、兜のまま一度掲げてくれ。わしの首を欲しがる者がおる」

二人が岩壁を見、目を戻す気配が伝わった。彼らに何が見えているのか、いないのかは分からなかった。

「承知仕った」

兜をはずし、首を斬りやすいように、氏種が肩を押して頭を前にださせてくれる。

小雨が落ちて頭を、肩を、もう動かない足を柔らかく濡らす。土と苔の匂いが鼻を満たした。

「お主ら兄弟についぞ勝てなんだ。口惜しいのう」

魂だけは甲斐に戻ってゆけと念じ、静かに細い息を吐く。

「だが、わしの兄は、ずうっと大きい」

大名におなりくだされ。甲斐を豊かな国にしてくだされ。

見とうございまする。

風を斬る音がして首がごとりと落ち、北条の兄弟は岩壁から降る声を聞いた。

《楯無の首、確かにもらい受けた》

勝沼相模守信友が聞き届けたかどうかは、分からない。

◇

翌二十三日、北条氏綱は一度は上吉田まで入ったものの、小田原へ兵を退いた。上杉朝興が相模中郡へ軍を動かすという急報が入ったためと考えられたが、本当のところは分からない。残った今川勢によって上吉田は焼かれ、炎は町すべてを灰と変じて、三日三晩燃えた。

しかし今川勢も上吉田を焼いたのち、それ以上進軍することなく、軍を退いた。甲府に戻った武田信虎は、休むまもなく九月、諏訪に出兵。境川のほとりで諏訪頼満と対面した。合戦ではなく、和睦のためであった。

和睦の証として、諏訪大社の鐘を運び、川辺で鐘が鳴らされた。

神野原で鳴らされた鐘のように、清らかな音が岸から野に響き、朱や茜、黄金《きん》の落葉が錦を広げたように境川を流れてゆくさまを見て、信虎は首からさげた御守りに手をあてた。

「錦秋や　散りぬるものと　知れねども……」

信虎は言葉を断った。

「下句は義弟に訊け。わしはもう少し足掻《あが》いてから往く」

終章　大善寺　理慶尼

天正《てんしょう》十年（一五八二）、早春。

理慶尼《りけいに》は本堂に入り、足音を忍ばせて御仏の前に立った。

金泥《きんでい》の仏は半眼で右手をさしあげ、その下で一人の男が寝入っている。たしか今年で三十七だったと思う。歳のわりに目の隈は濃く、形のいい細い眉は懊悩に歪んでいる。悪い夢を見ているのか、ときどき寝息が乱れた。

彼の父は、理慶尼の父と叔父甥の間柄である。

隣に眠るのはまだ十代の若者で、彼の嫡男であった。

幼いころに父を亡くしたので、理慶尼は父をよく知らない。

ただ年の離れた兄から、色々な話を聞いた。

里山に入って雉を射たこと。父は弓の名手で百発百中だったという。川で魚をとって焼いて食べたこと。食べられる野草を教えてくれたこと。

そして何より、戦さに強かったこと。

「松葉、いいかい。父上は常に武田の御為に生きた」

兄、勝沼安芸守《あきのかみ》信良（信元とも）は、寝物語の終わりに聞かせてくれた。また勝沼館を訪れる足軽大将たちも父の話をしてくれた。「原のおじさま」は、理慶尼と双子の兄、竹松を膝に乗せよく笑った。

「御父上は戦さ一辺倒でのう。わしはお父上のために鑓を振るい、このありさまですぞ」

二人を抱く手の指はいくつか欠け、腕にも深い傷があった。聞くと、父上を連れ帰るときに色々負い申した、と寂しそうな目を山に向けた。

原のおじさまこと原美濃守虎胤は、山中湖で死した父の胴を死に物狂いで北条から奪い返し、志毛新兵衛という足軽組頭とで背負って帰ってきた。北条から戻ってきたのは家宝の兜だけだったという。

父の胴が帰ってきた日を理慶尼は覚えている。むせ返るほど香が焚かれ、兄の信良の前で御屋形さまが頭をさげていたのを。

「首は、愛鷹山にとられた」

という御屋形さまの言葉と、白い布につつまれた塊が恐ろしくて、松木甚五に抱かれて納戸で泣いた。

御屋形さまが甲斐から追放され、「先の陸奥守さま」と呼ばれるようになると、兄の信良はある夜、弟妹を呼んで言った。

「私は新しい御屋形さま、晴信さまに御仕えする。竹松、松葉、覚えておいておくれ。陸奥守さまは、みなが噂するような暴君では決してないと」

兄は勝沼衆をひき継いだ今井相模守信甫の猶子となり、今井姓を名乗るようになった。今井安芸守信良は二百八十騎を率い、親類衆として家中随一の将と称えられた。

理慶尼に宛てた文では勝沼五郎と名乗ることが多かった。新しい屋形の晴信さまは、勝沼の姓を消したがっているようだと、文には書いてあった。

その兄は、永禄《えいろく》三年（一五六〇）、従兄弟である屋形に謀反を疑われ、飯富兵部少輔虎昌の弟、源四郎（のち山県昌景《まさかげ》）に誅殺《ちゅうさつ》された。

夜中に飯富源四郎は館に押し入ってきた。

「武蔵藤田《ふじた》氏、大石《おおいし》氏と内通した由。辞世あらば聞き申す」

冷徹な目で飯富源四郎は刀を抜いた。里帰りしていた松葉は兄の背に匿《かくま》われながら静かな声を聞いた。

「和歌は詠まぬ。一切申しひらきせぬゆえ、この首、御屋形さまへ届けよ」

兄上をお助けくださいませと松葉はいざり出たが、兄の腕がとめた。

「源四郎。虎昌どのには世話になった。兄弟仲よくなされよ」

あとは血だまりに斃れ伏す骸と、それを見おろし「無論」と呟いて刀を収めた男の白々とした目の冴えだけを覚えている。その後、飯富源四郎は兄虎昌をも誅殺した。

双子の兄、竹松は父と所縁《ゆかり》の深い上野原城主の加藤家に養子にだされ、武田の姓を名乗ることは許されず、松葉も嫁いだ家から離縁されて髪を落とし、この大善寺《だいぜんじ》で尼となった。

青白い月光が堂内に差す。

尼となったとき、私も死んだ。武田の家に殺されたのだ。

目の前で眠る者の父に、私の兄は殺された。

新府《しんぷ》はすでに陥ち、織田《おだ》の兵は甲斐の地を蹂躙している。武田の家は明日にも滅ぶ。

私が仇を討って、誰が咎めよう。

古い守刀を抜いた。それは駿河に追放された先の陸奥守、信虎公から兄の信良が賜ったものだと聞いている。研ぎすまされた刃を、この男の喉に突きたてるのだ。

「……ちちうえ」

かすかな声に身が竦む。思わず守刀を落としそうになった。目をやると、殺そうとしている男が、苦しげにもう一度父を呼んだ。

「父上……お許しください」

この男は何故か理慶尼を慕って、文をかわすことがあった。

絵巻物を贈ると、直筆の優しい仮名まじりの礼状を返してくれた。そして、いつか勝沼の名跡を再興したいとも、書いていた。そのときは口先だけのことと思って、気にも留めなかった。

けれど、この男には半分しか武田の血が流れていない。敵の諏訪氏を母に持ち、諏訪の神職である大祝に就く予定もあったと聞く。

そんな男でも、武田の家は尊いか。血が半分しか流れていなくても、守らねばならぬものか。死した父に詫びなければならぬものか。

頬を涙が流れてゆく。

外で風が吹き、遠くで梟が鳴いている。誘われるように本堂の外へ出れば、織田方が放った炎が、西の空に照り返すのが見えた。燃えているのは甲府か、新府か、諏訪か。

本堂を振り返り、身じろぐ寝姿を見つめる。いつも兄が唄ってくれた子守歌が、口の端《は》にのぼった。

「さんよりこより

出水ぞいつの泪河

とうとの神遣れ行く先へ

あまのはばきよ召しませ、三峰川」

息を詰めて見ていると、規則的な寝息が聞こえてきた。理慶尼はほっとして守刀を懐に納めた。

「父上を生害なさるは、心変わりなさいましたか」

父の隣に寝ていたはずの、若い息子が半身を起こしてこちらをうかがっていた。その手には、かいまきに潜ませた太刀が握られていた。

「明日はもう一度、笹子峠を越えまする」

郡内領主・小山田氏は峠を閉ざしたと聞く。いつ織田の手の者がくるかも分からない。それでも行くのだと若い息子は言った。

理慶尼には、男の甘い感傷ではないかと疑われ、問うた。

「御家の為ですか」

若い息子、武田太郎信勝《のぶかつ》は居ずまいを正した。その瞳は月明りに金色に輝いて、傍らの父を憐れむように一瞥を投げかけた。

「最期くらいは、我欲で生きてもいいでしょうに」

早春の夜風が堂内に吹きこみ、理慶尼の背を優しく撫でる。感情をどこにぶつければいいか分からず、甲高い声が溢れた。

「我欲とはげに穢《きたな》し。父も兄も、貴方のお父上と同じく、武田に尽くして死にました」

「浅はかにござりました」太郎信勝は手をついて深々と首を垂れた。「いよいよというときには、私の手で父上の御介錯仕り、長き約定に幕を引きまする。どうかそれで、怒りを収めてはくださらぬか」

勝手な願いですがと言って、太郎信勝は折った懐紙を理慶尼に渡した。

中は見ずとも分かる。父、母、そして自分が詠んだ辞世の和歌《うた》を記したものであろう。薄闇から笑うような声がする。

「死を前にして和歌を詠まねば、私などはただの獣にて候」

やっと涙を拭った理慶尼は、守刀を懐に収めて合掌した。この若き嫡男が武田の屋形となる日を見たかった。

「勝頼《かつより》さまを、宜しくお頼み申しまする」

翌日、笹子峠へ向かう田野《たの》という山中で、武田大膳大夫《だいぜんだいぶ》勝頼、太郎信勝以下、一族郎党は織田信忠《のぶただ》の軍勢に攻められ、ことごとく自害してはてたと伝え聞いた。

大善寺へも織田の兵があまた入り、理慶尼も殺されるかと思ったが、女で尼であるという理由で、見逃された。

煙の燻る野を、理慶尼は杖をついて山道を登っていった。

田野には僧や落人《おちゅうど》が集まって、理慶尼も彼らとともに、苦悶の色に顔を歪めて死した士《さむらい》の遺骸を集め、手をあわせた。信勝から託された辞世の和歌は、亡骸《なきがら》を収める寺へ託した。

彼らが生きた証はもう十分見た。いつか彼らを偲んで訪れる人があればいいと願う。

弥生三月の山は樹木が芽吹き、盆地を見れば日川の流れにそって桃花が咲く。勝沼の丘の葡萄畑は、まだ焼き討ちを免れていた。遠くに雪を抱く青い峰々は、陽の光に輝いている。

時衆の僧たちの鳴らす鉦の音と声明が、谷を渡ってゆく。

「願共　西方浄土」

血にまみれた手を日川の雪解け水にひたして洗い流すと、水は手を切るように冷たく、理慶尼は両手を口にあてて息を吐いた。

熱い息吹が彼女の手を離れ、大気に溶けてゆく。

木々のあいだにちらりと人が動いたように見え、すぐに消えた。それは若き太郎信勝のように理慶尼には思えたが、確かめる術はない。

これよりこの地は武田の地ではないが、道々の端の丸い石の神に、道祖神の祠に、木々の影に。道無き山の峯に。理慶尼の掌に。熱い息吹の名残が宿る。

原のおじさまがときどき、山を眺め、口ずさんだ和歌《うた》を想う。何故か下句だけの、遠い呼びかけを。

山道さがして　逢いにゆこうか

父、勝沼次郎五郎信友の戒名は、不山道存庵主《ふさんどうそんあんじゅ》という。

参考文献

『勝山記』「山梨県史」資料編6・中世3上
『高白斎記（甲陽日記）』「山梨県史」同上
『塩山向嶽禅庵小年代記』「山梨県史」同上
『王代記』「山梨県史」同上
『快元僧都記』「山梨県史」同下
『一遍上人絵詞伝』「山梨県史」同下
『甲陽軍鑑大成』酒井憲二編、汲古書院
『理慶尼記』「武田史料集」清水茂夫・服部治則校注、新人物往来社
『戦国遺文 武田氏編第1巻』柴辻俊六・黒田基樹編、東京堂出版
『武田氏家臣団人名辞典』柴辻俊六・平山優・黒田基樹・丸島和洋編、東京堂出版
『後北条氏家臣団人名辞典』下山治久編、東京堂出版
『武田氏年表─信虎・信玄・勝頼』武田氏研究会編、高志書院
『牟礼高橋家々譜』下山照夫編、烏山給田史談会
『三鷹市史』『三鷹市史史料集第1集』三鷹市史編纂委員会編
『和訳六時礼讃』善導撰・大木惇夫訳、和訳六時礼讃刊行会
『武田信虎のすべて』柴辻俊六編、新人物往来社

『戦史ドキュメント　川中島の戦い　上』平山優、学習研究社
『論集戦国大名と国衆5　甲斐小山田氏』丸島和洋ほか、岩田書院
『武田信虎の富士登山　大永二年の登頂をめぐって』小林雄次郎「武田氏研究」第56号、武田氏研究会
『釜無川の流路変遷について』川崎剛「武田氏研究」第13号、武田氏研究会
『甲斐の歴史をよみ直す　開かれた山国』網野善彦、山梨日日新聞社
『甲信の戦国史　武田氏と山の民の興亡』笹本正治、ミネルヴァ書房
『武士はなぜ歌を詠むか　鎌倉将軍から戦国大名まで』小川剛生、角川書店
『穢と大祓　増補版』山本幸司、解放出版社
『境界の発生』赤坂憲雄、講談社
『天白紀行　増補改訂版』山田宗睦、人間社
『狩りの語部　伊那の山峡より』松山義雄、法政大学出版局
『山国の神と人』松山義雄、未来社
『逸見筋の歳時記・方言』山本千杉編、小宮山プリント社

解説

平山《ひらやま》　優《ゆう》（歴史学者）

『虎の牙』は、武川佑氏のデビュー作である。本書は、勝沼次郎五郎《かつぬまじろうごろう》（左衛門大夫《さえもんのたいふ》）信友《のぶとも》を主人公に、兄武田信虎《たけだのぶとら》、そして盟友原美濃守虎胤《はらみののかみとらたね》（清胤《きよたね》）の三人の義兄弟が織りなす群像劇である。この三人は、実在の人物であるが、武川の設定は、異色で歴史を少しでも知っている者にとっては衝撃的ですらある。

まず、主人公勝沼信友は、武田信虎とは同腹の兄弟ながら、異父兄であり、しかも父が誰か生母岩下《いわした》の方も知らぬという。なぜなら、生母岩下の方は、故郷の信濃国上伊那《しなののくにかみいな》で、戦乱に巻き込まれ、乱取り《らんど》（人捕り、掠奪）にあい、足軽に輪姦されたうえ、甲斐国武川《かいのくにむかわ》（現・山梨県北杜市《やまなしけんほくとし》）の庄屋に売り飛ばされた。彼女は庄屋のもとで、機織り女として奉公していたという身の上だ。しかも、その時、すでに懐妊しており、産み落としたのが勝沼信友であった。だが、この男子は、四歳の時に、山に薪取りに行ったまま行方不明となった。村の人々は、口々に天狗に攫《さら》われたのだろうから、諦めろと諭したが、彼女は諦めきれず、武田家に訴え出たものの、代官に門前払いを食らってしまう。ところが、これを当主武田信縄《のぶつな》に見初《みそ》められ、地侍岩下氏の養女となり、信縄に側室として嫁ぎ、信虎を生んだ。

いっぽう、山で行方不明となった幼児は、実は山の民に攫われ、そこで養育され、イシ（後にアケヨ）として立派に成長した。山の民とは、山造（山で製材に携わる集団）に精を出すいっぽう、狩猟や薬草採取などで生計を立てていた人々のことである。戦国期になると、彼らは深い山々を易々と移動できたので、間者働きや使者として戦国大名に使われるようになった。アケヨたちは、「三ツ峯者」と呼ばれ、武田に使われていたが、狩猟を生業とするがゆえに、みな弓矢功者であり、頼りにされる存在であった。のちに、「三ツ峯者」は、「三者」と呼ばれるようになったという。「三者」は、武田信虎の老臣曾根《そね》三河守《みかわのかみ》昌長《まさなが》を棟梁と仰ぎ、活動していた。ここに、生き別れた異父兄弟の接点が生まれてくる。

だが、アケヨの運命を変える出来事が、山で起こる。山の神は、文字など人間の文明を持ち込むことを嫌う。武士の書状を携え、山を移動するアケヨたちは、その禁忌を侵すことになってしまっていた。そして、アケヨは、金目をした不気味な羚羊《かもしか》（アオシシ）に遭遇し、それに弓を射かけてしまう。だが、それは山の神の化身であり、アケヨをして、おのが復讐を成し遂げようとする怨念の塊であった。羚羊は、アケヨに「楯無《たてなし》の首を獲りて来よ」と呪いをかける。それを仲間に知られたアケヨは、山の民から追放されてしまうのだった。

山を下りたアケヨは、「ヘテコ石」（経テ来石）を訪ねて甲府を出た、主君武田信虎を心配し、後を追っていた原清胤と出会う。信虎が目指していたこの石は、この世とあの世の境界で、村の守り神であるとともに、岩の根元の湧水は万病に効くといわれていた。また山を下りた山の民が、人界に入る時、あるいは人界から山に戻る時、この湧水で身を清めるのが掟となっていた。

まもなく原とアケヨは、敵に襲撃されていた信虎を、間一髪のところで救い出す。信虎合流した三人は、「ヘテコ石」で、身に付きまとう呪縛を取り払おうとする。信虎は、病に臥《ふ》す子供のために、霊験あると噂される泉の水を汲むために、原は故郷下総《しもうさ》を追放される羽目になった不可思議な独楽《こま》を供養するために、アケヨは、山と縁を切り、里の住人になるために、それぞれ祈願を行った。ここで、信虎は、アケヨの二の腕に刻まれた痕跡と、御守りをみて、彼が生母や老臣から聞かされていた異父兄弟であることを知る。信虎は、ここでアケヨ、原と義兄弟の誓いを立て、彼を自分の「弟」とし、勝沼の地を与えて、勝沼次郎五郎信友と名乗らせた。家臣らは、突如、降ってわいたような弟信友の出現に戸惑うが、事情を知る老臣らの協力もあって、武田家中に加えられる。

そして、信虎に反抗する国人鎮圧や、関東出兵で活躍し、次第に家中で頭角を現していく。さらに、嫡男勝千代《かつちよ》（後の信玄《しんげん》）が誕生したことから、将来の禍根を断とうと、庶子竹松を殺害しようとする兄信虎を諫め、これを養子として迎え入れる。信虎は、心ひそかにこれを喜び、竹松は夭折したとして、葬儀を営む。

信友がこれを願い、信虎が許したのには、彼ら武田家の血筋にかけられた呪いが関係していた。信友が、山で出くわした金目の羚羊は、鎌倉時代、源頼朝《みなもとのよりとも》が行った富士の巻狩りの際にも、彼の前に現れた。これをみた御家人工藤景光《くどうかげみつ》が、羚羊を三度射たが、みな外れたという。これに怒った金目の羚羊こと、山の神は、源氏の血を引く諸氏に、親殺し、子殺し、兄弟殺しの宿業「景光穢《けがれ》」という呪いをかけた。だから、甲斐源氏武田家には、それがつきまとっているという。信虎が、叔父油川信恵を討ったのもその宿業だ。だからこそ信友は、竹松を救い、信虎を宿業から引き離そうと懸命になったのだ。そして信友もまた、山の神に「楯無の首を獲れ」と命じられている。楯無とは、武田家の重宝楯無鎧のことを指し、それは同時に、これを奉戴する武田家当主自身を、すなわち信虎を指す。信虎も、信友も、その宿業からどうすれば逃れられるのか、秘かに懊悩するのであった。

やがて、勝沼信友に最後の時が訪れる。天文四年、甲斐・駿河《するが》国境の万沢で、今川氏輝の軍勢と対峙していた武田信虎・信友兄弟と、原虎胤のもとに、北条氏綱《ほうじょううじつな》が大軍を率いて、甲斐・駿河国境の籠坂峠を目指し進撃しているとの知らせが届く。これは、今川・北条の策略だった。手薄になった籠坂峠を、都留郡《つるぐん》の国人小山田信有《おやまだのぶあり》が懸命に守備している。信友は、兄信虎に、楯無の兜を借り受け、原虎胤とともに山道を驚異的な速さで駆け抜け、信有軍と合流。多勢に無勢ながら、北条軍と死闘を繰り広げ、武田方が甲斐の防備を固める時間を稼ぐ。やがて耐え切れないと悟った信友は、小山田、原らを後ろに逃がす。その様子を、金目の羚羊が遠くから見守っている。信友は、遂に力尽き、最期の時を迎える。信友は、自分の首を取ろうとした武者に、楯無の兜ごと、首を高く掲げてくれるよう頼む。幽明境を異にした信友の首をみた、金目の羚羊は「楯無の首、確かにもらい受けた」とつぶやき、姿を消す。

『虎の牙』は、戦国大名武田信虎を支えた、勝沼信友と原虎胤を、まさに虎を虎たらしめる二本の牙のように描く。しかも、冒頭で紹介したように、勝沼信友を山の民出身で、実は信虎の異父兄とする設定や、源氏の血を引く武田家の人々に等しく降りかかる山の神の呪い（景光穢）、信虎、信友、虎胤を結びつける「ヘテコ石」など、様々な伏線が鏤《ちりば》められ、意外性に富むストーリーが展開し、読み手を引き込んでいく。

とりわけ、山の民の生活を描きつつ、その中に一貫して流れている、山への畏怖と畏敬の念を、金目の羚羊という山の神の化身を通して、強烈に印象づけている。山造、樵夫、猟師、金山衆、金堀衆などの山の民は、山国甲斐においては農耕で暮らす農人と比較して、むしろ多数だったのではないかと思われるが、その実態はいまだに謎に包まれている。そこに着目し、戦国の物語を紡《つむ》いだのは、妙手といえるだろう。『虎の牙』はあくまでも小説であるから、史実と違うのは当然である。作家の腕の見せ所は、歴史を題材にしながら、優れた物語を綴ることに他ならないと、私は思う。そして、この小説を読みながら、実は山の神の呪いは、勝沼信友の死をもってしても、解けてはいなかったのではないか、と思った。武川氏は仄《ほの》めかすだけで明示しなかったが、武田家では、その後も父子の相剋や、一門への粛清が続いた。信虎追放、勝沼家の滅亡、武田義信《よしのぶ》（信玄の嫡男）の廃嫡と死、そして諏方勝頼《かつより》の武田家当主就任、そして武田家滅亡は、信友の首だけでは満足しなかった、山の神の怨念の強さを示しているのではないか。

ここまで書いてきて、気づいたのは、山の神が欲したのは「楯無の首」であって、それは個々の武田家当主個々人ではない。「楯無鎧」は武田家の重宝であり、その家系が続く限り、奉戴され続ける象徴といえる。つまり、甲斐源氏武田家の命脈は続くことになるわけだ。すなわち、武川氏が描きたかったのは、宿業の強さとともに、その呪縛から逃れようとあがく、人間の我欲の強さだったのではなかろうか。そして武田家が滅び去った時、「楯無鎧」は、武田家の家宝から、過去の遺物へと変化し、その宿業はようやく解き放たれたと、武川氏は主張したかったのではないか。本書の最後に、滅びゆく武田勝頼・信勝《のぶかつ》と、勝沼の生き残りである理慶尼《りけいに》を登場させ、尼の胸中に去来する、武田家への復讐心を押しとどめさせたのは、自らが手を下さずとも、山の神が決着をつけるという諦念だからではないだろうか。

なお、史実の勝沼（武田）信友は、武田信縄の二男とも三男ともいわれる。生母は信虎の生母岩下の方ではなく、信縄正室崇昌院殿（栗原氏の女か）と推定されている。信虎が、信友を重用したのは史実で、勝沼に居館を与え、都留郡小山田氏をはじめとする郡内衆を指揮下に置き、北条氏に備えた。そして、天文四年（一五三五）八月二十二日、小山田信有とともに、北条氏綱軍と、山中（山梨県山中湖村）で戦い、壮烈な戦死を遂げた。残念ながら享年は未詳である。

ほんの十五年ほど前まで、勝沼氏は、信友の息子信元《のぶもと》が、永禄三年（一五六〇）、上杉謙信に内通したとして、武田信玄により成敗され、滅亡したといわれてきた。だが、信友戦死後、勝沼を継いだのは、武田譜代今井《いまい》相模守《さがみのかみ》信甫《のぶすけ》・安芸守《あきのかみ》信良《のぶよし》父子で、彼らが信友戦死後、「勝沼殿」と呼ばれたことが明確化された。そして、滅亡したのは、勝沼今井氏だったのだ。こうした事情もあってか、壮大な勝沼氏居館は廃棄され、昭和四十年代まで埋もれたままであった。その後、発掘調査が実施され、勝沼氏館跡は国史跡として、整備が進み、往時の栄華を蘇らせた。だが、居館跡は再びこの世に姿を現したが、勝沼信友をはじめ、勝沼今井氏ら、勝沼一族は、発給文書はおろか、一切の遺物も現存せず、彼らの墓所すら明らかでない。勝沼信友の存在を、今に伝えるのは、不山道存庵主という法名だけである。

本書は二〇一七年十月、小社より単行本として刊行されました。

|著者| 武川 佑　1981年神奈川県生まれ。立教大学文学研究科博士課程前期課程（ドイツ文学専攻）修了。書店員、専門紙記者を経て、2016年、「鬼惑い」で第1回「決戦！小説大賞」奨励賞を受賞。'17年、本作でデビュー。'18年、同作で第7回歴史時代作家クラブ賞新人賞を受賞。'21年、『千里をゆけ　くじ引き将軍と隻腕女』（文藝春秋）で第10回日本歴史時代作家協会賞作品賞を受賞。その他の著書に『落梅の賦』（講談社）がある。

虎《とら》の牙《きば》

武川《たけかわ》 佑《ゆう》

2021年12月15日第1刷発行

発行者――鈴木章一
発行所――株式会社　講談社
東京都文京区音羽2-12-21　〒112-8001
電話 出版（03）5395-3510
販売（03）5395-5817
業務（03）5395-3615
Printed in Japan

講談社文庫
定価はカバーに
表示してあります

KODANSHA

デザイン―菊地信義
本文データ制作―講談社デジタル製作
印刷――豊国印刷株式会社
製本――株式会社国宝社

ISBN978-4-06-526409-6

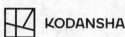

講談社文庫刊行の辞

二十一世紀の到来を目睫に望みながら、われわれはいま、人類史上かつて例を見ない巨大な転換期をむかえようとしている。

世界も、日本も、激動の予兆に対する期待とおののきを内に蔵して、未知の時代に歩み入ろうとしている。このときにあたり、創業の人野間清治の「ナショナル・エデュケイター」への志を現代に甦らせようと意図して、われわれはここに古今の文芸作品はいうまでもなく、ひろく人文・社会・自然の諸科学から東西の名著を網羅する、新しい綜合文庫の発刊を決意した。

激動の転換期はまた断絶の時代である。われわれは戦後二十五年間の出版文化のありかたへの深い反省をこめて、この断絶の時代にあえて人間的な持続を求めようとする。いたずらに浮薄な商業主義のあだ花を追い求めることなく、長期にわたって良書に生命をあたえようとつとめるところにしか、今後の出版文化の真の繁栄はあり得ないと信じるからである。

同時にわれわれはこの綜合文庫の刊行を通じて、人文・社会・自然の諸科学が、結局人間の学にほかならないことを立証しようと願っている。かつて知識とは、「汝自身を知る」ことにつきていた。現代社会の瑣末な情報の氾濫のなかから、力強い知識の源泉を掘り起し、技術文明のただなかに、生きた人間の姿を復活させること。それこそわれわれの切なる希求である。

われわれは権威に盲従せず、俗流に媚びることなく、渾然一体となって日本の「草の根」をかたちづくる若く新しい世代の人々に、心をこめてこの新しい綜合文庫をおくり届けたい。それは知識の泉であるとともに感受性のふるさとであり、もっとも有機的に組織され、社会に開かれた万人のための大学をめざしている。大方の支援と協力を衷心より切望してやまない。

一九七一年七月

野間省一